Hinter dem Schein die Wahrheit

W0330511

Dieses Buch ist auch als eBook erhältlich.

Verlag Krug & Schadenberg, Hauptstr. 8, 10827 Berlin
Tel. (030) 61 62 57 52, info@krugschadenberg.de
www.krugschadenberg.de

Wenn Sie mögen, abonnieren Sie unseren Newsletter und folgen Sie uns auf Facebook und Twitter.

Claudia Breitsprecher

Hinter dem Schein die Wahrheit

Roman

Krug & Schadenberg

Freitag, 14. November 2014, 17.12 Uhr

Er hielt die Augen fest geschlossen, biss die Zähne zusammen und spannte die Muskeln an, so fest er konnte. Als es endlich vorbei war, hörte er, wie die Jungs johlend davonliefen, wie ihre Rufe sich entfernten, leiser wurden und immer leiser. Er lag gekrümmt auf der Seite und atmete in den kalten Boden hinein, hielt sich noch immer die Arme schützend um den Kopf und stöhnte vor Schmerz. So eine Scheiße! Langsam öffnete er die Augen, das Blut rann von der Braue zur Nasenwurzel hin, vermischte sich dort mit seinen Tränen, lief weiter, tropfte ins novembermatte Gras. Am liebsten wollte er zusammen mit der Flüssigkeit in der Erde versickern. O Mann, Jacob, was bist du für ein Idiot, beschimpfte er sich selbst und lauschte. Als die anderen nicht mehr zu hören waren, rappelte er sich auf, hockte auf dem Boden und wischte sich mit dem Halstuch das Gesicht trocken. Er spürte in seinen Körper hinein. Die Unterlippe tat höllisch weh, wo eine Faust sie getroffen hatte, aber die Zähne waren noch fest. Die Platzwunde über dem Auge pulsierte. Wenigstens schienen die Knochen heil geblieben zu sein, obwohl – was hatte dieses Stechen in seiner linken Seite zu bedeuten? Vielleicht war doch eine Rippe gebrochen? Ein Wunder wäre das ja nicht, so wie sie auf ihn eingetreten hatten, als er schon am Boden lag. Er betrachtete das blutige Halstuch. Warum bloß, warum? Wollten sie ihn einschüchtern, weil er von den Pillen wusste, mit denen sie dealten? Hatten sie selbst welche eingeschmissen oder waren sie einfach scharf darauf, einen wie ihn zu verprügeln? Die blöde Schwuchtel. Den Schwanzlutscher.

Er schloss die Augen wieder, spürte die Schwere im Herzen, wollte nicht denken, wollte sich nicht erinnern, aber die Bilder kamen und setzten ihm zu.

Die letzten Schulstunden der Woche waren geschafft, die feuchte Luft roch nach Schweiß, Duschgel und Deo. Er hatte getrödelt, weil auch Philipp nach dem Sportunterricht immer lange brauchte, und nun waren nur noch sie beide im Umkleideraum. Jacob musterte Philipp verstohlen, die schmalen Hüften in den engen Jeans, den nackten Oberkörper, das Spiel seiner Muskeln, als er sich die streichholzkurzen Haare trocken rieb. Plötzlich drehte Philipp sich um, als spürte er, dass er beobachtet wurde. Jacob wandte sich ab, aber es war zu spät. Philipp hatte ihn ertappt und baute sich dicht vor ihm auf.

»Na, was ist, willst du mich ficken?«, fragte Philipp und sah ihn herausfordernd an.

Jacob sackten beinahe die Knie weg. Sprachlos stolperte er einen Schritt rückwärts.

Philipp grinste hämisch. »Ich kann das ja mal den anderen erzählen. Das wird sicher ein Spaß.«

Jacob schüttelte den Kopf. Er musste sofort etwas erwidern, irgendetwas, damit sich diese Idee nicht in Philipps Kopf ausbreitete. Und er musste cool bleiben dabei, durfte sich bloß nicht anmerken lassen, wie erschrocken er war.

»Was geht denn bei dir ab?«, brachte er mühsam hervor und merkte selbst, wie wenig überzeugend er klang. So ging das nicht, da musste er mächtig zulegen. »Du spinnst doch! Hast wohl selbst von den Dingern genascht, die du sonst auf dem Schulhof vertickst.« Er deutete auf Philipps Lederjacke. »Meinst du, ich weiß nicht, was da drin ist? Wie wär's, wenn ich darüber mal rede.«

Ja, das war schon besser. Nun verging Philipp das Lachen, es gefror förmlich auf seinem Gesicht. Jacob sah es erleichtert, er hatte einen Treffer gelandet. Eigentlich wollte er nicht drohen, er wollte auch keinen Stress mit Philipp, ganz im Gegenteil. Aber dass Philipp ihn outete, konnte er auf keinen Fall riskieren. Betont lässig schwang er sich den Rucksack über die Schulter, stieß Philipp im Vorbeigehen an und verließ den Umkleideraum in der Hoffnung, dass die Sache damit erledigt war.

Aber dann erhielt er diese Nachricht, als er zu Hause über seinen Schularbeiten brütete. *Komm um fünf zum Weiher*, hatte Philipp geschrieben. *Lass uns reden.* Und: *Eigentlich find ich dich ja auch ganz süß.*

Er presste das Tuch gegen die aufgeplatzte Augenbraue, und die Scham breitete sich in ihm aus wie ein schleichendes Gift. Was hatte er sich denn eingebildet? Wie hatte er nur darauf hereinfallen können und glauben, was da stand? Hätte er bloß auf seine innere Stimme gehört, die Alarm geschlagen hatte, die voll auf Abwehr gegangen war. Schließlich passte die Nachricht nicht zu Philipp. Er war nicht schwul. Eigentlich war er nicht einmal nett. Er war ein fieser Macho mit einer großen Klappe. Ein Fußballspieler. Jacob hasste Fußball, und trotzdem ging er seit Monaten immer wieder zum Sportplatz, wenn die A-Jugend spielte. Das war doch alles völlig bescheuert. Er begriff ja selber nicht, warum er sich ausgerechnet in Philipp …

Er seufzte. *Eigentlich find ich dich ja auch ganz süß.* Eine üble Falle hatten sie ihm gestellt, und er war hineinspaziert wie in Trance. Welche Wahl hatte man denn, wenn auch nur der Hauch einer Chance bestand? Da konnte die innere Stimme warnen, so viel sie wollte. Das Herz hörte eben schlecht, wenn es so wild vor sich hin pochte.

Ein Blick in den Spiegel. Gel ins Haar. In Windeseile mit dem Rennrad die Hauptstraße entlang und aus dem Dorf hinaus. Ein Auto hupte ausdauernd, als er quer über die Straße in den Wald abbog, ohne es vorher anzuzeigen. Gerade noch pünktlich kam er am Weiher an, stapfte über die unebene Wiese, die von Wildschweinen umgepflügt worden war. Philipp erwartete ihn schon, und sie waren so allein, wie Jacob es sich immer erträumt hatte. Die Lichtung lag im Dämmerlicht, aus dem Wasser stieg der Abendnebel in die nasskalte Luft. Jacob strahlte, aber Philipp lächelte nur, lächelte auf eine fremde Weise, hart und kalt. Das Misstrauen keimte auf und wurde Gewissheit. Hier stimmte etwas nicht.

»Glaubst du wirklich, du kannst mir drohen?« Philipp winkte mit dem Arm in Richtung der Büsche, und seine beiden Kumpel vom TSV Eschenreuth traten heraus. Die zwei wohnten nicht im Dorf, Jacob kannte sie nur vom

Fußballplatz, Nummer sechs und Nummer acht, wenn er sich richtig erinnerte. Jetzt gesellten sie sich an die Seite ihres Torwarts, und Jacob begriff, was kommen würde, war schon besiegt, bevor sie begannen, auf ihn einzuprügeln.

Fuck! Er warf das Halstuch auf den Boden und befühlte die Braue; ein dickes Ei, aber wenigstens blutete die Wunde nicht mehr. Sein linkes Auge war zugeschwollen, mit dem rechten schaute er sich um. Inzwischen war es schon ziemlich dunkel. Er musste hier weg, bevor der Wald auch noch das letzte Licht des Tages schluckte.

Na los, steh auf, sagte er zu sich selbst. Das hier ist ein Kaff. Ein halbes Jahr noch, dann bist du achtzehn. Im nächsten Sommer hast du das Abi in der Tasche und kannst hier weg. In die Stadt, so wie Annette damals, als sie kaum älter war als er. Oder so wie Paps. Wenn Mama einverstanden gewesen wäre, dass sie alle bei Paps in Prag lebten, wäre das gar nicht passiert. Dann ginge er dort zur Schule und nicht auf dieses öde Gymnasium, in das er mit dem Schulbus gebracht wurde wie alle anderen aus dem Dorf. Auch Philipp. Wie sollte das denn werden in der nächsten Woche? Das ging doch nicht!

Er stand vorsichtig auf. Die linke Seite fühlte sich an, als stäche jemand im Sekundentakt mit einer Mistgabel gegen seinen Brustkorb. Er sah hinüber zu seinem Rad, das er am Wegesrand gegen eine Birke gelehnt hatte. Er würde sich nicht darauf halten können. Also zu Fuß den weiten Weg nach Hause. Wie viele Schritte waren denn zwei Kilometer? Viel zu viele mit diesem Schmerz.

Vielleicht sollte er Holger anrufen, überlegte Jacob. Auf Holger war doch Verlass, der alte Freund seiner Mutter würde ihn bestimmt mit dem Moped abholen. Auf einem Moped würde Jacob sich halten können, und Holger würde ihn nicht mit Fragen nerven und auch nicht im Dorf herumtratschen, was geschehen war. Vielleicht wäre es auch nicht schlecht, ihn in der Nähe zu haben, wenn die Mutter von ihrer letzten Kundin nach Hause kam, wenn sie ihn sah und die Wahrheit ans Licht musste.

Seine Mutter, oje. Wie sollte er ihr das beibringen? Das hatte er doch völlig anders geplant.

Er fasste in seine Jackentaschen. Das Portemonnaie war da und auch sein Schlüsselbund, aber wo war das Handy? Er fasste tiefer hinein und fand es nicht, prüfte die Innentasche – nichts. Das Blut schoss ihm heiß durch die Adern. War das Handy herausgefallen oder …?

Hektisch suchte er die umgewühlte Wiese ab, seine Finger ertasteten feuchte Blätter und verwittertes Holz, einen Kronkorken, einen Regenwurm, aber sein Handy nicht. Er suchte weiter und weiter, tastete, fluchte. Nahm das blutverschmierte Halstuch hoch, aber auch darunter kam das Handy nicht zum Vorschein. Er schleuderte das Tuch wieder weg.

O nein, nicht das Handy, dieses teure Teil mit dem schnellen Internet und dem großen Speicher! All seine Musik. All seine Bilder und Videos. DAS Video. Wenn sie ihm das Handy geklaut hatten, hätten sie ihn eigentlich auch gleich totschlagen können. Es war eingeschaltet, und sie würden nicht lange brauchen, um den Pin-Code zu erraten.

Philipps Geburtsdatum. Keine sehr originelle Idee, aber wer hätte denn ahnen können, dass ausgerechnet Philipp mit seinen Freunden ihm das Ding wegschnappen würde. Vier Ziffern, dann konnten sie alles aufrufen. ALLES. Dabei hatte er das Video doch nur für seine Eltern aufgenommen. Eines Tages wollte er es ihnen schicken. Irgendwann, wenn er sich stark genug fühlte und seine Mutter in guter Verfassung war. Er konnte es ihr nicht ins Gesicht sagen. Nicht den ersten Moment erleben, wenn sie es erfuhr, von Angesicht zu Angesicht. Seine eigene Rede. *Mama, Paps, ich will euch was sagen …*

Er versuchte, sich zu beruhigen. Vielleicht ahnten sie es ja längst. Und außerdem hatten sie nichts gegen Schwule. Immerhin war seine Mutter mit Annette befreundet, und das schon beinahe ihr ganzes Leben lang. Er hätte wenigstens Annette schon einweihen sollen, um eine Verbündete zu haben, wenn es darauf ankam. Aber gerade das hatte er eben nicht gewollt. Erst seine Eltern, danach alle anderen. So hatte er es sich gewünscht für die Zeit, in der er endlich den Mut fand. Denn Mut gehörte nun einmal dazu.

Mama, Paps, ich will euch was sagen … Die halbe Schule war in seinem Adressbuch, die Oma, der Opa, alle Leute, die er kannte. Wie sollte er es aushalten, zu Hause zu sitzen wie auf einer Zeitbombe, die jeden Moment hochgehen konnte? Das Tuscheln im Dorf. Das Gucken und Drucksen. Mamas Kundinnen, ihre Freundinnen, ihre Eltern. Das würde sie nicht durchstehen. Sie war ja schon ausgeflippt, als er sich das Nasenpiercing hatte stechen lassen, ohne sie um Erlaubnis zu fragen. Dieser eisige Blick.

Das lange quälende Schweigen. Und natürlich wieder Tabletten. Sie regte sich doch schon auf, wenn Paps in Jogginghosen zur Tankstelle ging, um die Zeitung zu holen. Das war ja zu gewöhnlich. Das gehörte sich nicht.

Er suchte weiter und immer weiter, aber das Handy war nicht da. Hilfe, schrie etwas in seinem Inneren, und er wollte fliehen vor dem, was sich da anbahnte, stolperte über die Lichtung zum Weg hinauf. In seinem Kopf arbeitete es fieberhaft. Einfach weg, irgendwohin, wo niemand ihn finden würde und wo es das Video nicht gab. War es denn nicht genug, dass sie ihn halbtot geschlagen hatten? Halbtot, jawohl, so fühlte er sich. Und eben deshalb käme er nicht weit. Allein zum nächsten Bahnhof waren es zwölf Kilometer, und am Freitagabend fuhr kein Bus mehr. Mamas Auto stand vor der Tür, aber wenn er unbegleitet damit fuhr und die Polizei ihn erwischte, gäbe es noch mehr Ärger. Wo sollte er bloß hin, bis die Beulen abgeschwollen und die Wunden verheilt sein würden? Bis er sicher sein konnte, dass keiner der Jungs das Video verschickte.

Götzls Hof. Aus dem Nichts kam ihm der Kuhstall des Bauern in den Sinn, der einen fantastischen Heuboden hatte. Wie oft war er dort gewesen, hatte Strohballen übereinander getürmt, um durch die Dachluke auf sein Zuhause auf der anderen Straßenseite hinunterzuschauen. *Spiel nicht dort*, hatte die Mutter ihn ermahnt, als er noch ein Kind gewesen war. *Der Götzl ist ein Säufer*. Glaubte sie denn, dass er immer tat, was sie sagte? In all den Jahren war der Kuhstall mit dem Heuboden darüber sein eigenes Reich gewesen. Unbemerkt vom Rest der Welt hatte er ein Volk aus Kühen, Mäusen und Ratten regiert, während niemand ihn vermisste. Manchmal hatte er seine Playmobil-Ritter ruhmreiche Taten vollbringen lassen. Die Figuren lagen sicher noch immer in dem alten Versteck. Die Playmobil-Ritter, zweite Generation. Heimlich hatte er sie auf dem Heuboden deponiert. Und heimlich musste er jetzt selbst dorthin gelangen.

Er zog sich die Kapuze auf den Kopf, als er aus dem Wald trat und an der Straße entlang zurück ins Dorf ging. Jeder Schritt tat weh, aber er musste sich beeilen. Falls er jetzt wenigstens ein bisschen Glück hatte und vor seiner Mutter zu Hause war, konnte er noch Proviant holen. Und vor allem das Notebook. Bestimmt reichte das WLAN bis hinüber zu Götzls Hof, und wenn nicht, konnte er den Stick nehmen, um ins Netz zu gehen und nachzuschauen, ob das Video irgendwo auftauchte. Bei der Vorstellung wurde ihm schwindelig. Shit! Hätte er Mama und Paps doch einfach alles gesagt. Er blieb stehen und seufzte. Einfach war ja Unsinn. Einfach war es eben nicht.

Gerade als er zu Hause ankam, begann es zu regnen. Er blickte auf und registrierte, dass keines der Fenster im Haus erleuchtet und seine Mutter weit und breit nicht zu sehen war. Erleichtert schloss er auf, schaltete das Licht im Flur ein, betrachtete sich selbst im Garderobenspiegel und erschrak. Das linke Auge sah krass aus, die Unterlippe verkrustet von geronnenem Blut. Der helle Wahnsinn, dachte er, Klitschkos Gegner nach dem K.o. Ging das von selber wieder weg oder musste er doch zum Arzt?

Mit einem Ruck löste er sich von seinem Spiegelbild, zog sich am Treppengeländer hoch und biss die Zähne zusammen, senkte den Blick und sah, dass aus dem Profil seiner Schuhe schwarze Klumpen auf die Fliesen rieselten, aber darauf konnte er jetzt keine Rücksicht nehmen. Er ging in sein Zimmer. Das Notebook lag auf dem Schreibtisch. Er nahm die Schulsachen aus dem Rucksack, um Platz zu schaffen. Jetzt war er froh, dass er immer das Kabel benutzte, wenn er zu Hause arbeitete. Der Akku musste vollständig geladen sein. Jacob verstaute das Notebook im Rucksack und stieg die Treppe vorsichtig wieder hinunter; bloß keine Erschütterungen. Im Kühlschrank fand er eine volle Flasche Wasser und den Rest der Quiche vom Mittagessen. Er packte beides ein, bog ins Wohnzimmer ab, nahm auch die Äpfel und Bananen aus der Kristallschale mit. Eine überreife Birne ließ er liegen.

Wieder im Flur, hielt er inne. Musste er nicht wenigstens eine Nachricht hinterlassen? Er betrachtete den Notizblock auf der Kommode in der Diele. Wie üblich lagen die beiden Kugelschreiber parallel zu seiner Kante bereit – der blaue für gewöhnliche Notizen, der rote für besonders dringliche Mitteilungen, deren Beachtung keinerlei Aufschub duldete. Er nahm den roten Stift in die Hand und dachte nach. Was sollte er denn schreiben? Hallo Mama, ich bin völlig ramponiert, ich muss mich verkriechen, es wird Aufregung geben? Er legte den Stift wieder hin. Nein, keine Nachricht heute.

Behutsam schob er sich den Rucksack über die Schulter, holte eine alte Decke aus der Abstellkammer und machte sich auf den Weg.

Viel schwerer als früher fiel es ihm, die Stalltür zu öffnen. Die Kühe muhten laut, als er eintrat, liefen durcheinander, die einen zu den Futtertrögen, die anderen Richtung Melkstand, sie wateten in ihrem eigenen Dreck. O Mann, wechselte denn der Götzl jetzt nicht mal mehr das Stroh aus? So hatte es hier doch damals nicht gestunken. Jacob legte eine Hand vor Mund und Nase, aber dennoch nahm eine quälende Übelkeit ihn mit jedem Atemzug stärker in Besitz. Götzls grauweiße Katze lief auf ihn zu, strich ihm um die Beine. Unmöglich, sich zu bücken, um sie zu streicheln. Mit dem Fuß schob er sie sachte beiseite und schleppte sich vorwärts, erblickte die Leiter, die zum Heuboden hinaufführte, schaute nach oben. War das immer schon so hoch gewesen? Umständlich klemmte er sich die Decke unters Kinn, umfasste die Leiter mit beiden Händen. Komm schon, du schaffst das, feuerte er sich an, als er die erste Sprosse erklomm. Wieder stach ihm der Schmerz in die linke Seite. Für einen Moment wurde ihm schwarz vor Augen, und nun war es nicht mehr aufzuhalten. Er ließ die Decke fallen, eilte so schnell es ging zum nächsten Futtertrog und erbrach sich hinein. Das Würgen war ekelhaft, und doch kam es ihm richtig vor. Die Sache mit Philipp, die Schläge und Tritte am Weiher, das gestohlene Handy; zum Kotzen war das alles, raus damit, zum Kotzen das ganze Leben in diesem Nest, raus, raus, igitt.

Als nichts mehr aus seinem Magen nach oben drängte, schlurfte er zum Wasserhahn und drehte ihn auf, spülte sich den Mund aus und schaufelte sich das kühle Nass ins Gesicht. Ja, jetzt war es besser. Jetzt würde er den Gestank ertragen können, und die Leiter würde zu schaffen sein. Sprosse für Sprosse und mit Bedacht. Als er oben angekommen war, ließ er sich ins Stroh sinken, schob sich die Decke unter den Kopf und sah Sterne. Dann wurde es dunkel.

Freitag, 14. November 2014, 19.01 Uhr

Karin schloss die Wohnungstür auf und schaltete das Licht in der Diele ein. Wie sah denn der Fußboden aus! Hatte Jacob einen Trupp Bauarbeiter zu sich ins Zimmer eingeladen oder was hatte all dieser Dreck zu bedeuten? Sie rief nach ihm und erhielt keine Antwort. Hatte der Junge das angerichtet und war dann noch mal fortgegangen? Sie streifte die Stiefeletten von den Füßen und stellte sie auf der Fußmatte ab. So geht das, Freundchen, ganz einfach. Hieß es nicht, mit siebzehn seien die schlimmsten Symptome der Pubertät allmählich vorbei? Dann musste Jacob in dieser Hinsicht wohl ein Spätentwickler sein. Anscheinend konnte er das Provozieren noch immer nicht lassen. Sie schaute auf das leere oberste Blatt des Notizblocks. Na bitte, auch das noch. Keine Nachricht, wo er war, wann er nach Hause kommen würde, ob er zu Abend gegessen hatte. Sie stellte den Musterkoffer und die Handtasche auf der Kommode ab, zog den Mantel aus und hängte ihn an die Garderobe, holte das Handkehrset aus dem Schrank hinter der Küchentür.

Sie sollte das nicht tun. Wenn er diese Schweinerei veranstaltet hatte, sollte er sie gefälligst auch selbst beseitigen.

Aber andererseits hatte sie auch keine Lust, mit anzusehen, wie Sand und Erdklumpen sich überall im Haus verteilten. Du liebe Güte, war er denn an diesem trüben Tag im Wald gewesen?

Sie kehrte den Schmutz zusammen und zog sich um, brachte die Liste mit den Bestellungen ins Arbeitszimmer im Obergeschoss und betrachtete sie zufrieden. Der Herbst war eine gute Jahreszeit, um Kosmetik zu verkaufen. Wenn die Gesichter blass wurden, die Kälte die Haut spröde werden ließ und die Feiertage vor der Tür standen, brachten sich all die Tuben und Dosen und Flakons leicht an die Frau. Gönnen Sie sich ruhig mal was, sagte sie zu ihren Kundinnen. Das hatte sie in der Schulung der Firma gelernt. Es half tatsächlich; ein Augenzwinkern, ein verschwörerischer Unterton, und schon war wieder ein Bestellzettel ausgefüllt. Die Arbeit für heute war getan. Jetzt hatte sie Hunger, aber wo blieb der Junge?

Sie ging in die Diele zurück, holte ihr Handy aus der Handtasche und wählte seine Nummer. Es klingelte einmal, zweimal, hörte auf.

»Hallo – Jacob?«, sagte sie in die Stille hinein. »Jacob?«, noch einmal. Keine Antwort.

Aber da war doch jemand dran!

»Was soll das? Jacob, jetzt melde dich schon.« Sie betrachtete das Display. Zumindest auf ihrer Seite war das Netz stabil. Sie lauschte. »Jacob, hörst du mich?«

Kicherte da jemand? Sie bekam eine Gänsehaut, drückte das Gespräch weg und rieb sich die Oberarme. Was war denn bloß los? Sie ging in die Küche, und während sie zwei

Scheiben Brot abschnitt, ließ sie den Tag Revue passieren. Sie hatten zusammen gefrühstückt, ein paar eilige Happen, dann war er wie immer losgerannt, um den Schulbus noch zu erwischen. Keine besonderen Vorkommnisse also, auch beim Mittagessen nicht. Vielleicht war er ein bisschen schweigsam gewesen, aber auch das war nichts Neues. Jedenfalls erzählte er ihr gewöhnlich nicht, was er erlebte, was er dachte, vorhatte, tat. Längst hatte sie aufgehört zu fragen. Es stand eben nicht mehr so toll zwischen ihnen. Wann hatte das eigentlich angefangen? Und ginge es wieder vorbei?

Sie nahm die Halbfettmargarine aus dem Kühlschrank. Wurst oder Käse, überlegte sie und stutzte. Moment mal, wo war denn der Teller mit der Quiche? Hatte Jacob doch schon gegessen? Aber sie hatte ihm gesagt, dass sie die Quiche für den nächsten Tag aufheben wollte. Sie konnte am Samstag nicht kochen. Das Weinregal im Keller war dran und auch die Terrasse. Hielt er sich jetzt nicht einmal mehr an ihre Absprachen? Sie schloss die Kühlschranktür und setzte sich an den Tisch. Langsam wurde ihr das unheimlich. Jacob war ein Griesgram im Umgang mit ihr, aber bis jetzt hatte sie sich auf ihn verlassen können. Ob Holger etwas wusste? Sie rief ihn an.

Aber Holger wusste nichts. Sie ging in Jacobs Zimmer und fand das übliche Durcheinander vor. Sogar die Schulsachen lagen auf dem Boden verstreut und …

Der Schreck traf sie in der Magengrube, als sie die leere Fläche auf dem Schreibtisch bemerkte, auf der normalerweise das Notebook stand. Früher hatte er es manchmal mitgenommen, wenn er unterwegs gewesen war, aber seit er das Smartphone besaß, war das Notebook immer zu Hause geblieben. Sie rieb sich den Bauch. Das Notebook weg. Die Quiche weg. Und keine Nachricht. Sie ging ins Bad. Seine Zahnbürste war da, der Kulturbeutel auch. Wieder die Treppe nach unten. Sie entdeckte den Schmutz auf dem Teppich im Wohnzimmer. Schritte bis zum Tisch und wieder zurück. Die Obstschale war beinahe leer, nur eine überreife Birne lag noch darin.

Ich will eine Erklärung, jetzt sofort, dachte sie und wählte erneut seine Nummer. Wieder diese komische Stille am anderen Ende. Und keine Antwort auf ihre Fragen. Aber da atmete jemand, das hörte sie genau.

Sie ging zur Abstellkammer und holte den Staubsauger heraus. Das Gröbste konnte sie damit erledigen, aber der feuchte Schmutz würde auf jeden Fall Spuren hinterlassen. Das ging zu weit, die konnte Jacob selbst beseitigen, sobald er zu Hause war. Bevor sie die Tür der Abstellkammer wieder schloss, schaute sie noch einmal hinein. Irgendetwas war anders als sonst. Diese Lücke auf der Ablage, war die immer schon da gewesen? Der Karton mit dem Weihnachtsschmuck stand an seinem Platz, die Picknicktasche auch, und die Sitzkissen für die Gartenstühle lagen, wo sie hingehörten. Aber wo war die Decke?

Ihr Herz schlug schneller. Wo war ihre alte Lieblingsdecke für die Badeausflüge zum Weiher? Ganz sicher hatte sie die Decke nicht weggeworfen, auch wenn sie nach all den Jahren vom häufigen Waschen schon verschlissen war. So viele Erinnerungen zeigten sich jedes Mal, wenn sie mit der Hand darüberstrich. Ihre Lizzy hatte auf dieser Decke gelegen und Annette und Holger auch. Pavel hatte sich bei ihrem ersten Rendezvous auf dieser Decke ausgestreckt. Und Jacob war als Baby darauf herumgekrabbelt. Hatte er sie etwa mitgenommen? Warum? Und wohin?

Sie zog ihre Gartenschuhe an, öffnete die Wohnungstür und eilte zum Carport. Jacobs Fahrrad war nicht da. Wenn er mit dem Fahrrad unterwegs war, konnte er ja nicht weit sein, es sei denn, er war zum Bahnhof geradelt.

Sie ging zurück ins Haus. Ob sie bei ihren Eltern nachfragen sollte? Gewöhnlich machte Jacob einen großen Bogen um sie, und bis zu ihnen würde er nicht mit dem Rad fahren müssen. Aber vielleicht hatten sie ihn auf der Straße getroffen, vielleicht hatte er ihnen etwas gesagt, das sie ihr ausrichten sollten. Sie nahm das Telefon von der Ladestation im Wohnzimmer und wog es in der Hand. *Weißt du nicht, wo dein Sohn ist?*, würde ihre Mutter fragen. Und ihr Vater? *Wenn du zu Hause gewesen wärst, wüsstest du Bescheid.* Sie verzog das Gesicht und legte das Telefon auf den Tisch. Es begann zu kribbeln unter der Haut, einmal mehr. Sie atmete flach, atmete schnell, schloss die Augen und hielt sich die Hände vors Gesicht, aber sie konnte sich nicht beruhigen. Sie ging in die Küche, holte den Blister aus der Dose oben links im Regal und drückte eine Tablette heraus. Die verlässlich Tröstende. So nett war der Nachmittag mit ihren Kundinnen gewesen, sie hätte nicht gedacht, heute noch eine zu benötigen. Sie schraubte die Wasserflasche auf, goss ein Glas halbvoll, legte sich die Tablette auf die Zunge, trank und schluckte.

Gleich. Gleich würde es gut sein. Gut für ein paar Stunden. Sie seufzte und entspannte sich. Jetzt konnte sie den Teppich absaugen.

Sie aß allein. Und sie aß wenig. Die Nachrichten im ersten Programm liefen an ihr vorbei, der Krimi langweilte sie, das Buch war zu schwierig an diesem Abend. Sie konnte sich einfach nicht konzentrieren. Stunde um Stunde wartete sie im Wohnzimmer, kauerte im Halbdunkel der gedimmten Stehlampe und starrte die Wände an, die kupferfarben gemusterte Strukturtapete, die sie ausgesucht hatte und die niemand mochte außer ihr. Aber das war egal. Es war ja ohnehin ihr Haus. Sie war es, die es sauber hielt. Sie war es, die es bewohnte. Die anderen waren nur Durchreisende. Pavel war im Grunde schon weg, und auch Jacob würde bald gehen. Sicher würde er sich davonmachen, so schnell er konnte. Vielleicht war er schon fort. Noch einmal probierte sie, ihn zu erreichen. Jetzt war die Mailbox an.

Ihre Augen hatten sich an das Dämmerlicht gewöhnt. Die Falten der Gardine zeichneten sich dreidimensional vor dem Fenster ab, und sie konnte die Konturen der Gegenstände auf dem Couchtisch erkennen; die Kristallschale mit der überreifen Birne darin, das Telefon, das halbgefüllte Wasserglas und die gebundene Ausgabe der *Buddenbrooks* mit dem Lesezeichen weit hinten zwischen den Seiten. Der in Öl gebannte Schoner hatte die Segel gebläht. Seit einer Ewigkeit schon durchquerte er die Meere über dem Fernseher. Sie hatte das Bild seit Jahren nicht beachtet, aber während sie wartete, kam Leben in die See und auf das Schiff. Winzige Matrosen kletterten in den Masten herum, hielten Ausschau nach Land oder eilten über das Deck. Der Kapitän stand am Bug und sah dem Ziel seiner Reise entgegen. Er hielt die Hände auf dem Rücken gefaltet und schnippte die Daumen gegeneinander. Ein ungeduldiger Mann.

Eigentlich mochte sie keine Segelschiffe. Ihr wurde stets übel auf See vom Schwanken und Schaukeln, und der Gedanke, allein vom Wind getrieben zu werden, war ihr eine Qual. Und doch, das Bild war ein Geschenk ihrer Eltern. Sie hatten es bei der Vernissage eines einheimischen Künstlers auf Sylt gekauft, kurz nachdem Jacob zur Welt gekommen war. Ihr Vater hatte es selbst angebracht, ihre Mutter hatte ihm Dübel und Bohrmaschine gereicht und zufrieden genickt, als es hing. *Ein schöner Platz.*

Je später es wurde und je stiller auf den Straßen, desto tiefer sank sie in den Sessel, schob die Armbanduhr wieder und wieder in den Lichtkegel der Stehlampe. Angestrengt lauschte sie. Das Brummen des Kühlschranks in der Küche drang ebenso zu ihr durch wie die Tür, die im Nachbarhaus klappte, und der startende Motor eines Autos irgendwo im Dorf. Schließlich verstummten auch die letzten Geräusche. Noch einmal die Uhr. Sie zeigte Viertel nach drei, und Karin ahnte, dass es niemanden gab, bei dem Jacob um diese Zeit noch sein konnte. Die Wirkung der Tablette ließ nach. Sie dachte daran, eine zweite zu nehmen, aber sie hatte sich versprochen, sparsam damit umzugehen. Schließlich warnte der Beipackzettel vor zu häufigem Gebrauch. Und sie wollte sich an die Regeln halten.

Mit der linken Hand umklammerte sie das Gelenk ihrer rechten, grub die Nägel ins Fleisch. Regeln. Ihr ganzes Leben lang hatte sie Rosenkränze gebetet und ihr Zimmer aufgeräumt, hatte gelernt, die Gabel von der falschen in die richtige Hand zu wechseln, hatte die Zahnspange mehr als vier Jahre getragen, Grünkohl erst gekauft, wenn er Frost bekommen hatte, und Zimtsterne erst im Advent. Jeden Winter hatte sie den Gehweg vor dem Haus gestreut, kaum dass die ersten Schneeflocken zur Erde gerieselt waren, hatte die Elternabende in Jacobs Schule besucht und den Mitgliedsbeitrag für den Gymnastikverein stets pünktlich überwiesen. Und doch, am Ende hatte immer nur dieses eine Wort gestanden.

DURCHGEFALLEN.

Sie hatte es ignoriert. Sie hatte es fortgeschoben. Sie hatte es für lächerlich befunden und wieder und wieder das Gegenteil zu beweisen versucht. Sie hatte es in Schach gehalten, aber insgeheim wusste sie, dass es sich noch immer tief in ihrem Inneren verborgen hielt. Es wartete stets auf seine Chance und kroch bei der erstbesten Gelegenheit aus seinem Versteck wie die Made aus verdorbenem Fleisch. Es lauerte beständig, und jetzt drängte es mit Macht hervor. DURCHGEFALLEN, pulsierte es in ihren Adern. DURCHGEFALLEN, stand auf der Tapete, und DURCHGEFALLEN, dröhnte es ihr in den Ohren, als kein Schlüssel sich im Schloss drehen wollte. Das Wort. Es schlug ihr in den Magen, gegen die Brust und verteilte Kopfnüsse. Sie schlang die Arme um ihren Schädel und schloss die Augen. Es half nicht. DURCHGEFALLEN, noch einmal. Das Wort donnerte in ihr und um sie herum, dann drückte es ihr die Kehle zu, bis sie zu ersticken glaubte.

Sie sprang auf, sah sich Hilfe suchend um, erblickte die Schale auf dem Tisch. DURCHGEFALLEN. Das Wort lag neben der Birne, die schon zu faulen begann, wo es sie berührte. Sie hastete vor, griff zu und schleuderte die Schale gegen die Wand. Das Kristall zerbarst in einem Scherbenregen, die Birne rollte zu ihr zurück, aber der Druck auf ihre Kehle verminderte sich. Sie schmiss auch das Glas und die *Buddenbrooks*. Wasser spritzte durch den Raum, das Buch polterte zu Boden. Nun griff sie das Telefon und holte erneut zum Wurf aus. Aber das Wort war schon geflohen. Sie hielt inne und sammelte sich, spürte, wie der Puls ihr im Hals hämmerte, und hörte das Rauschen in den Ohren. Alles, alles, nur nicht mehr das Wort.

Ihr Herz beruhigte sich nur langsam. Sie betrachtete die Tasten des Telefons, erinnerte sich an das letzte Mal, als sie Pavel wegen Jacob angerufen hatte.

In Prag wäre das nicht passiert. Warum seid ihr nicht hier?

Pavel war nicht wie ihr Vater. Er würde es nicht aussprechen, und doch lägen seine Worte wie ein Surren in der Leitung. Das würde sie jetzt nicht auch noch ertragen. Es surrte schon genug in ihrem Kopf. Aber sie musste mit jemandem reden, auch wenn es mitten in der Nacht war. Noch einmal Holger anrufen? Oder doch lieber Annette? Immerhin war sie Jacobs Patentante und gewöhnlich viel besser über alles informiert, was ihn betraf. Bei ihr war er nicht wortkarg, wenn sie ins Dorf kam. Es wurmte Karin gewaltig, aber jetzt war nicht die Zeit für solch einen Ärger. Vielleicht wusste Annette ja wirklich mehr als sie.

Sie drückte die Kurzwahltaste für Annettes Nummer und wartete. Als eine verschlafene Stimme am anderen Ende der Leitung in den Hörer nuschelte, traten ihr die Tränen in die Augen. Das hier war nicht auszuhalten.

Es aussprechen.

Jacob.

Verschwunden.

Samstag, 15. November 2014, 3.23 Uhr

Annette schrak aus dem Tiefschlaf hoch, als das Telefon klingelte. Sie öffnete die Augen und starrte in die Dunkelheit hinein. Wer rief denn so früh am Morgen an, um Himmels willen! Oder war es etwa noch mitten in der Nacht? Sie blinzelte auf den Wecker. Tatsächlich erst kurz vor halb vier. War etwas mit ihrem Vater? Ein neuerlicher Herzinfarkt vielleicht?

Sie hangelte nach dem Telefon, das neben ihrem Bett auf dem Fußboden lag. Das Display zeigte die Nummer der Buceks. Sie nahm das Gespräch an und murmelte ein müdes Hallo.

»Jacob muss etwas passiert sein – er ist weg«, hörte sie Karin sagen. Ihre Stimme klang gepresst. Nicht einmal für eine Begrüßung hatte sie sich Zeit genommen.

Annette rieb sich den Schlaf aus den Augen, schaltete die Leselampe ein, die sie erst vor dreieinhalb Stunden ausgeschaltet hatte. Bildbände lagen aufgeschlagen um sie herum, ihr Bleistift klemmte in der Spalte zwischen Matratze und Bettgestell, und die Spiralbindung des Notizblocks drückte gegen ihre Hüfte. »Weg? Wie meinst du das? Was ist los?«

»Ich habe keine Ahnung.« Nur ein Wispern.

Annette war plötzlich hellwach, schob die Decke zur Seite und stand auf, presste das Telefon fest ans Ohr.

»Schsch«, machte sie und hob beschwichtigend die freie Hand, als könnte Karin sie sehen. »Keine Angst, keine Sorge.« Sie kramte das Handy aus ihrer Tasche und sah nach, aber sie hatte keine Nachricht von Jacob und auch keinen Anruf verpasst.

»Sag mir, was das zu bedeuten hat«, jammerte Karin ihr ins Ohr. »Bitte, ich verstehe es nicht. Was soll ich denn machen?«

»Jetzt beruhige dich erst mal. Es ist Wochenende. Und er ist schließlich kein Kind mehr. Vielleicht war er auf einer Party und übernachtet bei einem Freund.«

»Bestimmt nicht. Jacob geht nicht auf Partys. Und wenn ausnahmsweise doch mal, dann hätte er mir Bescheid gesagt.«

»Vielleicht hat er ja auch jemanden kennengelernt. Ich glaube nicht, dass er seine Mutter anruft, wenn er gerade angenehm beschäftigt ist.«

»Nein, da ist auch noch was anderes. Ich habe immer wieder versucht, ihn zu erreichen. Es ist jemand an sein Handy gegangen, aber er hat sich nicht gemeldet. Und später war die Mailbox an.«

»Hast du eine Nachricht hinterlassen?«

»Nein. Wie käme ich mir denn da vor? Ich lasse mich doch von meinem Sohn nicht zum Besten halten.«

Annette runzelte die Stirn. Jetzt redete Karin wie ihre eigene Mutter. Plötzlich diese Strenge im Ton – hörte denn das nie auf? »Warte mal kurz«, sagte sie und legte das Telefon beiseite, wählte mit ihrem eigenen Handy Jacobs Nummer und wartete die Ansage am anderen Ende der Leitung ab. »Jacob, wenn du das hier hörst, dann melde dich mal, ja? So bald wie möglich – es ist wichtig.«

Sie beendete das Gespräch und nahm den anderen Hörer wieder auf. »Was ist eigentlich mit Pavel? Hast du ihn gefragt, ob er was weiß?« Vielleicht war Jacob ja zu seinem Vater gefahren, überlegte sie.

»Nein«, antwortete Karin knapp und trotzig.

»Also hör mal, was machst du die Pferde scheu, das wäre ja wohl die erste …«

»Jacob ist nicht in Prag. Das wüsste ich. Er hat kein Waschzeug dabei.«

»Kein Waschzeug? Na, dein Mann hätte ja wohl eine Zahnbürste und ein Handtuch für seinen Sohn. Frag doch mal nach.«

»Das kann ich nicht, es ist mitten in der Nacht.«

»Ach, tatsächlich«, sagte Annette in ironischem Ton. »Meinst du, bei mir ist es Mittag?« Einmal mehr spürte sie den alten Zwiespalt, wusste genau, dass sie zu jeder Tages- und Nachtzeit füreinander da waren, noch immer und trotz allem. War das nun immerwährende Freundschaft, Nähe und Vertrautheit? Oder bloß noch ein Reflex? Am anderen Ende der Leitung blieb es lange stumm, dann war ein Schniefen zu hören.

»Ach, Karin«, sagte sie nun sanfter und fragte sich, wann sie zum letzten Mal erlebt hatte, dass ihre alte Freundin weinte. Es musste vor einer Ewigkeit gewesen sein. »Geh doch bei Holger vorbei, besprich dich mit ihm. Er wird dir zuhören.« Warum machte Karin es immer so kompliziert? Es waren keine zehn Minuten zu Fuß von ihrem Haus bis zum Sportplatz, neben dem Holgers Wohnung lag. Weshalb kam sie nicht von selbst auf diese Idee?

»Ich kann doch um diese Zeit nicht im Dorf herumspazieren. Wenn jemand ...«

Annette wartete, aber Karin sprach den Satz nicht zu Ende. »Dich sieht, willst du sagen, ja? Du rufst hier an, weil Jacob nicht da ist, bist völlig aufgelöst, aber trotzdem scherst du dich um das Gerede der Leute. Immer und immer wieder.« Ein uralter Groll stieg in ihr auf.

»Ich habe bereits mit Holger telefoniert«, sagte Karin sachlich. »Er weiß auch nicht, wo Jacob sein könnte.«

»Na schön, aber du wärst nicht allein. Und morgen früh klärt sich bestimmt alles auf.«

»Nein, das glaube ich nicht.« Jetzt weinte Karin wieder, ihre Stimme klang brüchig. »Es ist bestimmt etwas passiert. Kannst du nicht herkommen?«

Annette hörte die Tränen und hörte die Angst. Unwillig brummte sie in den Hörer. Eigentlich musste sie das ganze Wochenende arbeiten. Der Bericht über Geogia O'Keeffe anlässlich der Eröffnung einer Ausstellung zu ihren Ehren musste am kommenden Dienstag fertig sein. Die Redaktion kannte kein Erbarmen, wenn es um die Abgabefristen der Texte ging, selbst die Bilder für den Beitrag hatte sie noch nicht ausgewählt. Sie konnte es sich nicht erlauben, den Auftrag zu vermasseln, und das Honorar war auch schon lange verplant.

»Nein, das geht nicht«, sagte sie und spürte selbst, wie wenig überzeugend sie klang.

»Bitte!«, flehte Karin jämmerlich. »Bitte komm her.«

Annette seufzte, und der Druck auf ihr Gewissen verscheuchte jedes ihrer Argumente. »Na gut, ich komme«, sagte sie widerwillig, beendete das Gespräch und schlurfte leise fluchend ins Bad.

Die Strecke kannte sie genau, Berlin – Eschenreuth, vierhundert Kilometer nach Süden, kein allzu weiter Weg und doch jedes Mal die Reise in eine völlig andere Welt, dorthin, wo die Hügel, die Häuser und die Straßen alte Geschichten flüsterten. Wo die Blicke der früheren Nachbarn sich noch heute verfinsterten, wenn sie auf der Straße rauchte, so wie schon vor vierunddreißig Jahren, als sie sechzehn war. Wo die Männer kein Treffen der Reservistenkameradschaft versäumten und die Frauen nach der Messe das Mittagessen kochten, sobald sie nach Hause kamen. Alle Frauen. Auch Karin. Annette wäre am liebsten auf der Stelle umgedreht, als sie daran dachte. Sie fuhr nicht mehr oft nach Eschenreuth, seit ihre Mutter gestorben und ihr Vater zu Rosis Familie nach Nürnberg gezogen war. Ihre Schwester hatte alles geregelt, das Elternhaus über der Backstube, in die ihr Vater jeden Morgen um drei hinuntergestiegen war, gehörte wie auch der Laden mit dem Café längst einer jungen Familie, und diese Leute waren die einzigen Menschen im Dorf, die Annette nicht kannten. Alle anderen wussten genau Bescheid über das Vogl-Mädchen, das so jung schon ausgeflogen war. Ausgeflogen in eine eingemauerte Stadt mitten in der Ostzone. Keinen Mann hatte das Vogl-Mädchen, aber es wurde gemunkelt über diese andere Sache, über die man gar nicht wirklich munkeln konnte, weil es dafür keine Worte gab in Eschenreuth. Wohl aber rümpfte man die Nase oder riss schon mal Witze oder beides, je nach Laune und Tagesform. Doch wenn sie durch den Ort ging, hoben die alten Männer die Hüte an und die Frauen nickten sacht. Ihr Vater hatte für sie alle das tägliche Brot gebacken, die wenigen kleinen Pensionen mit frischen Semmeln versorgt und den Leuten manche Hochzeitstorte kreiert. Ihre Mutter war stets freundlich gewesen, wenn sie im Laden bediente oder im Café die Bestellungen aufnahm, immer gut gelaunt, immer flott und niemals krank. Ja, man grüßte das Vogl-Mädchen, wenn es wieder angeflogen kam, mal zu Ostern, mal im Sommer, mal zur Weihnachtszeit. Kam sie am Dorfplatz vorbei, betrachtete man sie wie ein seltenes Gewächs, eine fleischfressende Pflanze vielleicht, und sie krallte die Hände fest um das Steuer des Wagens, als sie es sich vorstellte.

Nach zweieinhalb Stunden auf der Autobahn rutschte die Tankanzeige in den roten Bereich. Es passte ihr nicht, die Fahrt unterbrechen zu müssen, aber sie hatte keine Wahl und setzte den Blinker, als die Ausfahrt zum Rasthof in Sicht kam. Erst als das Benzin durch den Zapfhahn lief, spürte sie, wie müde sie war, und sie stellte sich vor, wie Grit den Kopf schütteln würde und wie sie erfüllt wäre von bitterem Spott. Sie hatte Grit vertröstet wegen der Story über Georgia O'Keeffe. Einmal mehr keine Zeit wegen der Arbeit. Dagegen war nichts einzuwenden, und Grit hatte nichts eingewandt. Wie sollte sie ihr nun den plötzlichen Aufbruch erklären? Ein Notfall, gewiss. Aber irgendein Fall war es immer, wenn es um Karin ging, ein Ausnahmefall manchmal, ein spontaner Einfall hin und wieder, ein Rückfall zumeist. *Was willst du da noch?*, fragte Grit in eifersüchtigem Ton, und Annette konnte ihr keine Antwort darauf geben. Einst war dieses Dorf ihr erschienen wie das tote Ende der Galaxis, und so war sie losgezogen ins Zentrum der Milchstraße, die von Mauern umgeben war. Von einer Sonne zur nächsten war sie gedüst, eine aufregende Zeit, wunderbar, grausam und dann wieder schön. Die Sonnen waren hell gewesen und heiß, aber dann hatten sie sich aufgebläht und waren verglüht, eine nach der anderen. Supernova. Sternenstaub. Und das Dorf mit all seinen Menschen war immer noch da. Hier hatte sie laufen gelernt. Lesen gelernt. Lieben gelernt. Jaja, auch das.

Als sie das Benzin bezahlt hatte, verspürte sie ein dringendes Verlangen nach heißem Kaffee, fuhr ein paar Meter weiter und balancierte kurz darauf ihr Tablett zu einem Tisch am Fenster des Restaurants. Durch die regennassen Scheiben betrachtete sie das monotone Grau des herbstlichen Himmels in der Morgendämmerung. Sie zog den Deckel von einem winzigen Sahnetöpfchen und gab seinen Inhalt in den Becher, ließ eine zweite Portion folgen und rührte um. Sie trank einen kleinen Schluck, aber der Kaffee war noch viel zu bitter. So ging sie noch einmal zur Selbstbedienungstheke und griff erneut in den Korb mit der Sahne. Die Kassiererin, eine junge Frau mit einer langen blonden Mähne und einem Pferdegesicht, unterbrach die gelangweilte Prüfung ihrer Fingernägel und schaute auf. Es lag etwas Tadelndes in ihrem Blick. Ein Becher Kaffee und drei Portionen Sahne. Unmäßigkeit hieß das Wort, das ihr aus den Augen stach. Warum verwendeten sie auch diesen Plastikmüll, dachte Annette, nahm den Korb in die eine Hand und wühlte mit der anderen darin, nahm Töpfchen für Töpfchen heraus und betrachtete die Bilder auf den Deckeln. Die Loreley legte sie ebenso zurück wie St. Bartholomä, aber Schloss Neuschwanstein wählte sie aus und den Hamburger Hafen, Nummer vier und fünf, die sie sicher nicht benötigte. Sie stellte den Korb zurück und lächelte die Kassiererin an. Das Pferd blähte die Nüstern.

Das Restaurant lag noch im Schlaf, aus dem Radio rieselte ein Hit des vergangenen Sommers aus unsichtbaren Lautsprechern in den Raum. Der Parkplatz war beinahe leer, nur ein Mercedes-Transporter stand unweit ihres eigenen Wagens, eines saphirblauen Renault Clio, den der Regen gewaschen hatte. *Bodenbeläge – Verlegung und Vertrieb, Herbert Müller*, stand auf dem Lieferfahrzeug. Vermutlich war das der Mann, der unweit von ihr mit einem Spielautomaten beschäftigt war. Zusammengesunken kauerte er auf dem Barhocker, das obere Ende seines Hinterns lugte über den Rand der Arbeitshose. In der linken Hand hielt er einen Becher von der Sorte, wie er auch vor Annette stand, mit der rechten schob er in unregelmäßigen Abständen Münzen in einen Schlitz. Seine Augen spiegelten sich im blankpolierten Glas des Automaten, verfolgten gebannt das Blinken der Lichter, schnelle und langsame Sequenzen, untermalt von einem elektronisch verzerrten Ding-Dong, das abwechselnd in schneller Folge Spannung verhieß oder abfallend ein Bedauern zum Ausdruck brachte. Schade, leider nicht gewonnen. Die nächste Münze, bitte.

Sie beobachtete, wie der Mann das Portemonnaie öffnete, dann wandte sie sich ihrem Frühstück zu. Sie hatte sich das vielversprechendste Brötchen ausgesucht, aber auch das erwies sich als Reinfall. Dem pappigen Teig fehlte Salz, die Butter war viel zu dick aufgetragen, und bei näherer Betrachtung musste sie erkennen, dass der Käse sich an den Rändern schon nach oben bog, während er in der Mitte wabbelig war, aufgeweicht von der Tomatenscheibe, die dem traurigen Häppchen als Dekoration dienen sollte und ihm doch nur den Rest gab.

Das Brötchen schmeckte nicht. Nichts schmeckte ihr nach dieser viel zu kurzen Nacht. Jacob weg. Sollte sie sich nun sorgen, wie Karin es tat, oder sollte sie ärgerlich werden, weil der Junge mit seinem Verschwinden alles durcheinanderwirbelte? Es war schon merkwürdig, dass er nicht einmal ihr etwas gesagt oder geschrieben hatte. Waren ihre Besuche bei den Buceks zu selten geworden? Sie erinnerte sich, wie es gewesen war, als er mit einer schlimmen Grippe niederlag, ein blasses trauriges Kind in einem riesigen

Federbett, die Augen fiebrig und feucht. *Meine Playmobil-Ritter sind weg*, hatte er gejammert, und sie hatte ihm zu seinem nächsten Geburtstag neue besorgt. Von Sascha hatte Jacob ihr erzählt, seinem Lieblingsonkel, diesem Aussteiger, wie die Leute im Dorf ihn nannten. *Sascha macht bunte Lederschuhe in Spanien*, hatte er geflüstert. *Aber sag es nicht weiter.* Vertrauen war schön, aber es konnte einen auch in die Zwickmühle bringen. Wann immer sie aus dem Kinderzimmer kam, hatte Karin sie verletzt angesehen. Warum verrätst du mir nicht, was er dir erzählt? Warum verrätst du mich? Stumme Fragen, doch Annette war standhaft geblieben. Schließlich hatte sie Jacob ihr Indianerehrenwort gegeben, und Indianerehrenwörter brach man nicht.

Aber nun war Jacob kein Kind mehr. Inzwischen spürte sie, dass er sich auch vor ihr verschloss, oder lag es nur an der Pubertät? Vielleicht hatte sie ihn in letzter Zeit zu wenig beachtet. All die Ereignisse, über die sie schrieb und die ihre Aufmerksamkeit forderten, Konzerte und Varietés, Vernissagen und Finissagen, Lesungen, Filmpremieren und Theaterabende, dazu all die privaten Verabredungen. Und Grit. In Berlin fand ihr Leben statt – ein Leben, von dem Jacob nicht viel mitbekam. Seine Nachrichten waren nur wenige von all jenen, die ihren elektronischen Briefkasten überschwemmten. Es blieb nicht viel Raum für einen Teenager. Dabei war es gerade mit einem Jugendlichen wie mit allem anderen auch. Man musste sich ihm ganz widmen oder gar nicht. Alles andere war Wischiwaschi, alles andere schadete nur.

Sie betrachtete den letzten Happen in ihrer Hand und seufzte. Sie sollte viel langsamer essen, sollte sich noch ein Brötchen kaufen und noch eines, egal, wie es schmeckte. Sie sollte sich einen riesigen Salat auftürmen, sich Rührеier von den Warmhalteplatten aufladen und das komplette Buffet in aller Ruhe verspeisen, nur um nicht dieser Ungewissheit entgegenfahren zu müssen. Was würde sein, wenn Karin recht behielte und wirklich etwas passiert war? Sie spürte es in jeder Zelle ihres Körpers. Nichts Gutes kam da auf sie zu.

Hier war es doch gemütlich mit dem Pferd an der Kasse und mit Herbert Müller oder wer es auch war, der da sein Geld verschleuderte. Der Automat vor ihm blinkte nun wilder. Eine Sirene jubelte. Herbert Müller stellte den Becher auf einen zweiten Hocker neben sich und verdeckte mit der frei gewordenen Hand das Geschehen hinter dem Glas, während er mit der anderen im Rhythmus der Töne einen roten Knopf betätigte. Er drückte und presste, rutschte vor und zurück, vor und zurück. Der Hocker kippelte, aber er achtete nicht darauf. Mit dem Kopf nickte er zum Tuten und Blinken und Drücken, schwarzgraue Locken vibrierten auf seinem Kopf. Eine Lichtsäule erhob sich auf dem Apparat, stieg über seine Hand hinaus, kletterte höher, immer höher, und schließlich sprang der Mann auf. Seine Finger drückten nicht länger, sondern hackten jetzt ein auf das Gerät. Aber plötzlich verloren sie den Takt. Nur eine Winzigkeit zu früh waren sie dran, das Zehntel einer Sekunde. Der Automat heulte auf und die Säule stürzte ab. Zahlen, Asse und das herausfordernde Zwinkern einer vollbusigen Blondine in knappem rotem Kleid erloschen. Herbert Müller starrte auf das leere Fach, in das sein Gewinn hätte prasseln sollen, und ließ die Schultern sinken. Dann trottete er zur Kasse, um einen Schein zu wechseln.

Er will den Jackpot, unbedingt, dachte sie. Das Geld brauchte er vermutlich nicht, doch er gäbe wohl alles für den einen Moment, in dem das Klirren zahlloser Münzen ihn glauben lassen konnte, das Schicksal meine es gut mit ihm. Der Mann vergaß den bitteren Kaffee, vergaß die Bodenbeläge und auch die Kundschaft, die ihn zweifellos irgendwo erwartete. Er wusste, dass er nur verlieren konnte, aber es kümmerte ihn nicht, wenn vor ihm die Lichter tanzten. Vielleicht hatte er irgendwann einmal gewonnen, und der eine Augenblick, in dem Sehnsucht und Wahrheit eins gewesen waren, bedeutete ihm mehr als alles andere. Die Freude. Das Glück. Ja, sie verstand.

Das Lied war zu Ende. Stattdessen drangen nun die Schlagzeilen des Tages aus dem Radio. Es war eine junge weibliche Stimme, die sie verkündete. Sie sprach über die Steuerhinterziehung eines deutschen Spitzenmanagers, den wachsenden Einfluss der Terroristen im Irak und einen Autounfall mit einem Toten und zwei Schwerverletzten, aber nicht eine Sekunde lang vergaß die Sprecherin das mühsam trainierte Lächeln in der Stimme durch den Äther zu schicken. Sie schäkerte ins Mikrophon, als hätte sie nicht alle Tassen im Schrank. Annette erhob sich, nahm das Tablett und stellte es auf die Ablage für das schmutzige Geschirr, nur Schloss Neuschwanstein und den Hamburger Hafen ließ sie in ihre Tasche gleiten, als das Pferd noch einmal zu ihr herübersah.

Auf dem kurzen Weg zum Auto zündete sie sich eine Zigarette an. Der Regen hatte nachgelassen. Vereinzelte Tropfen fielen auf ihr kastanienbraunes kurzes Haar, das zu bändigen sie sich niemals Mühe gegeben hatte. *Andere lassen viel Geld beim Friseur, um so auszusehen*, hatte Grit gesagt, als sie das erste Mal morgens neben ihr aufgewacht war. Annette zog ihr Handy aus der Jackentasche, betrachtete das Bild der Geliebten im Display und schrieb ihr eine knappe Nachricht.

Musste überraschend zu Karin. Notfall. Melde mich später. Kuss.

Einfach Senden. Wie praktisch. Das schlechte Gewissen fraß sie an wie ein Schwarm Piranhas. Sie sog den letzten Zug der Zigarette tief ein. Das Nikotin drang in ihre Blutbahn und entspannte sie. Zwei Stunden Fahrt lagen noch vor ihr. Karin erwartete sie, und vielleicht war am Morgen auch Holger bei ihr. Dann würden sie wieder zusammen sein wie schon so oft, wie schon immer. Sie stieg ein und fuhr langsam über den Parkplatz, bevor sie sich in den spärlichen Verkehr einfädelte. Wie die Rücklichter des Wagens vor ihr leuchteten die Erinnerungen sie an.

Herbst 1972

Der September hatte es in diesem Jahr aber wirklich in sich. Zuerst holte eine Deutsche bei den Olympischen Spielen in München die Goldmedaille im Hochsprung. Sie hieß Ulrike Meinhof oder Meyfarth oder so ähnlich, und kaum hatten alle bei der Nationalhymne strammgestanden, wurden ein paar andere Sportler zuerst gefangen genommen und dann getötet. Die Spiele gingen aber trotzdem weiter. Außerdem schimpften die Leute in der Bäckerei über einen, der andauernd im Fernsehen war und Willy Brandt hieß. Annette hatte Rosi gefragt, was es damit auf sich hatte, aber ihre Schwester wusste es auch nicht so genau, obwohl sie ziemlich erwachsen tat, seit sie nach den Sommerferien auf das Gymnasium in der Stadt gewechselt war. Rosi ging nun morgens nicht mehr gemeinsam mit ihr den Weg zur Schule am Dorfplatz, aber dafür wurde ein neues Mädchen in ihre Klasse aufgenommen, als das dritte Unterrichtsjahr begann, und das hatte etwas für sich, weil sie eine neue Passagierin brauchten. Seit Rosi nicht mehr mit ihnen verreiste, war der Flugverkehr auf dem Schulhof vollständig zum Erliegen gekommen. Annette fand, es könne nicht schaden, sich die Zugereiste einmal näher anzusehen. Holger aber war strikt dagegen. Anstatt wie gewöhnlich mit einem Stock in den Händen rittlings auf dem bodennahen Ast der Kastanie zu sitzen und Kurs auf Honolulu zu nehmen, trottete er mit hängenden Schultern zu eben jenem Baum hinüber und ließ seinen massigen Körper im Cockpit niedersinken, ohne auch nur die geringsten Vorbereitungen für den Start zu treffen. Durch die dicken Gläser seiner Hornbrille starrte er missmutig vor sich hin und mampfte seine immer gleiche Brotzeit, eine zentimeterdick bestrichene Leberwurstschnitte und eine Brezel.

Sie schmollte. Das gesamte erste Schuljahr hatte sie gebraucht, einen Piloten aus Holger zu machen. Irgendwie hatte sie diesen schüchternen Jungen, den sonst niemand zu mögen schien, ins Herz geschlossen. Sie hatte schnell gemerkt, was für ein perfektes Flugzeug der alte Kastanienbaum mit dem bodennahen Ast abgab, aber es konnten nun einmal nur Männer Piloten sein. Es hatte sie Berge von Butterkeksen aus der Bäckerei und außerdem noch von ihrem Taschengeld gekaufte Gummischlangen gekostet, ihn zu überreden. Allmählich war Holger aufgetaut, war er ihr bester Freund geworden, und der Baum hatte sich tatsächlich in ein Flugzeug verwandelt. Nun aber trauerte Holger Rosi hinterher.

Annette sammelte die ersten Kastanien der Saison vom Boden auf. Falls sie doch noch flogen, wollte die Bordverpflegung vorbereitet sein. Nur wem sollte sie das Essen servieren? Es fehlte ein Passagier, und die anderen Kinder kamen dafür nicht in Frage.

Der und Pilot?

Der kann ja nicht mal die Landebahn direkt vor seiner Nase sehen.

In den Sitz passt er auch nicht mit seinem dicken Hintern.

Igitt, wie der stinkt! Thomas war neben Holger getreten und hatte geschnuppert, einen angewiderten Ton ausgestoßen und sich die Nase zugehalten. Lautes Lachen ringsumher.

Nein, mit den anderen Kindern aus dem Dorf würden sie nirgendwohin fliegen. Sie setzte sich neben Holger und drehte eine Kastanie zwischen den Fingern. Er müffelte wirklich ziemlich heftig, aber er konnte doch nichts dafür.

Die kleine Wohnung, in der er mit seiner Oma lebte, lag direkt über der Reinigung der Kurklinik, in der sie auch arbeitete. Die Dämpfe waberten die Stiege hinauf, krochen durch die zugigen Ritzen der Wohnungstür und drangen in Möbel, Teppiche und Kleider. Manchmal erschien es Annette, als drängen sie selbst in Holgers Haut. Sie hatte sich schon nach wenigen Besuchen bei ihm zu Hause an den Geruch gewöhnt. Und Rosi hatte er nie gestört.

Na, Käpt'n Baumgartner, fliegen wir?, hatte Rosi immer gefragt und Holger den Arm um die Schultern gelegt. Seine Wangen röteten sich fleckig in solchen Momenten, und er ging in Position, um über Funk die Starterlaubnis einzuholen, während Rosi Platz nahm, die üppig um ihren Kopf wallenden Locken zurückstrich und sich anschnallte. Aber jetzt war Rosi fort und die Maschine blieb seit Wochen am Boden.

»Wollt ihr mal meinen Spagat sehen?«

Annette zuckte zusammen, denn die Neue hatte sich von hinten angeschlichen. Nun aber trat Karin Schmitz vor, hob beide Arme seitlich an und streckte sie bis in die Fingerspitzen, während sie zu Boden glitt. Es sah so leicht aus, wie sie dahinfloss im orange geblümten Sommerkleid. Ihr ganzer Körper war angespannt, und doch hatte sie ein Lächeln auf den Lippen.

»Tut das nicht weh?« Annette sprang vom Ast und tat es ihr vorsichtig nach. Als sie ein Reißen in den Innenseiten ihrer Schenkel spürte, hielt sie inne und blieb breitbeinig stehen.

Holger hatte seine Mahlzeit beendet. Er knüllte das Butterbrotpapier zusammen und vergrub es gemeinsam mit den Händen tief in den Taschen seiner Jeans, die trotz seines fülligen Körpers viel zu weit für ihn waren und nur von einem Gürtel am Platz gehalten wurden.

»Das interessiert keinen«, brummelte er und schaute an Karin vorbei.

Wie gemein er war – das passte gar nicht zu ihm. Gemein waren sonst die anderen Kinder. Sie nannten ihn Stinker und Fettwanst, und Thomas hatte sogar noch ein anderes Schimpfwort benutzt. Er nannte ihn Bastard, und das hatte er bestimmt zu Hause aufgeschnappt. Sie wusste nicht, was das bedeutete und hatte in Rosis Duden nachgeschlagen: *fr. (Mischling; uneheliches Kind)*, stand da. Holger erzählte sie nichts davon. Sie war seine einzige Freundin, verbrachte jede freie Minute mit ihm, aber anders als Rosi hatte sie ihm nie den Arm um die Schultern gelegt und wegen ihr bekam er auch kein fleckig gerötetes Gesicht. Sie verstanden sich einfach gut, auch wenn es ihr manchmal auf die Nerven ging, dass er ständig von ihrer Schwester sprach.

»Rosi ist unser Passagier«, protestierte er auch, wenn sie ihm erzählte, was sie über das neue Mädchen herausgefunden hatte. Familie Schmitz war aus der Stadt gekommen und in das Haus neben der Kurklinik gezogen, das so lange leer gestanden hatte. Im Dorf nannte man es stets ›die Villa‹. Es hatte einen kleinen Garten zur Straße und einen riesigen nach hinten hinaus, der gleich an den Kurpark grenzte. Die Familie kannte niemanden in Eschenreuth.

Manchmal sah Annette zwei kleine Jungs im Garten herumtoben, Karins jüngere Brüder, die Zwillinge sein mussten, so ähnlich sahen sie sich. Karin tobte nie im Garten der Villa, sie hatte anderes zu tun. Viermal in der Woche fuhr ihre Mutter sie in die Stadt zum Ballettunterricht, kaufte unterdessen ein und nahm sie wieder mit zurück. Die Hinfahrt, die Zeit zwischendurch und die Rückfahrt zusammengerechnet, waren sie vier Stunden fort. Darüber sprach man in Eschenreuth, weil sie in dieser Zeit die Aufwartefrau auf die Jungen aufpassen ließ. Niemand in der ganzen Gegend hatte je eine Aufwartefrau gehabt, vielleicht der Geschäftsführer der Pharmafabrik, die hinter den Hügeln lag, aber der wohnte weit weg am Starnberger See.

Irgendwie war Karins Mutter eine komische Frau. Annette war nicht entgangen, dass Karin die schönste Federmappe hatte und den größten Ranzen, dass sie jeden Tag einen anderen Pullover trug und Bücher las, die nicht aus der Gemeindebibliothek kamen. Aber nie hatte Karin einen Lutscher oder ein Stück Schokolade dabei. Annette hätte ihr gern einmal etwas geschenkt, eines von den Nonnenhörnchen vielleicht, für die ihr Vater im ganzen Landkreis gerühmt wurde, weil er den Teig so wunderbar locker hinbekam. Aber Karin rührte nichts Süßes an, und Holger würde es ärgern. Je öfter Karin zu ihnen kam, desto mehr schimpfte er über sie. Wenn sie sich vor der Schule im Handspiegel betrachtete und den Sitz ihrer strohblonden Zöpfe korrigierte, nannte er sie eitel. Wenn sie vom Ballett erzählte oder eine ihrer Übungen zum Besten gab, meinte er, es sei Angeberei. Und wenn sie kurz vor Unterrichtsbeginn ihre Zahnspange aus dem Mund nahm und sie gegen einen zuckerfreien Kaugummistreifen tauschte, um ihn beim Eintreten der Lehrerin schon wegzuwerfen, maulte er wieder, weil es in seinen Augen Verschwendung war. Am meisten aber hasste er es, wie Karin redete. Annette fand, dass sie einfach nur ein lispelndes Zahnspangenhochdeutsch sprach, aber Holger fand es geziert. Wenn es um Karin ging, hörte er sich genauso streng an wie seine Oma. Er benutzte sogar dieselben Worte.

Hochmut kommt vor dem Fall.

Wer sich selbst erhöht, der wird erniedrigt werden.

Und dann fing er wieder von Rosi an.

Die Tage wurden kürzer, der Nebel hielt sich bis zum Mittag zwischen den Wipfeln der Bäume. Allerheiligen kam und Allerseelen, der Volkstrauertag und der Totensonntag, der zweite Advent und der erste Bodenfrost. Karin kam inzwischen nicht mehr zur Kastanie. Auf dem Schulhof blieb sie allein, ließ einen Hula-Hoop-Reifen um ihre Hüften kreisen oder spielte mit ihrem Jo-Jo. Und die Düsen des Jets blieben weiter still.

Annette saß immer grimmiger neben Holger auf dem Ast; sie hatte keine Lust, nur herumzuhocken, und sie mochte auch nicht mehr zusehen, wie er diese Leberwurstschnitten in sich hineinstopfte. Mit jedem neuen Schultag wurden die Pausen trister. Bis zu jenem denkwürdigen Morgen nach dem dritten Advent.

Der weiße Mercedes hielt direkt vor der Schule. Karins

Mutter stieg aus, eilte um den Wagen herum und öffnete die hintere Tür. Zwei dünne Beine schoben sich langsam aus dem Auto hervor. Das rechte steckte bis zum Knie in einem roten Stiefel. Das linke ebenso weit in Gips.

Karin nahm die Krücken von ihrer Mutter entgegen und humpelte los, den Blick zu Boden gerichtet. Eine Traube aus Kindern bildete sich am Schultor. Drei Wochen war es schon wieder her, dass der Junge aus der Vierten nach einer Rauferei mit einer Platzwunde am Kopf ins Krankenhaus gebracht werden musste. Seither hatte es keine Aufregungen mehr gegeben. Und nun ein Gipsbein am Montag. Das konnte eine tolle Woche werden!

Umgeknickt sei sie, böse umgeknickt. Karins Mutter verkündete es so laut, dass alle in der Menge es hören konnten. Beim Ballett sei es passiert, am Sonntag nach der Messe. Karin habe mit ein paar anderen Mädchen aus ihrer Gruppe für eine Kinderaufführung geübt, *Der Nussknacker* am Weihnachtstag. Nach einem Sprung sei sie unglücklich aufgekommen, furchtbar unglücklich. Ihr Vater habe den Bänderriss sofort diagnostiziert, sei mit ihr in seine Behandlungsräume in der orthopädischen Abteilung der Kurklinik gefahren und habe den Fuß eingegipst. Mindestens sechs Wochen würde sie nicht trainieren können. Und Weihnachten ginge sie an Krücken. Karins Mutter strich ihrer Tochter über den Kopf, wo ein sehr gerader Scheitel ihr zu Zöpfen gebändigtes Haar exakt teilte. Karin hob die Lider noch immer nicht. Die Menge sammelte sich enger um sie. Fräulein Egge sprach ein paar tröstende Worte. Jemand bückte sich zu Karins Gips hinunter und klopfte gegen die harte Schale. Eine Stimme aus dem Hintergrund fragte: »Darf ich was draufmalen?«

Annette wollte wissen, was Holger von dieser Sache hielt, aber er sagte kein einziges Wort dazu, schwieg, bis die Schulglocke die erste Stunde einläutete, schwieg in der kleinen Pause und auch um halb zehn im Cockpit.

»Was hast du denn?«, fragte sie ihn und nahm ihre Semmel aus der Butterbrotdose. »Sei doch zufrieden. Du hast doch immer gesagt: Hochmut kommt vor dem Fall.« Sie imitierte seinen missbilligenden Ton. »Hast recht behalten.«

Tatsächlich verstand sie ihn nicht. Die ganze Zeit über hatte er kein gutes Haar an Karin gelassen, hatte sich nicht dafür interessiert, wo sie war und was sie tat, und jetzt sah er ihr mit einer derart verwunderten Miene nach, als hätte er noch nie ein Gipsbein gesehen. Und durch das Unverständnis in seinem Blick schimmerte Mitgefühl. Wahrscheinlich war das auch wieder so etwas, das er von seiner Oma lernte und das Annette nie begriff: Der Pfarrer erklärte in der Kirche, was man nicht tun durfte. Wenn man doch etwas tat, das verboten war, guckten alle böse und es konnte sein, dass Gott sich eine gemeine Strafe ausdachte, irgendwas wie Masern oder eine Fünf im Diktat oder ein Stromausfall, gerade wenn *Bonanza* anfing. Jedenfalls wurde man traurig, und je trauriger man war, desto besser. Dann kamen die anderen Kinder, um zu trösten, und auch der Pfarrer war versöhnt. Traurig zu sein war eigentlich das Tollste, was einem passieren konnte. Sogar Holger schimpfte nun nicht mehr über Karin. Er sprach mit vollem Mund.

»Gestern Nachmittag hab ich sie gesehen. Vor ihrem Haus.« Er kaute ein bisschen und schluckte, weil er wohl selbst merkte, dass er kaum zu verstehen war. »Ich bin auf dem Weg vom Wald nach Hause bei ihr vorbeigeradelt. Es war schon fast dunkel.«

»Ja, und?« Es begann zu regnen. Sie zog sich die Kapuze auf den Kopf.

Er tat es ihr gleich. »Sie hat keinen Gips gehabt.«

Annette umfasste ihre Semmel fester. Ein paar Krümel rieselten zu Boden. »Bist du sicher?«

Holger nickte. »Sie hatte ein Band zwischen zwei Bäume gespannt und hat Gummitwist gespielt. Alleine. Und ihre Füße waren in Ordnung.«

Sie schürzte die Lippen und dachte nach. Das war aber sehr merkwürdig. Warum sagte Karins Mutter, es sei am Mittag schon passiert? Und beim Ballett? Das konnte ja wohl nicht stimmen. Vielleicht war sie beim Gummitwist umgeknickt. Wollte Karins Mutter nicht, dass Karin Gummitwist spielte? Durfte das niemand wissen? Gehörte am Ende auch Gummitwist in die lange Liste der Dinge, die für Mädchen verboten waren? Das wäre neu.

Sie schaute auf die Uhr, die über dem Eingangsportal der Schule hing. Es war noch genug Zeit. »Komm«, sagte sie zu Holger, sprang auf und ging auf dieses seltsame Mädchen zu.

Wie ein Storch stand Karin auf dem gesunden Bein, hielt das eingegipste angewinkelt in der Luft. Annette bemerkte, wie schwer es ihr fiel, ihren Apfel zu essen, ohne die Krücken loszulassen.

»Soll ich die mal nehmen«, sagte sie daher und griff danach. Zuerst schüttelte Karin den Kopf, aber als der Apfel ihr beinahe aus der Hand rutschte, ließ sie die Krücken los.

»Ganz schön blöd, was?« Annette humpelte versuchsweise um sie herum. »Ist bestimmt ziemlich dick geworden, oder? Nur gut, dass dein Vater Arzt ist.«

Karin kniff die Lippen zusammen.

»Was machst du denn jetzt, wenn du nicht zum Ballett kannst?«, versuchte es Holger. Er war viel freundlicher zu ihr als sonst, aber Karin sah aus, als würde sie nur mühsam ihre Tränen zurückhalten.

»Jedenfalls wird es jetzt nichts mit dem *Nussknacker*«, sagte sie traurig. »Dabei ist es doch mein Lieblingsballett.« Sie warf das Kerngehäuse des Apfels ins Gebüsch und streckte die Hände aus, um die Krücken zurückzunehmen.

Annette gab sie ihr. »Ist es wirklich beim Ballett passiert?«

Karin sah sie endlich an. Ein bisschen erschrocken, wie es schien. »Ja.« Auch ihre Antwort fiel merkwürdig knapp aus.

»Gestern Mittag?«, fragte Holger.

Karin nickte schwach.

»Ich hab dich beim Gummitwist gesehen.«

Karin zuckte zusammen. »Wann?«, fragte sie in schrillem Ton.

Holger stemmte die Fäuste in die Seiten. »Weißt du nicht, wann du Gummitwist gespielt hast?«

Karin drehte sich um und humpelte davon, ohne zu antworten. Holger stutzte, dann wischte er mit der flachen Hand vor seinem Gesicht herum, um Annette zu signalisieren, was er davon hielt.

Annette kratzte sich am Kopf. Irgendetwas stimmte hier nicht, dachte sie gerade, als Karin sich plötzlich umdrehte und zurückkam.

»Bitte sagt den anderen nichts davon.«

Annette war hin- und hergerissen. Karin bat so flehentlich, dass es unfair sein würde, ihre Notlage auszunutzen. Aber sie tat auch so wahnsinnig geheimnisvoll. »Nur wenn du uns erzählst, was wirklich passiert ist«, sagte sie daher und stieß Holger an, der von einem Bein auf das andere trat. Vermutlich dachte er schon wieder an seine Oma. *Klopfet an, so wird euch aufgetan,* würde sie sagen. Annette wusste, er müsste eigentlich bedingungslos tun, worum Karin ihn bat, aber sie war sicher, dass auch er wissen wollte, was wirklich passiert war.

»Du musst es erzählen«, verlangte schließlich auch er.

Karin schluckte. Die Pause war fast zu Ende. »Aber ihr müsst es unbedingt für euch behalten.«

Holger nickte, und Annette hob drei Finger. »Ich schwöre.«

Es klingelte. Die anderen Kinder schlenderten grummelnd auf das Schulhaus zu. Karin wartete mit ihrer Antwort, bis sie weg waren.

»Ich ... Ich bin erst gestern Abend umgeknickt«, stammelte sie flüsternd. »Es ... ist nicht beim Ballett passiert. Ich bin ... aus dem Fenster in den Garten gesprungen.«

»Aus dem Fenster gesprungen?« Holger sprach lauter.

»Psst!« Annette legte einen Finger an die Lippen und trat dichter an Karin heran, die ihre Hände so fest um die Griffe der Krücken gelegt hatte, dass die Knöchel weiß hervortraten.

»Hab ich schon öfter gemacht. Es ist ja nicht hoch. Aber gestern bin ich auf so einer blöden Wurzel gelandet.«

»Warum machst du denn so was?« Holger tippte sich mit dem Finger an die Stirn.

Annette warf ihm einen bösen Blick zu. Wenn man im Verhör etwas herausbekommen wollte, durfte man sich nicht anmerken lassen, was man von einer Sache hielt. So jedenfalls machte es *Der Kommissar*.

»Wir müssen rein.« Karin hatte es plötzlich sehr eilig.

Annette hielt sich neben ihr. »Jetzt mal wirklich – warum?«

»Nur so.«

»Nur so?« Sie waren schon an der Tür. Fräulein Egge trieb sie an.

Karin drängte ins Klassenzimmer. »Nur so!«

In den folgenden zwei Stunden meldete sich Holger kein einziges Mal, sondern zeichnete stattdessen in seinem Matheheft herum. Er konnte gut zeichnen. Wie beiläufig wischte der Füllfederhalter kreuz und quer über die Karos, und von ihrem Platz neben ihm aus beobachtete Annette, wie nach und nach ein Bild entstand. Es zeigte ein Mädchen im Tutu mit Zöpfen und einem Gips am Fuß. Es tanzte über eine hell erleuchtete Bühne.

Als es zur nächsten großen Pause klingelte, hatte es aufgehört zu regnen. Annette wollte so schnell wie möglich nach draußen, aber Holger zupfte sie am Ärmel und steuerte auf Karin zu. Als er bei ihr war, zog sie ein Buch aus ihrem Ranzen und schlug es auf. *Das kleine Gespenst*.

»Wollen wir nach Afrika fliegen?«, fragte er Karin so leise, dass Annette Mühe hatte, ihn zu verstehen.

Karin schaute auf, zögerte kurz, schüttelte den Kopf.

»Aber wir haben eine völlig neue Maschine!« flötete Annette begeistert.

»Und das Essen an Bord ist auch super.« Holger trat dichter an Karin heran. Sie schnupperte und wich zurück.

Annette beeilte sich, ihrem Freund zur Seite zu springen. »Ja klar, Schweinsbraten und, äh, Kaugummiknödel.«

»Kaugummiknödel?« Karins Mundwinkel zuckten.

Annette witterte die Chance. Sie lehnte sich über den Tisch und sah ihr direkt in die Augen. »Und es gibt Cola dazu«, schmeichelte sie.

»Ich darf keine Cola trinken.« Karin rutschte auf ihrem Stuhl herum, klappte das Buch zu. »Und der Baumstamm ist nass.«

Holger holte seinen Anorak und schwenkte ihn. »Hier! Kannst dich draufsetzen. Und unsere Cola ist gesund. Vitamin-Cola, weißt du?"

Endlich erhob sich Karin und ergriff die Krücken. »Sind die Sitze denn auch bequem?«

Sie waren schon über der Sahara, als das Unwetter über sie hereinbrach. Holger konnte den Steuerknüppel kaum halten, und Annette musste das Servieren einstellen, nachdem sie in der Kabine hin und her geschleudert worden war. Ein Luftloch folgte dem anderen. Annette schrie, und Holger brüllte ins Funkgerät: »Mayday, mayday, hallo Tower, kann mich einer hören?«

Der Wüstensand wirbelte gegen die Tragflächen, Blitze zuckten links und rechts, die Maschine taumelte im Wind, aber trotz der tödlichen Gefahr beobachtete Annette, was Karin tat. Sie saß ganz still, als es begann. Lange Minuten blieb sie völlig ungerührt. An ihrem Sitz schien das Inferno vorbeizugehen. Allmählich aber rüttelte der Hurrikan auch Karin durch. Unmerklich zuerst, aber bald schon heftiger, und als das Klingeln die Pause beendete und die nächste furchterregende Böe das Flugzeug von Backbord her traf, schmiss es sie fast aus dem Sitz. Sie klammerte sich an unsichtbaren Lehnen fest und drückte sich tiefer in den Kastanienastsessel. Als der Stoß überstanden war, schlug sie die Hände vors Gesicht und jammerte gedehnt: »Hey, Frääuulein, ich muss koootzen.«

Annette riss die Augen weit auf. Holger prustete los. Um die halbe Welt waren sie mit Rosi geflogen, aber so etwas hatte sie nie gesagt.

Samstag, 15. November 2014, 8.02 Uhr

Lächerlich war das, und wie peinlich erst. Wie hatte sie sich nur so gehen lassen können, fragte sich Karin und ging nervös in der Küche auf und ab. Ein Augenblick der Schwäche, und alles fiel auseinander. Als ob Jammern da etwas nützte. Weinerlichkeit war doch sonst nicht ihre Art. Sie griff nach der Dose oben links im Küchenregal. Die verlässlich Tröstende schob sie beiseite. Wer konnte wissen, was in den nächsten Stunden noch auf sie zukam.

Aber gegen ein bisschen was von dem Pflanzlichen war nichts einzuwenden. Und ein kleiner Muntermacher konnte auch nicht schaden. Der Tag brach an, ein neuer Tag, den es zu bewältigen galt. Bestimmt käme ihre Mutter, das tat sie ja samstags immer und würde es auch heute tun. Auch Annette musste bald ankommen. Und Jacob war noch immer nicht zu erreichen. Inzwischen hatte sie ihm doch noch auf die Mailbox gesprochen, wie sah es denn aus, wenn nur Annette es tat. Sollte sie Pavel nun anrufen? Nein, das konnte noch warten. Sie musste sich erst einmal sammeln und die Ordnung wiederherstellen.

Ihre Pläne konnte sie allerdings vergessen. Dabei war das Weinregal schon überfällig. Sie hatte es aufgeschoben, so lange es ging, weil es so beschwerlich war, jede einzelne Flasche herauszunehmen, abzustauben und mit dem Etikett nach oben wieder an ihren Platz zu legen. Aber jetzt ließ es sich nicht länger vermeiden. Und dann das Laub. Der Wind trieb die Blätter so schnell vom Rasen hinter dem Haus auf die Terrasse, dass sie mit dem Harken gar nicht nachkam. In der Woche hatte sie dafür keine Zeit. Montags musste sie die Betten frisch beziehen, die Bettwäsche waschen und die Küche putzen. Dienstags bügelte sie die Bettwäsche, kaufte ein und fuhr den Wagen in die Waschanlage. Mittwochs wusch sie die Kleidung, und während die Maschine arbeitete, polierte sie das große Bad im Erdgeschoss und das kleinere oben. Danach blieb immer noch Zeit, sich zwei, drei Paar Schuhen zu widmen. Donnerstags bügelte sie die Kleidung und wischte und saugte im Obergeschoss Staub. Jacob ließ sie nur ungern in sein

Zimmer, aber das, was er Saubermachen nannte, hatte diese Bezeichnung nun wirklich nicht verdient. Da musste sie ja doch immer noch mal hinterher. Freitags war das Erdgeschoss dran. Das Esszimmer war allerdings nicht jede Woche nötig, wo sie es doch schon vor Jahren abgeschlossen hatte. Du liebe Güte, Sauce Hollandaise auf dem Fußboden in der Spargelzeit, Salatdressing im Sommer und Pilzragout im Herbst. Wenn sie nicht anständig essen konnten, mussten sie es eben in der Küche tun. Den guten Teppich ließ sie sich jedenfalls nicht ruinieren, und wenn sie das Esszimmer auslassen konnte, schaffte sie am Freitag sogar noch die Einkäufe für das Wochenende sowie alle Arzt- und Apotheken-, Bank- und Friseurbesuche. Natürlich musste sie auch kochen, außer wenn etwas übriggeblieben war. Das kam aber nur vor, wenn sie es aus Mangel an Zeit so plante. Wer mochte denn schon aufgewärmtes Essen? Für die Bestellungen ihrer Kundinnen, die Auslieferung der Kosmetika und die Abrechnungen plante sie dreimal in der Woche zwei Stunden vor dem Abendbrot ein. Mittwochs ging sie zur Gymnastik und am ersten Samstag im Monat zum gemeinsamen Frühstück des Leseclubs. Das Turnen war gut gegen Verspannungen und die Kontakte gut fürs Geschäft. Auch ohne Kalender verlor sie nie den Überblick. Es hatte sie lange Jahre des Probierens gekostet, die Erledigung ihrer Pflichten so zu optimieren, dass es möglich war, einfach einen Zettel, auf dem schon alles eingetragen war, für jede neue Woche zu kopieren. Nur die Spalte für den Samstag blieb in der Vorlage leer für das, was je nach Jahreszeit nur ab und zu getan werden musste: Fenster putzen, Marmelade einkochen, Ostereier bemalen, Stollen backen, Wintermäntel mit Schutzfolie versehen, die Knöpfe an den Sommerblusen auf Festigkeit überprüfen, Jacobs Hosen umnähen, Jacobs Hosen auslassen, Gartenmöbel raus, Gartenmöbel rein oder eben den Keller in Ordnung bringen. Hinter jede Aufgabe, die sie bewältigte, setzte sie schwungvoll ein Häkchen. Waren alle Punkte geschafft, wanderte das Blatt in den Papierkorb und sie holte ein neues für die kommende Woche heraus.

Heute würde es keine Häkchen geben. Es hatte sie den Rest der Nacht gekostet, den Teppich im Wohnzimmer wieder einigermaßen sauber zu kriegen, die Scherben zusammenzukehren und die Stellen zu trocknen, die das versprengte Wasser hinterlassen hatte. Den Fleck von der angefaulten Birne hatte sie noch immer nicht herausbekommen. Aber jetzt musste sie erst mal das Bett in Annettes Zimmer beziehen.

Annettes Zimmer. War es nicht Jacob, der angefangen hatte, es so zu nennen? *Wieso Gästezimmer?*, hatte er gefragt. *Nur Annette schläft dort.* Sie hatte ihm recht geben müssen. Pavels Eltern waren tot, seine Schwester lebte in Übersee. Und ihre Brüder? Sascha war nur ein einziges Mal aus Spanien gekommen – zu Jacobs Taufe. Und Christian blieb mit seiner Familie nicht über Nacht. Sie hatten es ja auch nicht weit nach Hause. Und wenn Christian was trank, fuhr auch mal seine Frau.

Sie holte Bettwäsche aus dem Schrank und ärgerte sich erneut über ihren nächtlichen Ausbruch. Sie hätte Annette nicht anrufen sollen. Immer stand sie Jacob bei, immer wusste sie alles besser. Sagte Karin, er sei schmächtig, meinte Annette, er sei zart. Nannte sie ihn einen Zappelphilipp, fand Annette ihn agil. Wollte sie, dass er zur Beichte ging, fiel Annette ihr in den Rücken. *Er kann es doch auch mir sagen, wenn er was angestellt hat.* Sie war es, die ihm das Gel geschenkt hatte, das er sich seither in die Haare schmierte. Sie hatte ihm beigestanden, als er mit diesem Stecker in der Nase ankam. Aus der Ferne, am Telefon. *Was hast du denn, ist doch schick.* Und seit Annette ihm das Foto von dem Tattoo auf ihrem Oberarm geschickt hatte, sprach auch Jacob davon, eines haben zu wollen. Natürlich würde sie ihm niemals erlauben, sich Farbe unter die Haut ritzen zu lassen, aber was sollte sie tun, wenn er achtzehn war?

Sie hielt inne und ließ das Kopfkissen sinken. Wenn sie das nächste Mal die Maiglöckchen im Garten schnitt, um sie ihm auf den Geburtstagstisch zu stellen, war er dem Gesetz nach erwachsen, und es gab keinen Zettel, auf dem geschrieben stand, was dann aus ihm werden würde. Er war so eigen geworden und still, mied die wenigen Partys, zu denen er eingeladen wurde, trat keinem Verein bei und ging neuerdings nicht einmal mehr in die Kirche. Seine Freunde waren irgendwelche Profilbilder im Internet, und noch nie hatte er ein Mädchen mit nach Hause gebracht. Nach seiner Zukunft gefragt, zauberte er stets eine neue Antwort aus dem Hut. Keine war je ernst gemeint, keine war beständig.

Sie wandte sich wieder dem Kissen zu, ließ es im Bezug verschwinden, zog den Reißverschluss zu, schüttelte es auf und strich es glatt. Sie hatte die Bettwäsche extra für Annette gekauft, hatte sie ohne zu zögern bestellt, als sie auf die Abbildung im Katalog gestoßen war. Sie mochte Annettes Geschmack nicht, aber sie kannte ihn. Graue Bettwäsche. *Wie kann man graue Bettwäsche mögen*, hatte sie Annette einst gefragt. *Unsere Mütter haben alles versucht, damit die Bettwäsche weiß bleibt und mit der Zeit nicht grau wird.* Annette hatte gelächelt und genickt, als sie antwortete. *Eben.*

Jetzt lächelte auch Karin. Ihrer alten Freundin etwas Gutes zu tun, war wie ein Automatismus, dessen Sinn zu hinterfragen sie längst aufgegeben hatte. Es war einfach so. Sie stritten und sie quälten sich. Und dann kauften sie einander Geschenke. Die Bettwäsche war noch völlig unbenutzt. Annette war lange nicht nach Eschenreuth gekommen, nur telefoniert hatten sie, gemailt und sich Postkarten geschrieben. Ja, Postkarten aus dem Urlaub oder zum Geburtstag, richtig altmodisch und bunt. Wenn nur der Anlass ihres Besuches nicht so besorgniserregend wäre. Wo konnte Jacob denn bloß sein?

Sie musste Holger noch einmal anrufen und ihn bitten, sich im Dorf umzuhören. Es war unauffälliger, wenn er es tat. Von Holger erwartete ja niemand, dass er wusste, wo Jacob war. Sie aber war seine Mutter, bei ihr sah die Sache schon anders aus. Ja, sie würde Holger bitten, den Jungen für sie zu suchen. Aber wo sollte er damit anfangen? Jetzt war es bedauerlich, dass sie Jacob den Hund verweigert hatte, den er immer hatte haben wollen. Ein Hund hätte sie vielleicht zu ihm geführt. Pavel hatte zugestimmt, aber sie hatte sich mit Händen und Füßen dagegen gewehrt. Ein Hund brachte Dreck ins Haus. Ein Hund machte Arbeit. Man musste ihn impfen und entwurmen lassen, das Fell auf Zeckenbefall prüfen und die Haare vom Autositz bürsten, wenn man vom Tierarzt kam. Aber das war nicht das Schlimmste. Ein Hund buddelte alles wieder aus. Er schnüffelte und scharrte und legte alles frei – alte Knochen und vergrabene Erinnerungen. Nein, ein Hund kam nicht in Frage.

Nicht für sie.

Weihnachten 1972

Am Vormittag des ersten Feiertages roch es im Haus nach Gänsebraten. Karin lag ausgestreckt auf dem wuchtigen schwarzen Ledersofa im Wohnzimmer und wartete darauf, dass der Film über Paolo Bortoluzzi begann, auf den sie sich schon seit Tagen freute. Wenn das Jucken der Haut an ihrer linken Wade unerträglich wurde, richtete sie sich auf, schob ein Lineal unter den Gips und versuchte, die Stelle zu erreichen, die sie am schlimmsten peinigte. Andächtig stocherte und kratzte sie, bis die Qual nachließ. Das Lineal ging schon leichter unter den Gips als noch vor einer Woche, der Muskel wurde dünner. Zum Glück war ihre Mutter zu beschäftigt, um das zu bemerken. Geschirr klapperte in der Küche, heißes Fett zischte so laut, dass

Karin sich selbst vom Sofa aus vorstellen konnte, wie es im Ofen brutzelte. Dabei hatte ihre Mutter die Tür hinter sich geschlossen, hatte sich verschanzt, um nicht gestört zu werden, während sie stundenlang mit Äpfeln, Maronen und Rotkohl, Schüsseln und Töpfen hantierte. Ihre Mutter hatte nicht einmal Zeit für den Film, und das war gut so, denn sie würde sicher wieder jede der Bewegungen des Tänzers kommentieren und sie gleichzeitig ermahnen, sich anzustrengen, jeden Tag, jede Woche, immer. Nein, das brauchte sie jetzt wirklich nicht. Sollte ihre Mutter ruhig in der Küche bleiben.

Sie sah auf die Uhr. Nur ein paar Minuten noch, dann musste es losgehen, und wenn es zu Ende war, kam der Vater aus der Klinik und sie konnten endlich essen. Ihr knurrte der Magen, sie hatte doch nur wenig gefrühstückt, um für den Festtagsbraten Platz zu lassen. Und dann duftete es auch noch so lecker! Bald, dachte sie und richtete den Blick auf den Fernseher. Bald würde der Vater die Gans bei Tisch zerlegen und die Stücke auf alle Teller verteilen. Dann bekam sie ihr Häppchen vom mageren Fleisch und vielleicht sogar, wenn nicht allzu viel Fett darunter glitzerte, auch ein winziges Läppchen von der knusprigen Haut, die sie so gerne aß und doch nicht essen durfte. Jetzt, wo das Training ausfiel, musste sie noch mehr aufpassen, dass sie nichts ansetzte. Richtig böse war die Mutter geworden, als sie den Gips gesehen hatte. *Das wird dich weit zurückwerfen. Da wirst du hart arbeiten müssen, um das wieder aufzuholen.* Sie hatte Karin tagelang kaum angesehen und nur das Nötigste mit ihr gesprochen. *Tu das nie wieder!*, hatte die Mutter geschimpft und nicht ein einziges Mal danach gefragt, warum sie überhaupt aus dem Fenster gesprungen war. Keine Fragen, keine Antworten. Karin seufzte. Das Schweigen hatte sich so fest um ihr Herz gelegt wie der Gips um ihr Bein.

Der Film ließ noch immer auf sich warten, und sie sah aus dem Fenster. Es schneite nun schon seit Stunden. Dicke Flocken segelten auf die Äste des Walnussbaumes, auf die Himbeersträucher und den Sandkasten, der nach ihrem Einzug für die Zwillinge eingefasst worden war. Sie fielen geräuschlos aus einem fahlgrauen Himmel, schwebten zur Erde, wie sie selbst in diesem Augenblick über die Bühne hätte schweben sollen. Sie schlug mit dem Lineal auf den Gips, schaute wieder hinaus.

Auch Lizzy war im Garten, und Karin reckte den Kopf, um sie besser sehen zu können. Schwanzwedelnd sprang die Hündin um Sascha und Christian herum und schnappte nach den Schneebällen, mit denen sie sich bewarfen. Wie schön war es gewesen, am Morgen aufzuwachen und Lizzy vor dem Bett liegen zu sehen. Es war nicht nur ein Traum gewesen. Karin war aufgestanden und hatte Lizzy gefüttert, war sich richtig groß vorgekommen, als sie die Fleischbrocken in den Napf gegeben hatte. Später waren sie zusammen aus dem Haus gegangen. Lizzy jagte gleich davon, aber als die Hündin bemerkte, dass Karin ihr mit dem Gips nicht so schnell folgen konnte, kam sie zurück und blieb an ihrer Seite. Es gab keinen Zweifel, Lizzy gehörte zu ihr, und das fühlte sich wunderbar an. Vielleicht konnte sie ihr erzählen, was sonst keiner wissen sollte, wenn sie gemeinsam durch die Gegend streiften und niemand bei ihnen war. Sie lächelte in sich hinein, denn mit einem Mal spürte sie, dass Lizzy viel mehr sein würde als der Trost für den Umzug aufs Land, als der sie gedacht war.

Hier auf dem Land kannst du einen Hund haben, wenn du willst, sagte der Vater, aber eigentlich wäre sie viel lieber in der Stadt geblieben. Dort kannte sie die Straßen, die Geschäfte und die Kinder aus der Nachbarschaft. Zum Ballettunterricht hatte sie laufen können. Natürlich war die Wohnung im dritten Stock ein bisschen enger geworden, seit die Zwillinge zur Welt gekommen waren, aber das war doch nicht schlimm. Wer brauchte schon ein Esszimmer? Auch die Mutter schien zufrieden gewesen zu sein, und der Vater hatte eine eigene Praxis gehabt mit einem beeindruckenden Schild an der Tür. *Dr. med. Wiegand Schmitz. Orthopäde.*

Warum nur waren sie in dieses Dorf gezogen?

Weil Papa in der Kurklinik mehr Geld verdient und wir in einem schönen Haus wohnen können. Ihre Mutter erklärte es ihr. Sie sagte auch, es mache ihr nichts aus, sie zum Ballettunterricht zu fahren. Manchmal blieb sie und sah zu, und wenn das Training zu Ende war, kommentierte sie auf der Heimfahrt all die kleinen Fehler, die sie bemerkt hatte. *Die Schrittfolgen, die Haltung, die Sprünge, das muss dir in Fleisch und Blut übergehen. Das ist eine Frage der Konzentration. Und deiner inneren Haltung.* Mit Nachdruck sagte es die Mutter, predigte es, peitschte es ihr ein. Karin hörte zu und hörte weg, und wenn sie ins Dorf einfuhren, wo die anderen Kinder auf der Straße herumstromerten, wünschte sie sich tatsächlich einen Hund. Einen flauschigen Welpen, der unbeholfen auf sie zu tapsen würde, um sich von ihr auf den Schoß heben und den weichen Bauch kraulen zu lassen, der eher fiepte als bellte und mit schwarzen Knopfaugen alles Neue gierig aufsog, der mit seiner feuchten kleinen Zunge über ihre Finger schlabberte. Ein lustiger Rabauke sollte es sein, und sie würde den anderen Kindern erlauben, ihn zu streicheln, wenn sie nett zu ihr waren.

Heiligabend kam, die Messe und das Krippenspiel, in dem Holger ein dicker Hirte mit fleckig geröteten Wangen war. Im Wohnzimmer leuchteten die Lichter am Baum mit seinem Tannengeruch, vor dem sie das Gedicht aufsagte. Um seinen Stamm herum lagen die Geschenke: glitzernde Ohrringe, ein moderner Allesschneider und die in der Schule gebastelten Strohsterne für die Mutter; der Trockenrasierer, drei Paar Arztsocken und das getuschte Bild für den Vater; die Schlitten, ein Feuerwehrauto, eine Kiste voller Bauklötze und zwei Paar Stiefel für die Zwillinge; ein neues Nachthemd und *Die kleine Hexe* für sie. Einen Augenblick nur betrachtete sie das Buch, dann ließ sie es in den Schoß sinken und suchte den Platz unter den geschmückten Zweigen verstohlen ab. Das konnte doch nicht alles sein?

Der Vater ging hinaus. Er wolle den Nachbarn ein Frohes Fest wünschen, sagte er, und die Mutter wunderte sich nicht über seinen plötzlichen Einfall so kurz nach der Bescherung. Sie ermahnte Sascha, nicht alle Plätzchen auf einmal zu essen, während Christian die Bauklötze auf dem

Fußboden verstreute und aus der Stereoanlage die Stimme von René Kollo erklang. *Stille Nacht.*

Es dauerte nicht lange, bis der Vater zurückkam. Und er führte sie herein: Princess of Achill Island.

»Ein Irish Red Setter, fünf Jahre alt und gut ausgebildet«, sagte ihr Vater. Die Hündin reichte ihm bis über das Knie. Karin dachte, ihr Fell sei rotbraun, aber ihr Vater nannte es mahagonifarben. Und es hatte einen weißen Brustfleck.

»Es ist genauso wie bei den Menschen«, sagte er, während er Princess of Achill Island durch das Wohnzimmer führte. »Weiß ist zulässig, ganz anders als Schwarz. Schwarz verstößt gegen die Reinheit der Rasse.«

Die Mutter warf ihm diesen merkwürdigen Blick zu, den Karin schon kannte. Es war der Sag-so-was-nicht-vor-den-Kindern-das-soll-man-ja-nicht-sagen-aber-eigentlich-stört-es-mich-nicht-Blick. Ihr Vater schien das auch zu wissen. Er lachte triumphierend, bevor er wieder ins Schwärmen geriet. Aus einem untadeligen Wurf stamme das Tier und habe hervorragende Papiere. »Steh!«, befahl er, und sie stand. »Sitz!«, zischte er, und es klang wie das ›Schmitz‹, wenn er jemandem seinen Namen sagte, ihn anschließend buchstabierte: *mit Theodor Zacharias.*

Die Hündin saß auf den Hinterbeinen, aber der Vater zog sie gleich wieder hoch. Langsam schritt er mit ihr auf den Ledersessel zu, in den Karin sich hineingedrückt hatte.

Ihr Vater grinste. »Sie hat einer Patientin gehört. Rheumatoide Arthritis, ziemlich schwerer Fall. Sie kommt kaum noch vor die Tür, und das Tier braucht viel Auslauf. Sie musste es weggeben. Was für eine Gelegenheit!« Nun feixte er und zählte die Vorzüge der Rasse auf. »Drahtig, agil und athletisch, schlank und kräftig. Diese Hunde sind zur Jagd geeignet und ausgesprochen gehorsam. Und dabei sehr anhänglich an den Herrn.«

Als beide bei Karin ankamen, blieb die Hündin stehen. Karins Vater ging in die Hocke, hob mit der rechten Hand die Schnauze des Tieres an und mit der linken den Schwanz.

»Schau her, wie aristokratisch sie ist und wie wohlproportioniert!«

Er streckte den Körper der Hündin, und Princess of Achill Island ließ es über sich ergehen. Stocksteif stand sie im Griff des Vaters. Mit den Händen zeichnete er die Form ihres Schädels nach, ertastete die Wölbung des Brustkorbs und maß die Länge ihrer Rute. Auch die Festigkeit der Sehnen prüfte er und die Stärke ihrer muskulösen Lenden. Ganz versonnen sah er dabei aus, und das war kein Wunder, denn er war ja ein Experte auf diesem Gebiet. Auch bei ihr testete er immer wieder die Festigkeit der Muskulatur des Rückens und des Bauches, der Arme und der Beine, vergewisserte sich der Lockerheit der Bänder und der Rundung der Hüften, und er tat es genauso gewissenhaft wie bei all den Kindern in den orthopädischen Turngruppen, die er leitete. Es war nun einmal sein Beruf. Er prüfte genau. Er prüfte gern.

Manchmal fand sie, er prüfte zu sehr.

Sie glitt vom Sofa und setzte sich auf den Boden, was mit dem Gips ziemlich umständlich war. Ihr Vater ließ die Hündin los. Die gut Erzogene mit den tadellosen Papieren bewegte sich nicht. Erst jetzt sah Karin, dass das Tier zitterte.

Princess of Achill Island war nicht das, was sie sich vorgestellt hatte. Ob sie Papiere hatte, war Karin egal, und die Farbe des Fells war auch nicht wichtig. Aber sie war so groß, so erwachsen, so fertig. Ihr Gang war nicht tapsig, und sie schleckte auch Karins Finger nicht ab. Sie fiepte nicht, und es war fraglich, ob sie jemals bellte. Karin hob die Hand, strich zögernd über das glänzende Fell. Ihr Vater wich zurück, und im selben Moment schlich die Hündin einen winzigen Schritt auf sie zu, beschnupperte ihr Kleid und ihre Zöpfe. Karin nahm ihren Kopf zwischen die Hände und sah ihr in die unruhigen Augen.

Sie hatte eine Hündin zu Weihnachten bekommen, eine Dame, die zu ihr passte. Princess of Achill Island. Der Name hörte sich komisch an. Es war ein vornehmer Name, wie er in Märchenbüchern stand, die von Königshäusern handelten, von ihrem Glanz und Glück. Vielleicht war das gelogen. Schon lange beschlich sie dieser Verdacht, denn ihr Vater nannte sie seine Prinzessin, wenn er sich an sie drückte. Princess of Achill Island. Sie legte der Hündin die Arme um den Hals und atmete ihren Duft.

Von nun an war sie *Lizzy*.

Samstag, 15. November 2014, 8.37 Uhr

Holger verließ die Wohnung, ohne seine Jacke anzuziehen, lief die wenigen Schritte durch das Foyer bis zur Eingangstür des Sporthauses, öffnete sie und trat ins Freie. Er zog ein knittriges Stofftaschentuch aus seiner Jeans, nahm die Hornbrille ab und putzte sie, setzte sie wieder auf und schaute sich um. Es regnete nicht mehr, aber die Wolken hingen wie Wassergeister in der hügeligen Landschaft. Dampf umschloss die Spitzen der Tannen im Wald, und Dampf entwich auch seinem leicht geöffneten Mund, wenn er ausatmete. Wenigstens kein Nebel, dachte er, das Spiel der A-Jugend um halb drei konnte stattfinden. Es war die einzige Partie an diesem Tag, aber gerade bei der A-Jugend war es besser, die Linien auf dem Spielfeld vor dem Anpfiff nachzuziehen. Nicht noch einmal wollte er solchen Ärger bekommen wie vor vier Wochen. Dabei war es doch wirklich nicht seine Schuld gewesen, dass sie aus dem Pokalwettbewerb geflogen sind. Mittelkreis, Seitenlinien, Eckstoßviertel – alles hatte er geweißt, auch die Strafraumbegrenzung. Trotzdem war das halbe Team nach dem Schlusspfiff auf ihn eingestürmt. Außerhalb des Sechzehners sei das Foul in der Nachspielzeit gewesen, klar außerhalb, und wenn der Schiedsrichter die Linien hätte sehen können, hätte er nicht auf Elfmeter entschieden. Es wäre beim Unentschieden geblieben, Verlängerung, noch alles möglich. So aber war die A-Jugend des TSV Eschenreuth schon in der zweiten Runde ausgeschieden. Weg vom Fenster. Erledigt.

Sie hatten ihn mit Worten beschimpft, die ihm niemals über die Lippen kämen. Pah, junge Männer wollten sie sein. Banausen waren sie allesamt, besonders dieser Philipp war ein übler Bursche. Mit geballten Fäusten war der Torwart auf Holger losgegangen, erst im letzten Moment hatte sein Trainer ihn zurückgehalten. Holger schüttelte den Kopf. Nein, das brauchte er bestimmt nicht noch mal.

Er kramte in seiner Hosentasche, holte den Schlüsselbund hervor und wog ihn einmal mehr in der Hand wie einen Schatz. Und ein Schatz war es ja auch, ein Zuhause mit Wohnzimmer, separatem Schlafraum, Kochnische und sogar einem eigenen Duschbad hing an diesem Ring, Ölheizung, Internetanschluss und Kabelfernsehen, Abstellkammer und Waschmaschine, Schränke, Kommoden und eine nagelneue Federkernmatratze. Wenn das kein Luxus war. Und dazu noch das Büro. Na gut, es war klein. Wenn er sich zwischen dem Regal an der hinteren Wand und dem Schreibtisch auf den Drehstuhl zwängen wollte, musste er sich schlank machen. Aber noch immer überkamen ihn Staunen und Stolz, sobald er dort Platz nahm, all die Mannschaftsfotos und die Wimpel der Gastvereine betrachtete, die eine Tafel mit den Ansetzungen der Fußballspiele studierte oder die andere, auf der in der warmen Jahreszeit die Stunden des Schulsports eingetragen waren. Eine Getränkekasse links in der Schreibtischschublade, ein Kühlschrank hinter der Tür. Das alles lag in seiner Hand wie auch die Schlüssel für die Umkleidekabinen, die Duschräume und eben den Geräteschuppen, den er nun aufschloss. Er füllte den Kreidewagen nach und schob ihn zum Spielfeld.

Zuerst die Außenlinien. Er war noch nicht vom Tor bis zur Eckfahne gekommen, da bildeten sich schon die ersten Schweißperlen auf seiner Stirn. Er wischte sie mit dem

Handrücken fort, schob die Ärmel seines ausgeleierten Lieblingswollpullovers bis zu den Ellbogen hoch und ging weiter, bog zur Seitenlinie ab, kam am Imbisswagen vorbei, der noch geschlossen war. Viel Umsatz würde Barbara heute sicher nicht machen bei nur einem Spiel. Und im November kamen kaum Leute aus der Kurklinik vorbei, um zu sündigen. Er schmunzelte in sich hinein. Bratwurst statt Brechbohnen, Pommes statt Perlhühnchenbrust. Barbara gab in diesen Fällen besonders viel Ketchup in die Pappschale, damit die Gäste wiederkamen, grinste verschmitzt und wünschte einen guten Appetit. Sie war schon eine Seele, die kräftige Frau in ihrem Wagen, hatte das Herz am rechten Fleck. Er würde es ihr niemals vergessen, dass sie auch ihm nach seiner Rückkehr einen guten Appetit gewünscht hatte, selbst als er ihr noch kein Geld auf den Teller legen konnte, der auf dem Tresen stand. Und wenn er die kostenlose Mahlzeit partout nicht hatte annehmen wollen, hatte sie ihm ihre Autoschlüssel gereicht. *Hol mir doch den neuen Eimer Senf aus dem Wagen, dann sind wir quitt.*

Am hinteren Tor war der Boden besonders tief. Er ging die Linie dort zweimal ab, schob den Wagen weiter. Inzwischen rann ihm der Schweiß in Strömen die Schläfen hinab. Er blieb stehen, zog sein Taschentuch hervor und wischte sich das Gesicht trocken. Was war denn heute bloß los? Auch wenn er immer leicht schwitzte, kam ihm die Arbeit an diesem Morgen viel anstrengender vor als sonst. Ob es daran lag, dass er schlecht geschlafen hatte? Immer wieder war er aufgewacht, hatte sich gefragt, ob Jacob inzwischen zu Hause war. Karin hatte gestern Abend am Telefon so seltsam geklungen. Leichthin hatte sie geträllert, in diesem typischen Ton, den sie an den Tag legte, wenn etwas nicht stimmte. Gelassen wollte sie klingen. Wem machte sie etwas vor?

Er steckte das Taschentuch ein und ging weiter, vergewisserte sich, dass die Kreide gleichmäßig zu Boden rieselte. Ob die beiden sich gestritten hatten? Warum sonst sollte Jacob Karins Anruf nicht entgegennehmen? Die Kinder waren heutzutage doch ständig erreichbar, ach, Blödsinn, Kinder, was dachte er da. Jacob war doch längst ein junger Mann, selbst wenn er sich vermutlich noch nicht rasieren musste, klein und zerbrechlich wirkte. Er kam eben nach seiner Mutter, was die Statur anging, aber das war wohl auch schon alles. Aufmüpfig hatte er Karin schließlich niemals erlebt, und aufmüpfig wurde Jacob in letzter Zeit immer öfter, auf seine eigene stille Art, ein bisschen so wie der Igel, der manchmal um den Imbisswagen trippelte, um nach einem heruntergefallenen Bissen zu suchen, und der sich einrollte, sobald Holger ihn in Richtung des Schälchens stupste, in das er für ihn ein bisschen Katzenfutter gab. Auch Jacob rollte sich manchmal am Imbisswagen ein, wenn die anderen Jungs ihn hochnahmen, weil er nicht wusste, was Abseits war, oder wenn Barbara ihn fragte, wie es auf dem Schulhof mit den Mädchen lief. Dann blieb er stumm, zog die schmalen Schultern hoch und vergrub die Hände in den Jackentaschen. Es war überhaupt komisch, dass er sich neuerdings so oft am Sportplatz blicken ließ, um sich die Spiele anzusehen, wo er doch für Fußball nichts übrighatte. Nun ja, manchmal trank er ein Bier oder zwei, vielleicht kam er deshalb. Oder war er mit einem der Jungs befreundet, die beim TSV spielten? Vermutlich. Wenn Holger es recht überlegte, kam Jacob vor allem, wenn die A-Jugend ein Heimspiel hatte. Sicher war ein Kumpel im Team. Er sagte ja nichts. Das Einrollen hatte er jedenfalls raus, aber das mit den Stacheln musste er noch üben. Holger verzog das Gesicht. Das war ja auch nicht so einfach. Wer wusste das besser als er.

Der Kreidewagen war beinahe leer, als Holger ihn in den Geräteschuppen zurückbrachte. Jetzt musste er nur noch die Bälle aufpumpen und die Netze in die Tore hängen. Als er gerade die Luftpumpe zur Hand nahm, hörte er, dass im Büro das Telefon klingelte. Er zwängte sich an Slalomstangen, Startblöcken und Medizinbällen vorbei und aus dem Geräteschuppen heraus, es klingelte weiter und weiter.

»Na endlich«, sagte Karin, als er das Gespräch annahm. »Ich habe es schon zweimal auf deinem Handy probiert.«

»Hallo, Karin. Tut mir leid. Ich war schon auf dem Platz. Das Ding steckt bestimmt in meiner Jacke.«

»Und die hattest du mal wieder nicht an.«

Er nickte, als könnte sie ihn sehen. »Genau.«

»Du bist früh draußen heute.«

»Schlecht geschlafen. Und ich hab auch noch zu tun.«

Sie seufzte. »Geschlafen habe ich gar nicht letzte Nacht, Holger. Und deshalb rufe ich auch an.« Sie schwieg einen Augenblick. »Es geht um Jacob. Er ist noch immer nicht da. Ich meine, er ist nicht nach Hause gekommen. Und ich kann ihn einfach nicht erreichen.« Heute trällerte Karin nicht mehr. Ihm schien, dass ihre Stimme zitterte.

»Hm. War denn was Besonderes los bei euch?«, fragte er und stellte das Bürofenster auf Kipp.

»Nein, das ist es ja. Ich kann es mir nicht erklären. Er hat was zu essen mitgenommen, den Rest von meiner Quiche und Obst. Ich glaube, auch eine Decke.«

»Na, das heißt doch, er hat was geplant. Dann ist ihm sicher nichts passiert.«

»Aber was soll das? Sein Fahrrad ist auch nicht da. Wo kann er denn hingefahren sein?«

»Karin, er ist siebzehn. Wer weiß, mit wem er deine Quiche teilt. Wart's ab, er wird schon wieder auftauchen.«

»Nein, ich kann nicht mehr warten! Etwas stimmt nicht, das spüre ich genau.« Jetzt klang sie gereizt.

»Dann komm rüber, ich mach uns Kaffee und wir sprechen drüber«, versuchte er sie zu beruhigen.

»Nein, das geht nicht. Ich habe Annette Bescheid gesagt. Sie ist auf dem Weg hierher – es kann nicht mehr lange dauern, bis sie da ist.«

»Annette?«, fragte er ungläubig und überlegte. Bestimmt drei Jahre war es her, seit sie zum letzten Mal in Eschenreuth gewesen war. Und nun kam sie wegen Jacobs kleinem Ausflug?

»Ja. Ich muss auf sie warten. Kannst du dich nicht mal umhören? Vielleicht hat irgendjemand Jacob gesehen. Vielleicht findest du ihn ja sogar.«

Er fühlte sich überrumpelt. Das war doch Unsinn. Wo sollte er denn suchen? Wenn der Junge eine Decke mitgenommen hatte, konnte er überall sein, wo es einigermaßen warm und trocken war. In diesem Dorf oder im nächsten.

»Meinst du wirklich …«

»Bitte, Holger«, sagte Karin auf eine Weise, die keinen Widerspruch duldete. »Ich ertrage diese Ungewissheit nicht länger.«

Holger kratzte sich das unrasierte Kinn. Die Bälle konnte er auch später noch aufpumpen. Und das mit den Tornetzen war auch schnell erledigt. »Na schön, wenn du unbedingt willst«, sagte er. »Aber gib mir gleich Bescheid, wenn er inzwischen nach Hause kommt, ja? Ich nehme das Handy mit.«

Er zog auch seine Jacke an, obwohl er es viel zu warm dafür fand, aber womöglich fing es wieder an zu regnen. Er setzte seinen Helm auf und stand ratlos neben dem Moped, wusste nicht, wohin er fahren sollte. Zum Dorfplatz vielleicht. Er könnte mal in der Bäckerei fragen, und bald öffnete auch der Frisiersalon. Neue Deutsche Welle, hatte Annette die Frisuren früher genannt. Er schmunzelte. Alte deutsche Welle inzwischen wohl eher. Auf jeden Fall war der Laden seit ewiger Zeit eine Institution in der Gegend, zeitlos und unvergänglich sein Besitzer, das Inventar und die Kundschaft. Am Samstagvormittag versammelten sich vor allem die Frauen zahlreich vor den Spiegeln, und es wurde viel geredet beim Schneiden und Färben, Eindrehen und Auskämmen. Der Frisiersalon war auf jeden Fall ein guter Anlaufpunkt, wenn man Fragen hatte. Und vielleicht war ja noch jemand verschwunden. Ein Mädchen zum Beispiel, dann wäre die Angelegenheit schon beinahe geklärt. Er hätte Jacob aushorchen sollen, ihm hätte der Junge womöglich mehr erzählt als Barbara, von Mann zu Mann, wie man so sagte. Aber er hatte Jacob nicht in Verlegenheit bringen wollen. Schließlich wusste er genau, wie sich das anfühlte mit der Lust in diesem Alter, auch wenn das bei ihm niemand hatte wissen wollen. Einen angehenden katholischen Pfarrer fragte man so etwas schließlich nicht. Als ob sich da nichts regte, als ob die Hormone sich an die Regeln aus Rom hielten. Enthaltsamkeit. Zölibat. Er musste nicht erst siebzehn werden, um in Schwierigkeiten zu geraten. Jesses, Rosi. Gerade vierzehn Jahre alt war er an diesem furchtbaren Tag. Was hatte er sich gequält. Und wie schaurig wurde ihm noch heute, wenn er bloß daran dachte.

Juni 1978

Er war mal wieder spät dran. Annette sah ihn missbilligend an, als er vom Fahrrad stieg, und auch Karin wirkte ein wenig ärgerlich. Dabei hatte er sich beeilt, um pünktlich zur verabredeten Zeit an der Bushaltestelle zu sein, aber die Messe hatte nun einmal Vorrang, und mittagessen musste er schließlich auch. Es war nicht seine Schuld, dass die Mädchen den Gebräuchen der Kirche so wenig Bedeutung beimaßen. Wahrscheinlich lag es daran, dass sie nicht zum Ministrantendienst ermuntert wurden, obwohl er in letzter Zeit gehört hatte, dass es Frauen gab, die daran etwas ändern wollten.

»Was gibt es denn so Dringendes?«, sagte er, ohne sich für seine Verspätung zu entschuldigen. Er streichelte Lizzy, die schwanzwedelnd an ihm hochsprang.

Karin zuckte mit den Schultern. »Annette will, dass wir zum Grillplatz fahren.«

Annette nickte. »Genau. Und wir müssen uns beeilen.« Sie stieg aufs Fahrrad und raste los. Karin folgte ihr.

Er hatte Mühe hinterherzukommen. Die Sonne brach durch die Wolken und fiel auf sein Gesicht, die Luft war frühsommerwarm, und der Weg führte bergan. Schon nach ein paar Hundert Metern in diesem Tempo war er aus der Puste.

»Wieso? Was ist denn da los?«, keuchte er, als er seine Freundinnen eingeholt hatte.

»Wart's ab.« Annette bog in den Waldweg ein, der auf die Lichtung führte, auf der im Sommer das Grillen gestattet war.

Die Geschichte behagte ihm nicht. Was wollte sie bloß dort? Sie hatten weder Fleisch noch Holzkohle dabei und die Grillroste waren sowieso völlig verrottet. Niemand ließ sich mehr dort blicken. Es war ein verlassener Ort. Und wenn Annette nicht verriet, was sie im Schilde führte, war es meistens nichts Gutes. Er ließ sich absichtlich zurückfallen, aber schon bremste sie und bedeutete auch Karin, dass sie anhalten sollte. Zur Grillwiese war es nicht mehr weit.

»Wir müssen Lizzy hierlassen«, sagte Annette gerade, als er zu den Mädchen aufschloss.

»Was? Kommt gar nicht in Frage!« Karin sah zu ihrer

Hündin hinüber, die wie immer ein Stück vor ihnen hergelaufen war und nun zurückkam.

»Komm schon, Karin, nimm sie an die Leine und bind sie irgendwo an. In einer halben Stunde sind wir zurück.«

»Wieso sollte ich das tun?« Karin stemmte die Hände in die Seiten. »Lizzy ist immer bei mir.«

»Ja, ich weiß. Aber wir müssen leise sein. Das Risiko ist zu groß, dass sie anfängt zu bellen.« Annette legte Karin einen Arm um die Schultern.

Jetzt das schon wieder! Holger spürte leisen Groll. Warum fasste Annette Karin neuerdings andauernd an? Das hatte sie doch früher nicht getan. Vielleicht hatten die Jungs in der Kirchengruppe recht, wenn sie behaupteten, Mädchen würden seltsam, wenn sie älter wurden. Auch diese Heimlichtuerei gefiel ihm nicht. »Und warum müssen wir leise sein?«, fragte er Annette und runzelte die Stirn. »Sag endlich, worum es geht.«

Annette ließ Karin wieder los und hob die Hände, als wollte sie sich geschlagen geben. »Also schön, es sollte eine Überraschung werden, aber wenn du darauf bestehst: Es geht um Rosi.«

»Um Rosi?« Er wich einen Schritt zurück, aber Annette nickte begeistert.

»Ja, Rosi. Sie hat so einen Typen kennengelernt. Mein Vater sagt, er ist ein Drückeberger, weil er nicht zum Bund wollte, sondern stattdessen lieber in der Kurklinik hilft. Aber ich find's toll.«

Holger spürte den Schreck hinter dem Brustbein. Eigentlich mochte er die Kriegsdienstverweigerer, aber diesen wünschte er doch in eine Kaserne. In eine, die möglichst weit weg lag.

»Und was hat das mit uns zu tun?«, fragte er so beiläufig wie möglich, damit die Mädchen seinen inneren Aufruhr nicht bemerkten.

»Der Typ war heute Morgen in der Bäckerei. Ich hab gehört, wie er sich mit Rosi verabredet hat – ganz zufällig natürlich.« Annette grinste vielsagend. »Rosi holt ihn von der Arbeit ab. Und dann wollen sie zur Grillwiese.«

Karin schüttelte verständnislos den Kopf. »Wenn das ihr Freund ist, glaube ich nicht, dass sie uns da begegnen wollen.«

»Eben!« Annette triumphierte. »Und darum müssen wir vor ihnen da sein, in unserem Versteck im Unterholz. Und Lizzy muss hierbleiben. Wenn Rosi ihn von der Kurklinik abholt, kommen sie von der anderen Seite der Lichtung. Sie werden Lizzy nicht sehen. Und uns auch nicht, wenn ihr nicht länger mault und wir früh genug am Rand der Wiese auf der Lauer liegen.«

Holger warf sein Fahrrad einfach auf den Boden. Neugierig war Annette immer, aber das ging zu weit. »Miese Geschichte. Ich würde nicht wollen, dass mich jemand dabei beobachtet, wenn ich mit einem Mädchen …« Er sprach nicht weiter. Er hatte sich noch nie mit einem Mädchen verabredet. Jedenfalls nicht auf diese Art. Annette und Karin zählten nicht, das war etwas anderes. Und überhaupt, durfte er das denn? Ein angehender Pfarrer, das ginge doch nicht!

»Lizzy wird eher bellen, wenn wir sie hier zurücklassen, als wenn wir sie mitnehmen«, sagte Karin.

Annette überlegte einen Augenblick. »Da hast du vielleicht recht. Also schön, nehmen wir sie eben mit. Aber anleinen musst du sie, sonst läuft sie garantiert auf Rosi zu, um sie zu begrüßen. Und dann sind wir geliefert.«

»Na gut.« Karin holte die Leine, die auf dem Gepäckträger ihres Fahrrads klemmte, und legte sie Lizzy an. Die Hündin schaute verwundert drein, ließ den Kopf hängen. Karin tätschelte sie.

»Jetzt kommt!« Schon sauste Annette wieder los. Karin folgte ihr einmal mehr, und Holger hob missmutig sein Fahrrad wieder auf und fuhr langsam hinter ihnen her.

Er würde beichten müssen, was sie taten. Was sollte der Herr Pfarrer von ihm denken? Außerdem wollte er gar nicht erleben, was Rosi mit diesem Jungen tat. Womöglich würden sie sich küssen, bestimmt sogar. Er musste das nicht sehen. Im Kino küssten sie sich andauernd, auf dem Schulhof und in der *Bravo*. Und nicht nur das. Seine Oma hatte ihm die *Bravo* verboten, und er wusste warum. Nur einmal hatte er sich ein Heft von Annette ausgeliehen, weil ein Bericht über *Baccara* drin war, aber dann hatte er auch die Lovestory gelesen, schlimmer noch, er hatte sich die Bilder angesehen, und sie waren lebendig geworden. Als er das Heft zugeschlagen hatte, war die Lovestory hinter seiner Stirn weitergegangen, viel weiter, viel zu weit. Seine Oma hatte ihn mit dem Heranwachsen mehr als einmal ermahnt, die Hände auf der Bettdecke zu lassen, und dabei hatte sie besonders streng geklungen. Er hatte es auch wirklich versucht, aber diese Bildergeschichte … Drei lange Wochen hatte er gebraucht, bis er es beichten konnte.

Der Herr Pfarrer war gar nicht so ärgerlich gewesen. *Es kann schon mal passieren, wenn ein Junge zum Mann wird.*

Er wollte aber nicht zum Mann werden, sondern selbst ein Kirchendiener sein! Für ihn durfte es keine Lovestorys in Bildern geben und erst recht keine Rosi, die mit irgendeinem Drückeberger auf der Grillwiese herumknutschte. Er würde einfach nicht hinsehen. Selbst Jesus kannte die Versuchung, aber es kam darauf an, ihr zu widerstehen. Auch das hatte der Herr Pfarrer gesagt.

Er würde widerstehen. Alles, was nötig war, um eines Tages auf der Kanzel zu stehen, wollte er tun. Er büffelte am Gymnasium, damit er das Abitur mit guten Noten bestand. Und er befolgte die Gebote.

Ausnahmslos.

Die Mädchen schlichen lautlos durchs Unterholz. Er verfluchte sein Gewicht, als unter seinen Füßen die Zweige knackten. Als sie fast bei der Lichtung angekommen waren, sprang Annette in eine kleine Senke, legte sich flach auf den Bauch und blickte auf die Wiese, die vor ihnen lag.

»Ich schmeiße mich aber nicht in den Dreck«, protestierte Karin und ging hinter einem Baumstamm in die Hocke, der breit genug war, ihren schlanken Körper zu verbergen. Sie zog Lizzy dicht zu sich heran. Die Hündin legte den Kopf auf ihren Beinen ab.

»Und jetzt?« Holger blieb unschlüssig stehen. Hoffentlich hatte das Pärchen es sich anders überlegt und kam nicht.

Annette sah ihn aufmunternd an. »Jetzt warten wir. Komm schon, geh in Deckung.«

Er wollte gerade widersprechen, als er vom Weg auf der anderen Seite der Lichtung her Stimmen hörte. Blitzschnell sank er zu Boden und blinzelte zur Lichtung hinüber. Die Grillroste standen wie immer ungenutzt in der Mitte, die Holzbänke drumherum waren frei. Sie werden sich dort hinsetzen, sagte er sich. Sie werden reden, lachen und ein bisschen turteln. Mehr nicht. Jetzt konnte er sie kommen sehen. Rosi trug enge Jeans und das hellblaue Sweatshirt mit dem Aufdruck *University of California*, das ihr genauso gut stand wie die schicke neue Frisur, die sie Afrolook nannte. Sie hatte eine Decke dabei. Der junge Mann hatte einen Arm um ihre Schultern gelegt und sie den ihren um seine Taille. Er war einen Kopf größer als sie.

Eine echte Bohnenstange, dachte Holger und biss die Zähne zusammen. Auch der Drückeberger trug Jeans und dazu ein gebatiktes T-Shirt. Er hatte lange Haare, die im Nacken zusammengebunden waren. Was für ein Affe, der passte doch gar nicht zu Rosi. Was wollte sie denn mit so einem?

Die beiden ließen die freien Bänke links liegen und steuerten auf einen Sonnenfleck zu. Rosi breitete die Decke aus. Sie waren vielleicht fünfzehn Meter entfernt, als sie sich niederließen. Rosi rekelte sich und lachte so laut, dass Holger es hören konnte. Der Zorn brodelte unter seiner Haut. Schämte sie sich nicht, mit einem jungen Mann allein einen Ausflug in den Wald zu machen? Wusste sie denn nicht, was sich gehörte?

Jetzt stützte der Kerl seinen Kopf in die Hand und sah Rosi an. Er sagte irgendetwas zu ihr, was Holger nicht verstand. Rosi streichelte seinen Arm. Als hätte er bloß auf ein Zeichen gewartet, beugte der Typ sich zu ihr hinunter und küsste sie auf den Mund.

Die Mädchen kicherten. Er wollte wegsehen, aber irgendetwas hielt seinen Blick in dem Sonnenfleck gefangen. Dieser Fremde küsste immer weiter und drängte sich dicht an Rosi heran. Wie der Junge in der Bildergeschichte der *Bravo* lag er da.

Was Annette sich auch immer einfallen ließ!

Der Mund des Drückebergers hatte sich an Rosis Lippen festgesogen. Sie hielt seinen Kopf umschlungen, löste das Band in seinem Nacken und wühlte in seinem Haar, während seine Hände über ihre Achseln wanderten, an ihren Seiten hinab bis zum Saum ihres Shirts. Blitzschnell verschwanden sie unter dem Stoff.

Holger kniff die Augen fest zu, als er spürte, wie ihm das Blut in den Unterleib schoss. Nein, nein, bloß das jetzt nicht! Er drückte sich flach auf die Erde, wollte nach Hause, doch er konnte sich nicht bewegen. Annette und Karin waren still. Die Mädchen kannten so etwas, was zwischen seinen Beinen geschah, eben nicht. Und sie durften nichts merken. Er musste sich ungerührt zeigen, musste die Augen wieder öffnen.

Inzwischen hatte der Fremde Rosi beinahe unter sich begraben. Seine Hände waren wieder aufgetaucht, glitten nun über ihre Jeans, über ihre Oberschenkel hin zu ihrem Schritt. Rosi ließ es geschehen, stieß ihn nicht weg. Jetzt küsste er ihren Hals, und sie legte die Hände auf seinen Hintern.

Holger hatte Mühe, ruhig zu atmen. Irgendetwas musste er tun, um sich abzulenken. Vor ihm auf dem Boden lag ein geöffneter Tannenzapfen. Er nahm ihn auf und schloss die Hand darum zur Faust, spürte, wie die scharfen Kanten in seine Handfläche schnitten. Es tat richtig weh, doch der Schmerz war nichts im Vergleich zu dem, was da unten pulsierte. Panisch biss er sich auf die Lippen. Was, wenn es ohne sein Zutun geschah? Und wenn es einen Fleck gab? Die Mädchen, o Gott, die Mädchen.

Der Fremde nestelte am Reißverschluss seiner Jeans, wollte dann dasselbe bei Rosi tun, aber endlich nahm sie seine Hand von ihrer Hose. Sie rangelten eine Weile. Er drängte seinen Körper zwischen ihre Beine, sie schüttelte den Kopf, schwach zuerst, dann energischer, und erst als sie im Begriff war aufzustehen, hob er die Hände zum Zeichen, dass er nachgab.

Rosi hatte ihm Einhalt geboten. Holger war erleichtert, lockerte den Griff um den Tannenzapfen und wollte einfach nur fort. Da war noch immer die Beule in seiner Hose, aber wenn er seinen Pulli ganz lang herunterzog, würden die Mädchen das nicht sehen können. »Lasst uns abhauen«, flüsterte er, und Karin erhob sich schon, aber Annette bedeutete ihr, in der Hocke zu bleiben.

»Wartet«, sagte sie. »Seht doch!«

Rosi hatte sich kaum wieder hingelegt, da fing der Mistkerl wieder mit dem Küssen an. Dann nahm er Rosis Hand und schob sie vorn in seine offene Hose. Und sie ließ es zu.

»Wenn das meine Eltern wüssten!«, raunte Annette, und Karin wandte den Blick von der Wiese ab, strich Lizzy über den Kopf. Er sah es im Augenwinkel, während er Zeuge dessen wurde, was vor ihm geschah. Widerstehen, dachte er, die Augen wieder schließen. Aber nicht einmal ein Blinzeln wollte ihm gelingen.

Der Fremde drehte sich auf den Rücken. Er küsste nicht mehr, sondern legte den Kopf in den Nacken, und jetzt war es Rosi, die sich über ihn beugte.

Holger konnte nicht sehen, was ihre Hände taten, aber er wusste es. Und er gab den Widerstand auf. Jetzt war es nicht mehr Rosi, sondern einfach irgendein Mädchen, und so tat es hinter dem Brustbein auch nicht mehr weh. Es gab nur noch eines, das er spürte, und das drängte hart gegen seine eigene Jeans, während er sich weiter mühte, ruhig zu atmen. Er durfte nicht vergessen, dass er nicht alleine war. Aber das Mädchen auf der Wiese machte weiter, immer weiter, und als der Fremde sich aufbäumte, geschah es auch bei ihm. Sein Herz raste, und die Zähne hatten sich so tief in seine Lippen gebohrt, dass er Blut schmeckte.

Das Drängen ließ nach. Er war erlöst.

Und verloren.

Annette und Karin schlichen sich gebückt und rückwärts gehend aus ihrem Versteck, Karin hielt Lizzy am Halsband fest und dicht bei sich. Er musste hinter ihnen bleiben, einen möglichst großen Abstand halten. Als die beiden den Weg erreicht hatten, robbte auch er langsam zurück, wagte kaum aufzustehen. Zum Glück beachteten die Mädchen ihn nicht, als er es schließlich tat. Er zog seinen Pullover herunter, so lang es ging, faltete die Hände vor seinem Unterleib. Aufs Fahrrad, schnell.

Hatte er denn gesündigt?, fragte er sich, als Karin weit vor ihm Lizzy von der Leine ließ. Wie sollte er damit ins Reine kommen? Darüber konnte er doch nicht sprechen, nicht einmal im Beichtstuhl. Musste es denn wirklich sein? Das würde dem Pfarrer nun wirklich nicht gefallen. Und die Oma durfte nichts davon erfahren. Er musste seine Unterhose selbst waschen und die Spuren aus den Jeans reiben, solange sie noch bei der Arbeit war. Er würde alles mit dem Fön trocknen, bevor sie nach Hause kam.

Er hatte sich doch gar nicht angefasst. Das alles war nur Annettes Schuld – in was für eine Lage hatte sie ihn gebracht? Und in was für eine Lage brachte ihn Gott, wenn es auch einfach so geschehen konnte? Im Schlaf. Oder eben jetzt, wo seine Augen ihm nicht hatten gehorchen wollen. Er ließ sich weiter zurückfallen, vergrößerte den Abstand zu den Mädchen, und sie achteten nicht darauf. Mit jedem Tritt in die Pedale war er sich der Schande zwischen seinen Beinen bewusst. Die Handfläche, in der er den Zapfen zerquetscht hatte, brannte nun wie die Scham. Angestrengt senkte er den Blick auf den Weg vor sich, auf verwitternde Tannennadeln, im Sonnenlicht glitzernde Kiesel, aus dem Boden drängende Wurzeln und tote Borkenkäfer.

Und jetzt tat es auch hinter dem Brustbein wieder weh. Seine Rosi mit einem anderen, und er selbst hatte nicht mal eine Chance, durfte sie nicht haben. Wäre er doch bloß Annette und ihrer blöden Idee nicht gefolgt. Die Mädchen kapierten einfach nicht, was ihm der Dienst an Gott bedeutete. Mehr als einmal hatte er es ihnen zu erklären versucht, aber sie hatten eben niemals den Frieden gespürt, den der Blick auf die Mutter Maria verströmte, die rein war. Unbefleckt! Während er langsam weiterfuhr, kam ihm in den Sinn, wie die Oma ihm vor dem Schlafengehen aus der Bibel vorgelesen hatte, als er noch so klein gewesen war, dass er zu ihr ins Bett krabbelte. Die Namen der Apostel hatte er lange vor den Buchstaben des Alphabetes gekannt. So genau erinnerte er sich an das Glück, das er empfunden hatte, als er das feierliche Gewand des Ministranten zum ersten Mal überstreifte, glatt und frisch gestärkt. Niemand nannte ihn mehr einen Stinker, seit der Duft von Weihrauch ihn umgab, niemand einen Fettwanst unter der heiligen Robe. Die Augen der Oma strahlten ihn aus der Kirchenbank an, wenn er eine brennende Kerze zwischen den gefalteten Händen hielt. Er wusste, das Licht erhellte sein Gesicht in frommem Glanz. Es war der Schein Jesu, der all jene erfasste, die ihn ernsthaft suchten.

Und er suchte.

Und er strengte sich an.

Aber all seine Bemühungen waren zum Scheitern verurteilt, wenn das Ding da unten keine Ruhe gab. Noch einmal sah er, wie der Fremde sich aufgebäumt hatte unter Rosis Hand. So etwas würde ihm selbst niemals erlaubt sein. Nie!

Die Unterhose konnte er selber waschen. Auch die Oma konnte er täuschen, aber das war schon eine weitere Sünde. Immer tiefer geriet er ins Verderben.

Der Wald lichtete sich. Er bog auf die Dorfstraße ein und fühlte sich, als zeigten tausend Finger auf ihn von der Tankstelle her und von unsichtbaren Menschen hinter zugezogenen Gardinen. Die Maria am Wegesrand schüttelte sich entsetzt, drückte das Kind in ihren Armen fest gegen die Brust, weg von ihm und seiner Schande. Die Mädchen hatten noch immer nicht bemerkt, wie sehr er sich hatte zurückfallen lassen. Er bremste, stieg vom Rad und schob es neben sich her.

Nach Hause.

Allein.

Samstag, 15. November 2014, 09.41 Uhr

Das Eingangsschild an der nördlichen Ortseinfahrt lag völlig verbeult am Straßenrand, frische Traktorspuren führten in das Feld dahinter und wieder heraus. Alles beim Alten, dachte Annette und drosselte das Tempo auf Ortsgeschwindigkeit. Hat wohl mal wieder jemand den Auftakt des Wochenendes zu ausgiebig gefeiert. Und dann den Schlüssel ins Zündschloss gesteckt, Schlangenlinien, mit Karacho gegen das Schild, das auch ein Radfahrer hätte sein können, und ab in den Acker. Aber wozu hatte man Freunde, wozu war man im Schützenverein. Irgendjemand hat den Suffkopf rausgezogen. Sie schüttelte den Kopf, wandte den Blick wieder auf die Durchfahrtsstraße. Vor langer Zeit schon war sie verbreitert worden, aber Annette kam sie mit jedem ihrer Besuche enger vor. Ihr Weg führte vorbei an der Tankstelle, neben der immer höher wachsende Reifenstapel einen hässlichen Gummiwall bildeten, am Abzweig nach Friederbach und an dem baufälligen Haus, in dem einmal die Reinigung gewesen war, in der Holgers Großmutter gearbeitet hatte, bis sie an den giftigen Dämpfen zugrunde gegangen war. Annette näherte sich dem Dorfkern, schaute hinüber zur Bäckerei. Die neuen Besitzer hatten das Café ausgebaut und um ein Mittagsangebot erweitert. Wo sie und ihre Schwester einst in den Sommerferien ausgeholfen hatten, um Kurgästen und Wanderfreudigen Torten und Eisbecher zu servieren, gab es nun auch Pasteten mit Ragout fin, Semmeln mit Leberkäse und täglich wechselnde Eintopfgerichte, wie eine mit Kreide beschriebene Tafel verriet, die neben dem Eingang angebracht war. Sie dachte an ihre Eltern. Auch sie hatten über eine solche Erweiterung nachgedacht, als die Metzgerei nebenan pleitegegangen war. Aber sie waren sich einig gewesen: *Wir verkaufen vielleicht manchmal Schweineohren, aber keinen Schweinebauch*. Sie lächelte, als sie sich an die Worte erinnerte. Hoffentlich würde sie Zeit finden, eine Blume zum Friedhof zu bringen. Vier Jahre war ihre Mutter jetzt tot. Wie eilte doch die Zeit voran. Waren sie nicht gestern noch gemeinsam durchs Dorf spaziert, ihre Mutter forsch und voller Tatendrang? Plötzlich und unerwartet, hatte es geheißen. Der Vater aufgelöst. Die Wohnung aufgelöst. Ein Rest von Leben in zwei Koffer gepackt und zu Rosi getragen. Keine Spur gab es mehr in Eschenreuth von den Eltern, und doch sprang die Kindheit sie an jeder Biegung an, sah Annette noch immer, wie einst der Kurpark neu begrünt wurde, wusste sie genau, wo Rosis Hamster begraben lag, verfluchte sie noch heute den Bordstein, gegen den sie mit dem Fahrrad gekracht war, über den Lenker geflogen, beide Knie aufgeschlagen. Geflucht. Geheult. Und weitergefahren.

Am Zebrastreifen musste sie halten. Ein Greis überquerte unendlich langsam die Straße, schlurfte vom Kirchplatz zur Kurverwaltung auf der gegenüberliegenden Seite. Er war dürr und klapprig, die Hosenbeine schlackerten ihm um die Waden, sein Rücken war krumm und seine Aufmerksamkeit voll und ganz auf den Rollator gerichtet, um dessen Griffe sich seine knöchernen Hände klammerten. Als er die Mitte der Fahrbahn erreicht hatte, blieb er stehen und wandte den Kopf ihrem Wagen zu, schaute auf das Nummernschild, auf die Kühlerhaube und schließlich zu ihr hinter die Windschutzscheibe. Sein Mund war leicht geöffnet, der Blick leer.

Annette erschrak, als sie ihn erkannte. *Mit den Frauen ist es wie mit den Weintrauben – leicht verdorben sind sie am süßesten.* Er hatte es in der Bäckerei gesagt, als er kam, um Semmeln zu kaufen, hatte gelacht und herausfordernd über den Tresen geblickt, bis ihre Mutter gequält in sein Lachen eingefallen war wie immer, wenn er die Weisheiten seines Lebens von sich gab. Als Annette noch ein Kind gewesen war, hatte sie das Weite gesucht, sobald sie ihn auf die Bäckerei zukommen sah. Viel später aber musste sie zu ihm ins Auto steigen, denn es gab nur seine Fahrschule weit und breit. Sechsundzwanzig Stunden in einem silbernen VW Golf. *Nun mal los, Fräulein*, hatte er gedrängelt, wenn sie langsam die Kupplung kommen ließ. Er war schon damals nicht mehr jung gewesen, hatte grau meliertes Haar und einen Raucherhusten, spuckte den Auswurf in sein

Taschentuch, das er auf das Armaturenbrett schmiss, wenn sie den falschen Gang erwischte. Dann legte er seine feuchte Hand über ihre, die auf dem Schaltknüppel ruhte. *Erster Gang, zweiter, dritter, nein, nicht doch, weiter rechts, hier, mehr zu mir rüber. Und immer schön in den Spiegel gucken, das könnt ihr Mädchen doch alle so gut, das müsstest du doch hinkriegen.* Nun stand er vor ihrem Auto auf der Straße, und sie wartete ungeduldig darauf, dass er endlich weiterging. Ihr Fuß tappte von der Bremse zum Gaspedal, von der Bremse zum Gaspedal und wieder zurück.

Als sie Karins Haus am südlichen Ende des Dorfes erreichte, stellte sie den Clio vor dem Carport ab. Karin öffnete die Tür und blickte ihr entgegen, und Annette stieg aus dem Auto, holte ihre Tasche aus dem Kofferraum und ging auf die Freundin zu. Sie trat ein und ließ die Tasche fallen. Die Umarmung zur Begrüßung war nicht mehr als ein Ritual, ein flüchtiges Hallo mit steifen Nacken und viel Platz zwischen den Körpern, und schmerzlich registrierte Annette den Abstand zwischen ihnen, der gewachsen war im Laufe der Jahre, langsam und unmerklich, wie die Entfernung zwischen Europa und Amerika infolge tektonisch bedingter Verschiebungen wuchs. Ihr schien, dass Karin noch schmaler geworden war seit ihrer letzten Begegnung, da gab es kaum einen Körper, den Annette umschlingen konnte, nur Haut und Knochen. Sie löste sich von dieser Frau, die zu berühren und fest an sich zu drücken ihr einmal alles bedeutet hatte und die nun vor ihr stand wie ein Geist mit tiefschwarzen Gräben unter den Augen, die Wangen eingefallen, die Haut blass und scharf der Kontrast zum purpurroten Lippenstift. Zwei Spangen links und rechts hielten Karins blondes Haar aus dem Gesicht. Sie klemmten nicht genau auf derselben Höhe, und das war ungewöhnlich. Annette roch ihr Parfum, einen blumigen Duft, der sich mit der chemischen Note ihres Haarsprays mischte und mit dem Geruch nach Sauberkeit im Haus.

Karin deutete auf eine Fußmatte in der Diele. »Stell die Schuhe da ab«, sagte sie. »Gib mir die Jacke und bring deine Tasche nach oben. Ich mache uns einen Tee.«

»Hast du inzwischen mit Pavel gesprochen?«, fragte Annette und blies in die dampfende Tasse Earl Grey.

Karin antwortete nicht, sah ihr aber direkt in die Augen. Das hatte sie lange nicht mehr getan. Gewöhnlich senkte sie die Lider oder wandte den Kopf ab, wenn Annette versuchte, das Grün einzufangen, das einst Verheißung bedeutet hatte und längst nur noch ein farbiger Ring um starre Pupillen war.

»Hat bei dir zu Hause schon mal der Wasserhahn getropft?«, murmelte Karin.

Annette hob die Augenbrauen. »Was?«

Die purpurroten Lippen formten ein trauriges Lächeln. »Der Wasserhahn, du weißt schon. Du hast ihn zugedreht und trotzdem hört es nicht auf. Du drehst ihn noch viel fester zu, mit aller Kraft und änderst nichts, nur dass es noch mehr tropft als zuvor, nicht länger im Abstand von vier Sekunden, sondern von zwei und dann von einer. Plopp – plopp. Kann ein Geräusch fürchterlicher sein?« Karin kniff die Lippen zusammen, umklammerte die Tischplatte.

Annette beugte sich zu ihr vor, löste Karins Finger und drückte sie. »Wechsele die Dichtung aus, und schon ist alles wieder in Ordnung.«

»In Ordnung!« Karin zog ihre Hände zurück, sprang auf und lief zur Arbeitsplatte der Einbauküche. Sie drehte Annette den Rücken zu und kratzte mit dem Daumennagel einen unsichtbaren Fleck von der glatten, unverwüstlichen Oberfläche. »Ganz einfach, nicht wahr? Du wechselst die Dichtung aus oder Grit tut es, wenn der Wasserhahn tropft. Ich rufe den Klempner an. Oder ich rufe Pavel an, damit er den Klempner bestellt. Und der Klempner sagt mir dann, dass es sinnlos war, mit aller Kraft den Wasserhahn zudrehen zu wollen, weil die Dichtung davon nur noch mehr Schaden genommen hat. Er ist es, der sie auswechselt, und dann schickt er die Rechnung. Weißt du, was im Feld mit der Anschrift steht? Familie Pavel Bucek.«

»Ich glaube, es ist jetzt nicht der richtige Augenblick für diese Art von Gedanken.« Annette legte alle Wärme, die sie aufbringen konnte, in ihre Worte. Warum musste Jacob erst abhauen, warum musste immer erst etwas passieren, ehe die anderen sich fragten, ob sie noch auf dem richtigen Weg waren. Im unpassendsten Moment fing Karin an, ihr Leben infrage zu stellen. Wie oft hatte Annette versucht, mit Karin über so etwas zu reden. Vergeblich. Grit hatte ihr vorgeworfen, sie sei besessen von der Idee, Karin eine Haltung näherbringen zu wollen, die nun einmal nicht die ihre war.

Besessen. Annette dachte an Herbert Müller. Noch eine Münze und noch eine und doch nur der Absturz der leuchtenden Säule. Karma, hatte Grit es genannt, der Ausdruck auf ihrem Gesicht süßsauer wie immer, wenn es um Karin ging. Grit hatte sie mehr als einmal ermahnt, sich von Karin zu lösen, hatte ihr sogar die Karten gelegt. Zehn Schwerter, die das Rückgrat durchbohrten, umgestoßene Kelche mit vergossenem Wein und ein Narr. Annette hatte abgewinkt, hatte die Karten zusammengeschoben. Und neu gemischt.

»Sag du mir nicht, wann es Zeit ist wofür.« Karin holte sie aus ihren Gedanken zurück, setzte sich wieder an den Tisch und rieb sich die Schläfen. »Eigentlich wollte ich jetzt im Keller sein und das Weinregal abstauben. Und dann wollte ich noch die Terrasse fegen. Ich weiß immer, wann es Zeit ist für was. Nur die anderen halten sich nicht daran.«

»Die anderen haben ihre eigenen Pläne.«

Erneut sah Karin sie an, aber jetzt blitzte Wut in ihrem Blick. »Und du hast auf alles eine Antwort.«

»Na, hör mal! Weißt du, wie lange ich letzte Nacht geschlafen habe? Auch ich hatte Pläne. Und ich habe sie für dich über den Haufen geworfen. Also, jetzt sag schon, hast du mit Pavel gesprochen?«

»Nein! Ich habe Holger gebeten, sich im Dorf umzuhören.«

Annette stand auf, ging ins Wohnzimmer, fand das Telefon auf dem Tisch und brachte es in die Küche.

»Hier«, sagte sie und hielt es Karin hin. »Deine Sache, wenn du deine Eltern nicht einweihen willst. Wie ich Jacob kenne, wird er denen wohl auch nichts erzählen, aber Pavel ist sein Vater und weiß vielleicht, was los ist. Und selbst wenn nicht, musst du ihm Bescheid sagen. Gerade dann.«

Zögerlich nahm Karin das Telefon entgegen, umfasste es so vorsichtig, als wäre es ein heißes Eisen. Sie betrachtete es lange, und als sie endlich eine Kurzwahltaste drückte, ging Annette nach draußen, um eine Zigarette zu rauchen.

Sie nahm einen ersten Zug und blickte die Straße entlang, auf der sie noch eben gefahren war, gekommen aus Berlin-Schöneberg, Szenekneipen und Bioläden, Telefonzellen als Bücherboxen, Regenbogenfahnen hinter Fensterscheiben, homöopathische Gemeinschaftspraxen und bunte Wochenmärkte. Vielleicht schlenderte Grit jetzt gerade an Ständen mit frischen Nudeln, orientalischen Kräutern und Heumilchkäse vorbei. Annette klopfte die Asche über den Beeten im Vorgarten ab, nahm die letzten Züge. Sie hätte zu Hause bleiben sollen, hätte sich in diesem Augenblick um Georgia O'Keeffe kümmern und Grit zu einem gemeinsamen Abendessen einladen können. Falafel, Salat und Weißweinschorle. Zwei, drei Stunden gemeinsame Zeit. Genug für Sex. Oder Fernsehen.

Gerade als sie die Kippe im Beet neben der Haustür ausdrückte, kam Karin zu ihr.

»Was machst du denn da?«, fragte sie in missbilligendem Ton, verschwand wieder und kam mit einem Aschenbecher zurück.

Annette nahm ihn entgegen, legte die Kippe hinein und stellte ihn ab. »Hast du Pavel erreicht?«

Karin nickte. »Er weiß nichts. War irgendwie kurz angebunden, hat gleich noch einen wichtigen Termin. Er will herkommen, aber es wird wohl Nachmittag werden.«

Sie gingen gemeinsam zurück ins Haus. Annette setzte

sich, der Tee war inzwischen abgekühlt, sie trank einen großen Schluck. Karin hangelte nach einer Dose links oben auf dem Regal. Annette runzelte die Stirn. Sie kannte diese Dose. Als ihre Mutter gestorben war, hatte Karin sie geöffnet, sie ihr entgegengehalten. *Wenn du was brauchst – für die Beerdigung vielleicht.* Annette hatte sich für alle Fälle eine Tablette in die Tasche gesteckt, aber dann hatten die Bachblüten gereicht und die Wärme von Grits Hand. Am offenen Grab hatte sie ihren Vater gestützt und mit Rosi Rotz und Wasser geheult. Fix und fertig beim Leichenschmaus. Karin hatte sie in den Arm genommen. *Willst du nicht doch?* Jetzt schluckte sie selbst eine Pille.

»Guck nicht so!«, sagte Karin schroff, als sie wieder am Tisch saß. »Ich habe die ganze Nacht kein Auge zugetan. Wie soll ich sonst wach bleiben?«

Annette hörte aus dem Flur die Töne, die ihr verrieten, dass sie eine Nachricht erhalten hatte. Sie ging hinaus und holte das Handy aus ihrer Jackentasche. Es war eine Antwort von Grit. *Gut. Melde dich, wenn es bei dir passt.*

Kein Kuss, kein liebevolles Wort. Annette fuhr sich durchs Haar. Was hatte sie denn erwartet? Sie ging zurück in die Küche.

»Jacob?«, fragte Karin und sah sie hoffnungsvoll an.

»Nein, Grit. Ich muss sie mal anrufen.«

»Ja, tu das.« Karin stand auf. »Ich gehe mal eben vor die Tür.«

»Willst du dich nicht ein bisschen hinlegen?« Annette blickte ihr nach. »Ich wecke dich, sobald Holger sich meldet.«

»Nein, ich kann jetzt nicht schlafen«, antwortete sie, ohne sich noch einmal umzudrehen. Annette ließ das Handy sinken, sah zu, wie Karin die Haustür öffnete, sich nach links und rechts umsah, auf die Armbanduhr schaute und ihre Nasenwurzel drückte. Ein Häufchen Elend in Hauslatschen, verloren auf diese altbekannte Weise, und Annette ertappte sich dabei, wie sie zu ihr gehen, sie festhalten und ihr ins Ohr flüstern wollte: *Alles wird gut.*

Aber nichts war gut. Jacobs Verschwinden nicht, Karins Verfassung nicht und erst recht nicht dieser Impuls, der ihr befahl, Karin beizuspringen, sobald ein Problem sie aus der Bahn zu werfen drohte. Was für eine dumme Passion. Wie schön waren sie gewesen, die drei langen Jahre ohne die alten Geschichten. *Schnee von gestern*, nannte es Grit. Aber der Schnee konnte nicht schmelzen, wenn es in der Seele kalt geblieben war. Es gab sie noch immer, diese zugigen gefrorenen Ecken tief in ihr drin, und es gab auch die alten Reflexe noch. Karin retten. Was trieb sie bloß immer dazu? Und wann hatte das angefangen?

November 1979

Das Weltraumabenteuer war ein Albtraum: ein ekelhafter Glibberpolyp auf dem Gesicht des Astronauten, eine aufgesprengte Bauchdecke und literweise Blut. Annette erhob sich benommen von ihrem Platz in der Mitte der Reihe, als die Vorstellung zu Ende war. Holger schob sich durch die drängelnde Menge auf den Ausgang zu, und Karin hielt sich dicht hinter ihm. Annette folgte den beiden nur widerwillig, drehte sich immer wieder zur Leinwand um, über die untermalt von der Filmmusik der Abspann lief. Ihr zitterten die Knie.

Erst drei Wochen nach dem Kinostart war der Film in der Kreisstadt angelaufen, und eine weitere Woche hatte sie noch benötigt, um Holger und Karin dazu zu bringen, ihn anzuschauen. Das Überreden war schwieriger geworden seit dieser Sache mit Rosi und ihrem Freund beim Grillplatz, und außerdem hatten die beiden kaum jemals Zeit. Karins Ballettunterricht, Holgers Messdienste, immer wieder musste sie sich gedulden. Dabei hatte sie in der Zeitung gelesen, dass der Film ein echter Schocker sei, hatte es kaum erwarten können, endlich ins Kino zu gehen. Ein Glück nur, dass Holger gerade sechzehn geworden war. Der Trick mit der Pudelmütze hatte wunderbar funktioniert. Mit dem albernen Ding auf dem Kopf wirkte er weit jünger, und natürlich hatten sie ihn vorgeschickt, die Eintrittskarten für sie alle zu kaufen. Eine glänzende Idee. Der ungläubige Blick der Kassiererin auf das Geburtsdatum seines Schülerausweises hatte gereicht für drei.

Sie fiel immer weiter zurück, und als sie schließlich auf die Straße trat, hatte sich das Gros des Publikums bereits in alle Richtungen verstreut. Karin und Holger warteten vor dem Schaukasten mit den Filmplakaten auf sie. Dichter Nebel befeuchtete die Dunkelheit und holte die Stimmung des Filmes zurück.

»Sagt bloß meinen Eltern nicht, was wir uns angeschaut haben! Meine Mutter bringt mich um!«, zischte Karin.

»Am besten, wir waren gar nicht im Kino. Wenn sie fragt, sagt einfach, wir waren in Giovannis Pizzeria.« Ihr Gesicht war aschfahl trotz des Rouge, das sie neuerdings auflegte. Sie wickelte sich den Schal eng um den Hals und hob den Pferdeschwanz darüber.

»Na gut, aber dann wirf die Kinokarte weg, sonst fliegen wir noch auf.« Annette zog den Reißverschluss ihrer Winterjacke bis oben hin zu, drückte einen winzigen Knopf an der Seite ihrer Armbanduhr, und es erschienen digitale Ziffern. Sie mussten sich nicht beeilen, um den Bus zu erreichen. Gemächlich schlenderte sie los Richtung Haltestelle, und Karin und Holger liefen zu beiden Seiten neben ihr her.

Karin warf ihre Eintrittskarte in den ersten Papierkorb, an dem sie vorbeikamen. »Das wäre erledigt. Aber ihr dürft euch nicht verplappern.«

»Ich glaube, sie hat recht«, stöhnte Holger. »Meine Oma wäre bestimmt auch nicht begeistert. Und mir ist jetzt noch ganz schlecht.« Er setzte die Pudelmütze auf, und als ob das noch nicht schlimm genug aussähe, schob er auch noch die Fransen seines Ponys vollständig darunter. Sein Gesicht war nun ein fleckigroter Vollmond.

Annette verspürte keine Übelkeit, aber auch sie war aufgewühlt auf eine unbekannte Weise, erinnerte sich an die Bilder des Filmes, an das Gemetzel, die beklemmende Enge des Raumschiffs und an die vielen Toten. Vor allem aber blieb ihr die Heldin im Sinn, die da rannte, riesige Computer bediente und schwere Lasten trug. Sie hat getobt vor Wut. Sie hat geheult vor Angst und Anspannung. Und beim Showdown hat sie sich konzentriert und alles richtig gemacht. Diese Frau war keine Prinzessin mit Ringellöckchen und makellosem Teint.

»Wie sie geschwitzt hat«, murmelte Annette gedankenverloren vor sich hin, als sie die Haltestelle erreichten.

»Wer?«, fragte Holger.

»Die Astronautin. Sie hat geschwitzt wie verrückt. Ihre Haare waren klatschnass, die Wangen, der Hals. Sogar ihre Finger waren voller Schweißperlen.«

»Hör auf, das ist ja widerlich!«, rief Karin und schüttelte sich.

Holger kicherte. »Ich schwitze auch andauernd. Willst du mal riechen?« Er kam auf die andere Seite und rückte dicht an Karin heran.

»Bah, was soll das!«, schimpfte Karin und stieß ihn weg. Beide lachten, aber Annette achtete nicht auf ihre Blödelei. Im Sommer noch war es nur ab und zu vorgekommen, dann mehrmals in der Woche, und inzwischen gab es jeden Tag diese Augenblicke, in denen ihr bewusst wurde, dass sie die Dinge anders zu erleben schien als die anderen. Das Bild der Kämpferin mit dem schweißtriefenden Gesicht ließ sie nicht los, und es erfüllte sie nicht mit Abscheu, sondern glich einer Verheißung, die sie nicht fassen konnte. Im Sportunterricht gab es Mädchen, die Handtücher mit in die Turnhalle nahmen, um schon die ersten Spuren ihrer Anstrengungen fortwischen zu können. Andere hielten das Ausmaß ihrer Bewegungen ohnehin in einem Rahmen, der nicht einmal das Risiko eines feuchten Schimmers auf der Haut in sich barg. Der Film auf der Leinwand war so fern des Üblichen. Es war tatsächlich Science Fiction.

Der Bus hatte ein paar Minuten Verspätung. Es war der letzte aus der Stadt ins Dorf, und wie immer war er brechend voll, seit die Zugverbindung nach Friederbach wegen Bauarbeiten unterbrochen war. Sie drängten sich durch in den hinteren Teil, konnten aber keine Sitzplätze mehr ergattern. Holger legte seine Hände um eine Stange, Annette erwischte die letzte freie Halteschlaufe, und Karin hielt sich an ihr fest, als der Bus mit einem Ruck anfuhr.

Die Scheiben ringsum waren so beschlagen, dass Annette nicht hinausschauen konnte. Die Luft war stickig und heiß. Erste Tropfen rannen ihren Rücken hinunter, doch es störte sie nicht wie sonst, sondern erfüllte sie beinahe mit Stolz, obwohl sie wusste, wie unsinnig das war. Die Masse wogte vor und zurück, jemand murrte verdrossen. Karin lächelte sie an, und sie erwiderte den Blick, hielt ihn fest, spürte den Druck von Karins Fingern in den Seiten. Zwanzig Minuten würde die Fahrt dauern, wenn es keinen Stau gab. Warum störte es sie nicht, wenn die Ampeln rot wurden? Warum hoffte sie nicht, dass der Bus leerer werden würde? Warum berührte es sie so tief, dass Karin so dicht bei ihr stand? Auch das fiel ihr nicht zum ersten Mal auf. Sie wollte mit jemandem darüber sprechen, aber sie hatte das Gefühl, dass es besser wäre, es nicht zu tun. Sie hatte sich ein Tagebuch gekauft, und nun kamen ihr die ersten Sätze in den Sinn, die sie hineingeschrieben hatte.

Karin hat mir ins Ohr geflüstert. Ich glaube, ich bin rot geworden. Ich weiß nicht, warum. Lizzy stand zwischen uns. Ich habe Lizzy gestreichelt, um zu streicheln. Ich glaub, ich bin ein bisschen verrückt. Verrückt nach Karin? Das ist doch Quatsch.

Der Bus kam gut durch, und als er am Bahnhof in Friederbach hielt, wurden Sitzplätze frei. Als sie wenig später in Eschenreuth ankamen, war niemand außer ihnen auf der Straße. Annette blickte sich um. Vielleicht war dieses Dorf so eine Art Außenposten im All, amüsierte sie sich im Stillen. Feucht und einsam genug wirkte es jedenfalls. Karin lud sie auf ein paar Häppchen ein, und wieder sah Annette auf die Uhr. Es war kurz nach halb neun, und sie musste erst um zehn zu Hause sein. So blieb noch Zeit, und auch Holger war einverstanden. Als Karin die Haustür öffnete, hastete Lizzy auf sie zu, sprang an ihr hoch, wedelte heftig mit dem Schwanz und hechelte mit geöffneter Schnauze, sodass es aussah, als lächelte sie. Karin tätschelte den Kopf ihrer Hündin, spielte mit den Schlappohren und redete unentwegt auf sie ein. Es war ein großes Hallo, das beide sichtlich auskosteten, und erst als Lizzy wieder auf ihren vier Pfoten stand, schob Karin sie ein Stück zurück, damit auch Holger und Annette eintreten konnten. Lizzy begrüßte nun auch sie, während sie ihre Jacken und Schals an die Garderobe hängten und die Schuhe auszogen.

Das Klappern von Geschirr und die Stimmen der Zwillinge hallten aus dem Esszimmer herüber. Annette folgte Karin dorthin, Holger hielt sich hinter ihr. Sie begrüßten die Familie, die bei einem späten Abendbrot zusammensaß, Herr Schmitz am Kopfende des Tisches und seiner Frau gegenüber, Christian und Sascha zu ihren Seiten, einer das Spiegelbild des anderen mit lockigem Blondschopf und abstehenden Ohren, zu unterscheiden erst durch den Blick auf die Füße, seit Sascha lieber Latschen als Hausschuhe trug.

»Ah, kommt doch rein!«, rief Karins Vater ungewöhnlich vergnügt. Seine Bernsteinaugen funkelten wie die eines Wolfes auf Beutezug, und Annette ahnte, dass die Gemeinheit, die er gleich ausstoßen würde, ihm schon auf der Zunge lag.

»Setzt euch zu uns, ihr habt doch bestimmt Hunger. Nicht wahr, Holger? Du siehst ja schon ganz abgemagert aus.« Sein Ton war voller Sarkasmus, und während er sprach, musterte er Holger von Kopf bis Fuß.

Auf Holgers Gesicht bildeten sich einmal mehr die üblichen Flecken, tiefrot diesmal und bis hinunter zum Hals. Dabei war er selbstsicherer geworden in den letzten Jahren. Das Büffeln hatte ihn zu einem der Klassenbesten gemacht, und die jüngeren Ministranten achteten sein Wort. Jeder in Eschenreuth grüßte ihn freundlich, seit er nach der Messe half, den Leib Christi zu reichen. Sie ließen ihn in Frieden, und inzwischen ging er aufrecht durchs Dorf. Nur vor Karins Vater fürchtete er sich noch immer. Herr Schmitz wusste das, aber anstatt umsichtiger mit Holger zu reden, stach er mit spitzen Worten sichtlich gerne auf ihn ein.

Frau Schmitz sah nicht auf. »Wiegand«, tadelte sie falsch, und ihr Mann lachte zufrieden. Christian gluckste kauend, und nur Sascha, der mit dem Rücken zur Tür des Esszimmers saß, drehte sich erschrocken zu Holger um.

Karin senkte den Blick, als wüsste sie nicht, wohin sie ihn

richten sollte; sie schien sich unbehaglich in ihrer Haut zu fühlen.

»Danke, wir haben schon Pizza gegessen«, sagte Annette. »Bei Giovanni.«

Frau Schmitz ließ Messer und Gabel geräuschvoll auf den Teller sinken und sah ihre Tochter verärgert an. »Du hast Pizza gegessen? Meinst du, das hilft dir beim Ballett?« Ihr Ton war schneidend.

»N-nein, nein, Frau Schmitz, so ist das nicht. Es war nur Mini-Pizza. Ein einziges Stück für uns alle«, entgegnete Holger.

Annette nickte und wunderte sich. Holger log. Er log tatsächlich und handelte sich einen Termin im Beichtstuhl ein. Das hätte sie nicht erwartet.

Karin strich ihm über den Arm. »Genau. Und deshalb hole ich uns jetzt noch was aus der Küche.« Sie drehte sich auf dem Absatz um. »Geht schon mal vor in mein Zimmer, ich komme nach«, rief sie und lief davon.

Annette blätterte Karins Schallplattensammlung durch, während sie warteten; Ravel, Debussy, Tschaikowsky, Delibes – Abba, Boney M., Smokie. Sie entschied sich schließlich für Barclay James Harvest, zog die Scheibe aus ihrer Hülle und legte sie auf, führte den Arm mit der Nadel vorsichtig an den Beginn des ersten Liedes. Der Gesang einer Micky Maus erklang. Sie legte den Schalter auf dreiunddreißig um und half dem Sänger auf diese Weise zu seiner natürlichen Stimmlage zurück. *Hymn*.

»O super!«, rief Holger begeistert, klemmte sich in eine Ecke der Couch und sang mit; sein Lieblingslied von der

Suche nach Gott und vom Fliegen. Annette warf sich auf Karins Bett und schnappte sich das Monchichi, auf das sie gefallen war, das letzte Stofftier weit und breit, Karins ultimativer Seelentröster mit lebenslangem Bleiberecht. Erst als sie sich abgelegt hatte, fiel ihr auf, dass es anders aussah um sie herum. Karin hatte das Zimmer neu dekoriert. Statt der alten Poster hingen nun gerahmte Bilder an den Wänden, auf denen ihr unbekannte Ballerinen anmutig in ihrem Tanz aufgingen; nur die Pinnwand mit den Klassenfotos vom letzten Wandertag war noch da und die Aufnahme, die Karin inmitten ihrer Familie im Kommunionskleid zeigte. Das Bücherregal wirkte aufgeräumt, auf der Kommode stand ein mit Muschelschalen verziertes Schmuckkästchen. Der Deckel war ein wenig verrutscht, und ein goldenes Gliederarmband hing über den Rand. Der riesige Ohrenwecker auf dem Nachttisch war auf Viertel nach sechs gestellt.

Kein Wunder, dass Karin jeden Morgen so verschlafen aussah, wenn sie gemeinsam im Schulbus saßen, dachte Annette. Genau wie Rosi, frisch geschminkt, ordentlich frisiert und hundemüde. Da stand sie lieber eine halbe Stunde später auf, auch wenn es bedeutete, dass sie sich mit dem Duschen beeilen, den Tee viel zu heiß herunterstürzen und zur Haltestelle rennen musste, um den Schulbus noch zu erreichen. Lieber erzählte sie Holger während der Fahrt und mit vollem Mund ihre Träume, als noch einmal einzudösen, wie Karin es tat. Dass Karin dabei den Kopf auf ihrer Schulter ablegte, mochte sie allerdings nicht missen.

Karin stieß die halbgeöffnete Tür mit dem Fuß weiter

auf und balancierte ein Tablett zum Schreibtisch, Lizzy tappte hinter ihr her. Annette legte das Monchichi achtlos fort, stand auf und begutachtete die Speisen aus der Nähe. Wie gut, dass Karin sauer war, da hat sie mal nicht auf die Kalorien geachtet. Orangensaft und Schinkenbrote, Käsespieße und Rote Grütze.

»Den Nachtisch habe ich heute Mittag selbst gemacht«, sagte Karin. »Ist nicht viel Zucker dran. Aber wenn ihr Vanillesoße wollt?« Karin wies auf eine kleine Kanne in der Mitte des Tabletts.

Annette nahm sich ein Schälchen, langte mit dem Finger hinein und lutschte ihn ab. »Köstlich«, sagte sie, gab Soße dazu, schnappte sich einen Löffel und schaufelte drauflos. Lizzy trat dicht an sie heran, fixierte das Schälchen und leckte sich das Maul.

»Nein! Aus! Das ist nichts für dich!«, befahl Karin und zog ihre Hündin fort. Lizzy drehte beleidigt ab und ließ sich in der Mitte des Zimmers auf dem Flokati nieder.

Annette hatte das Schälchen schnell geleert. »Wahnsinn, das war klasse!«, jubelte sie.

»Weißt du, was das Wort ›Nachspeise‹ bedeutet?«, fragte Karin in gespielter Entrüstung. Sie schloss die Tür, nahm sich eine halbe Scheibe Brot vom Teller, setzte sich ihrerseits aufs Bett und lehnte sich mit dem Rücken gegen die Wand.

»Kannst meine auch haben – ich mag keine Rote Grütze«, sagte Holger mit vollem Mund.

»Echt? Du bist mein bester Freund!« Annette nahm sich ein zweites Schälchen und zögerte. »Die hebe ich mir aber jetzt tatsächlich bis zum Schluss auf.« Sie stellte ihre Beute auf dem Nachttisch ab, klappte zwei Schnitten aufeinander, nahm sich vier Käsespießchen und gesellte sich zu Karin.

»Wenn man dich so essen sieht, könnte man meinen, du hast ein vierwöchiges Fasten hinter dir«, spottete Holger. Er hatte den Vorfall mit Karins Vater offensichtlich abgeschüttelt.

Annette beschloss, ihn weiter aufzumuntern. »Nein, ich habe vier Monate in einer Kälteschlafkabine zugebracht«, antwortete sie und biss in ihr Brot, dann begann sie zu zucken und verdrehte die Augen, imitierte den Tod des Astronauten auf der Leinwand, dem das Monster aus dem Bauch gesprungen war, sank zusammen und landete mit dem Kopf rein zufällig in Karins Schoß.

Ihr Theater erzielte die gewünschte Wirkung. Holger lachte, lehnte sich zurück und streckte die Beine aus. Karin hingegen schüttelte pikiert den Kopf, allein ihre Augen blitzten vergnügt auf Annette hinab, und Annette spürte ein Ziehen im Bauch. Hoppla, was war denn das schon wieder? Dieser Blick aus tiefem Grün, so vertraut, so einverstanden, hatte sie in den letzten Wochen mehr als einmal irritiert. Erstaunt spürte sie ihren Gefühlen nach, aber plötzlich schaute Karin erschrocken zu Lizzy hinüber, die sich mit hängendem Kopf vom Flokati erhob.

»O nein! Nicht doch, nicht schon wieder!« Karin schubste Annette weg, sprang auf und schlug Lizzy auf den Kopf, halbherzig nur, aber Lizzy jaulte auf.

»Nicht. Psst. Sei still!« Noch einmal langte Karin nach ihrer Hündin und traf sie nun am Rücken. Lizzy flüchtete hinter den Sessel, in dem Holger saß, und der Blick auf den Fleck war frei.

Karin sprang zum Kleiderschrank. Sie holte ein Handtuch heraus und presste es auf die nasse Stelle. »Wenn mein Vater das mitkriegt, lässt er sie einschläfern«, jammerte sie.

»Was? – Wegen so ein bisschen ... Das ist doch kein Grund!«, sagte Holger entsetzt.

»Ha! Es ist ja nicht das erste Mal. Lizzy ist alt, und der Tierarzt sagt, es wird schlimmer werden.«

Annette riss die Augen weit auf, während sie beobachtete, wie Karin das Handtuch wieder und wieder niederdrückte, sich mit ihrem ganzen Gewicht darauf stemmte. »Und deshalb will dein Vater sie einschläfern? Das geht doch nicht, da macht der Tierarzt bestimmt nicht mit!«

Die benässte Stelle trocknete, und nun rieb Karin das Handtuch hin und her, hin und her, prüfte das Ergebnis. Der Pinkelfleck war verschwunden, doch die Fasern des Teppichs waren völlig verfilzt.

Karin warf das Handtuch hin. »Der Tierarzt macht alles, was mein Vater sagt. Und wenn nicht, macht mein Vater es selbst.« Sie griff sich so fest in die Haare, dass der Pferdeschwanz sich löste.

Holger zog Lizzy hinter dem Sessel hervor, streichelte sie und redete beruhigend auf sie ein. Die Hündin hatte den Schwanz zwischen die Hinterbeine geklemmt und winselte. Ihre schwarzen Augen kullerten hektisch von einem zur anderen.

Schlimmer als der Weltraumhorror war das hier, dachte Annette. Sie stand auf, um Karin zu trösten, und plötzlich fiel ihr die schwitzende Heldin wieder ein. Auch sie war in einer verzweifelten Lage gewesen, aber sie hatte eine Lösung gefunden. Annette hörte Schritte im Flur, die schnell näher kamen. Sie überlegte fieberhaft. Was tun? Was tun?

Der Einfall schoss wie ein Pfeil durch ihren Kopf.

»Echt schade drum«, sagte sie, schnappte sich die Schale auf dem Nachttisch und verteilte die Rote Grütze genau dort auf dem Flokati, wo Lizzy nicht hatte an sich halten können. Sie schaffte es gerade noch, bevor Karins Mutter ins Zimmer trat.

»Frau Schmitz«, rief sie in gespieltem Entsetzen und zeigte auf den Flokati. »Es tut mir leid, oje, Entschuldigung. Ich hab da aus Versehen was verschüttet!«

Samstag, 15. November 2014, 10.04 Uhr

In der Bäckerei hatte er nichts in Erfahrung bringen können. Für Semmeln zu spät, für Kuchen zu früh, hatte er das Geschäft beinahe leer vorgefunden, nur eine einzige Kundin war ihm dort begegnet, eine Fremde in Wanderstiefeln und Regencape, die sich mit Proviant für den Tag eindeckte. Sie konnte Jacob nicht kennen, und die Aushilfsbedienung wusste nicht einmal, wer er war, diese junge Frau mit dem milchweißen Teint und der geblümten Schürze, die jeden Tag mit dem Auto aus Tschechien zur Arbeit nach Eschenreuth fahren musste und sich nicht darum kümmerte, was im Dorf vor sich ging. So steuerte er den Frisiersalon an. Als er eintrat, fegte ihm die Hitze im Inneren entgegen wie ein plötzlich aufkommender Wüstenwind. Sofort beschlug seine Brille. Er nahm sie ab und erblickte unscharfe Köpfe, die sich ihm zuwandten, als er grüßte. Wie erwartet, herrschte Hochbetrieb. Alle Stühle vor den großen Spiegeln waren besetzt, und im Wartebereich vertrieb sich ein halbes Dutzend Frauen mit Illustrierten die Zeit. Der Geruch nach Haarfestiger drang beißend in seine Nase und weckte Erinnerungen an seine Kindheit in der Wohnung über der Reinigung. Er musste hier schnell wieder raus, und so sprach er lauter als gewöhnlich, als er nach Jacob fragte, übertönte den Fön im hinteren Teil des Salons und die Nackenrasur direkt neben ihm. Während er sprach, putzte er seine Brille, und als er sie wieder aufsetzte, gewannen die Gesichter an Kontur.

Niemand antwortete auf seine Frage, und die Sportlehrerin aus der Grundschule taxierte ihn, während ein drahtiger Teenager mit einem Azubi-Schild auf dem T-Shirt ihr die eben gewaschenen Haare trocken rieb. Holger konnte sich den Namen dieser Frau einfach nicht merken, obwohl sie in den Sommermonaten jeden Tag mit einer anderen Klasse zum Sportplatz kam. Im Mai, Juni und September wusste er, wie sie hieß, aber wie die Blätter von den Bäumen segelte auch ihr Name in jedem Herbst aufs Neue ins Vergessen. Was er denn von Jacob wolle, fragte die Lehrerin, und warum er sich nicht einfach bei Jacobs Mutter erkundige, wo ihr Sohn zu finden sei.

Er hatte mit dieser Frage gerechnet. Auf die Neugier der Einheimischen war Verlass, auf ihre Sehnsucht danach, dass etwas passierte – eine Sehnsucht, die ihnen jede Diskretion unmöglich machte. So hatte er sich seine Antwort längst zurechtgelegt. Das ginge eben nicht, sagte er, ohne zu zögern, es habe etwas mit Weihnachten zu tun. Er verlieh seinen Worten einen geheimnisvollen Klang, um glaubwürdig zu wirken. Die perfekte Ausrede, dachte er, niemand würde Karin darauf ansprechen, um nichts zu verraten, niemand hakte jetzt nach, nur die Alte vom Landfrauenverein sah von ihrer Zeitschrift auf und blickte zu ihm herüber. Er hätte nicht sagen können, ob es an seinem unrasierten Kinn lag, an seiner knittrigen Jacke oder an den zerschlissenen Jeans, dass ihr Blick so kritisch war. Vielleicht behagte ihr auch die Vorstellung nicht, dass er schon Mitte November an Weihnachtsgeschenke dachte, wo doch die Wohltätigkeitsbasare, auf denen all die Räuchermännchen und Strohsterne, Keksdosen und Wichtelmobiles verkauft wurden, die sie und ihre Mitstreiterinnen seit Wochen bastelten, erst ab dem ersten Advent stattfanden. Vielleicht wunderte sie sich aber auch, denn im Dorf war bekannt, dass er Weihnachten längst keine Bedeutung mehr einräumte. Christbaumkugeln und Tannenduft, Engelshaar und das Jesuskind, das von einer Jungfrau geboren worden war – er konnte es nicht mehr ertragen. In all den Jahren auf der Straße hatte er kein Weihnachten gefeiert, nicht in den Ruinen, in die er sich nach Einbruch der Dunkelheit schlich, um die Nacht zu verbringen, nicht auf den Dachböden und nicht unter irgendeiner Brücke in irgendeiner Stadt. Selbst in Paris hatte es für ihn kein Christfest gegeben. Jeden Tag war er zu Martine ins Bistro gegangen, aber zu Weihnachten nicht.

Niemand beim Friseur hatte Jacob gesehen oder etwas von ihm gehört. Holger schickte sich an, den saunafeuchten Salon wieder zu verlassen. Als er schon an der Tür war, sah er, dass die alte Frau Schmitz draußen mit noch immer forschen Schritten darauf zulief. Sofort schoss ihm das Adrenalin einen Fluchtbefehl ins Blut. Bloß das jetzt nicht, es würde Karin sicher nicht gefallen, wenn ihre Mutter etwas mitbekam. Frau Schmitz blickte zufrieden geschäftig drein, als sie die Stufen zum Eingang heraufstieg und die Tür öffnete. Mit dem Klingeln des Glöckchens bei ihrem Eintreten grüßte sie in die Runde und hielt eine Broschüre in die Höhe. Er achtete nicht auf das, was sie da mitbrachte, wollte nur schnell hinaus, touchierte sie versehentlich am Arm, als er sich an ihr vorbeidrückte. Eilig lief er zu seinem Moped zurück und beglückwünschte sich noch einmal zu seiner Ausrede mit dem Weihnachtsfest. Die Leute im Salon würden sich vielleicht fragen, warum er sich ausgerechnet bei Jacobs Oma nicht nach dem Jungen erkundigte, aber sie würden nicht darüber sprechen, denn sein eiliges Fortlaufen bewies ja, dass es um ein Geheimnis ging.

Das ist ja gerade noch mal gutgegangen, dachte er, aber weitergekommen war er noch immer nicht. So fuhr er zur Tankstelle. Hinter der Kasse saß der pickelige Bursche aus der B-Jugend, der immer erst kurz vor Schluss eingewechselt wurde, wenn seine Mannschaft führte. Er war der Richtige, um Zeit zu schinden, ein blutleerer Sechzehnjähriger, an dem alles abzuprallen schien. Auch die Frage nach Jacob ließ ihn kalt. Er pulte gedankenverloren an seiner

Nase herum, zuckte mit den Schultern und kassierte fünfundzwanzig Euro von einem Durchreisenden für den Sprit an Säule eins.

Holger ging gemächlich zu seinem Moped zurück, und bevor er den Helm wieder aufsetzte, schaute er zur Kirche hinüber, die mit ihrem Geläut den Tagen im Dorf ihren Rhythmus gab und die er seit ewiger Zeit nicht mehr betreten hatte. Aber so ein katholisches Gotteshaus war fast immer offen und auch ein bisschen geheizt. Die Kirche konnte eine gute Zuflucht sein, um zu übernachten, er hatte das selbst hin und wieder ausprobiert. Und er hatte Jacob davon erzählt. Ob der Junge das noch wusste? Er habe eine Decke mitgenommen, hatte Karin gesagt. Auch wenn es nicht sehr wahrscheinlich war, dass er Jacob dort finden würde – einen Versuch war es wert.

Aber auch in der Kirche war Jacob nicht. Einen Ort nach dem anderen suchte Holger auf: den Pavillon des Kurparks, an dessen Fertigstellung samstags nicht gearbeitet wurde, das Infohäuschen des Naturschutzvereins am Waldrand … Er hielt da und dort, schaute nach und rief, fragte und überprüfte und blickte sich um. Keine Spur. Als er nicht mehr wusste, wo er noch suchen sollte, sah er auf die Kirchturmuhr. Schon kurz vor halb zwölf. In ein paar Minuten öffnete der *Goldene Hirsch*, und wie der Frisiersalon war auch ein Gasthof ein Nachrichtenumschlagplatz. Er seufzte. Um nichts in der Welt wollte er jetzt dort vorbeischauen, am Samstagvormittag, wo sich die Alten Herren zum Frühschoppen trafen. Beim Fußball war nicht mehr viel los mit ihnen, aber für den Stammtisch reichte es allemal. Was Karin da aber auch von ihm verlangte! Konnte sie nicht selber zum Gasthof gehen, um die Alten Herren zu befragen? Konnte sie nicht Annette schicken, wenn sie ankam? Aber nein, ausgerechnet er sollte sich darum kümmern. So etwas war nichts für ihn. Er wollte zurück zum Sportplatz, wollte Bälle aufpumpen und seine Ruhe haben. Es machte ihn nervös, die Leute zu behelligen, und er bekam Herzklopfen davon. Herzrasen sogar, wenn es um die Alten Herren ging. Warum nur hatte er sich überreden lassen? Wenn er diese Suche ernstnahm, musste er sich auch im Gasthof erkundigen. Erneut startete er das Moped und schluckte. Nun denn, zum *Goldenen Hirschen* also, es half ja nichts.

Samstag, 15. November 2014, 11.12 Uhr

Als Jacob die Augen aufschlug, sah er den Zipfel der alten Decke, auf der sein Kopf lag, und jede Menge Heu und Stroh. Er kniff die Lider fest zusammen und öffnete sie wieder. Ach ja, Götzls Hof, fiel es ihm ein, und ein Film lief rückwärts ab: das Erklimmen jeder einzelnen Sprosse der Leiter, der kurze Aufenthalt zu Hause, wo er sein Notebook geholt hatte, der lange schmerzhafte Weg vom Weiher dorthin. Und die Prügelei. So ein Quatsch, eine Prügelei war es ja nicht gerade gewesen. Bei einer Prügelei schlug der eine zu und der andere wehrte sich, und am Ende waren beide irgendwie lädiert. Aber wie hätte er sich wehren sollen gegen drei? Nummer sechs und Nummer acht hatten ihn bei Philipps ersten Schlägen festgehalten, auch das fiel ihm wieder ein, die Hiebe ins Gesicht und in den Magen, bis er zu Boden ging, die Tritte danach von allen dreien. Er horchte in seine linke Seite hinein. Wie er so reglos auf dem Boden lag, tat dort nichts weh. Er schaute auf seine Armbanduhr. Viertel nach elf war es, und es musste schon Vormittag sein, denn zu dem künstlichen Licht unten im Stall kam ein anderes, das durch die Dachluke drang. Der Himmel war also hell draußen, soweit ein Novemberhimmel es eben zustande brachte, jedenfalls war es nicht Nacht. Hatte er denn siebzehn Stunden geschlafen? Hatte er den Bauern nicht gehört, der die Kühe gemolken und versorgt haben musste, nicht das Muhen der Tiere, nicht den Wasserhahn, gar nichts? Da konnte er ja von Glück sagen, dass Götzl nicht zu ihm nach oben gekommen war. Das hätte böse ausgehen können!

Siebzehn Stunden, wunderte er sich noch einmal und merkte erst jetzt, wie durstig er war. Er setzte sich vorsichtig auf und öffnete mit zittrigen Fingern den Rucksack, holte die Flasche heraus. Gierig setzte er sie an die Lippen und trank, und erst das kühle Wasser ließ ihn spüren, wie trocken seine Mundhöhle gewesen war. Er trank einen weiteren großen Schluck, schraubte die Flasche zu und legte sie neben sich ins Stroh. Der Rucksack lag offen vor ihm, schien ihn auffordern zu wollen, noch einmal hineinzugreifen. Das Notebook. Richtig heiß wurde ihm bei dem Gedanken, dass er es hochfahren musste. Dafür hatte er es schließlich mitgenommen: um im Netz nachzuschauen und sich vergewissern zu können. Zögernd zog er das Notebook auf seinen Schoß und öffnete den Deckel, schaltete es ein. Wenn die Jungs das Video verschickt hatten, würde er es bestimmt herausfinden. Irgendjemand würde ihn fragen, was das zu bedeuten hatte, per E-Mail, Facebook, Twitter oder Instagram. Es gab ja so viele Wege ins Verderben. Soziale Netzwerke, was für ein Hohn! Was war denn sozial an Computerprogrammen, die ihn mit wenigen Klicks vernichten konnten, wie er manchmal die Gegner in seinem Online-Spiel vernichtete. Und das Netz vergaß nie. Hatten denn die Schläge nicht gereicht, ihn zu schikanieren? Sein Herz hämmerte gegen den Brustkorb, als er den Browser öffnete. Das WLAN-Signal war schwach, aber es reichte aus, um ins Internet zu gehen, und plötzlich war der Schmerz in seiner Seite wieder da. Er biss die Zähne zusammen, wagte kaum zu atmen.

E-Mail, Facebook, Twitter und Instagram – nirgends eine Nachricht, ein Hinweis, ein Tweet oder Kommentar, der darauf hindeutete, dass sein Video verschickt worden war. Er verkrallte die Finger in seiner Jacke und seufzte erleichtert. Offensichtlich gab es doch noch eine Grenze, über die Philipp und seine Freunde nicht gehen wollten. Schlagen, klauen, feige sein – damit gaben sie sich anscheinend zufrieden. Vielleicht fürchteten sie aber auch, dass der Vorfall hohe Wellen schlagen würde, wenn sie das Video verschickten, und Wellen waren unberechenbar, schwappten hierhin und dorthin, würden womöglich nicht nur Jacob fortspülen, sondern auch sie selbst. Auf jeden Fall war das Video am letzten Abend nicht aufgetaucht, nicht in der

Nacht und nicht an diesem Morgen. Wie dankbar war er jetzt für seinen langen Schlaf, für all die Stunden, die er nicht hatte bangen müssen bis zu diesem Augenblick. Er klappte das Notebook zu und legte es neben die Wasserflasche, krabbelte auf allen Vieren zum Rand des Heubodens und blickte nach unten. Die Tiere hatten Futter, die Gänge im Stall waren gefegt, die Futtertröge aufgefüllt. Jacob erschrak. Der Bauer musste das Erbrochene doch bemerkt haben. Und da war er nicht die Leiter nach oben gestiegen, um nachzusehen, ob jemand auf dem Heuboden übernachtete? Also wirklich, die Leute im Dorf hatten vielleicht recht. Der Götzl war tatsächlich ein komischer Kauz.

Jacob erhob sich sehr langsam. Die Muskeln in seinen Beinen fühlten sich wie Watte an, aber er musste einfach nachsehen, was da drüben vor sich ging. Mühsam zog er einen Strohballen bis unter die Dachluke und schob einen zweiten daneben, ruhte sich aus. Als er wieder zu Atem kam, hievte er einen dritten Strohballen auf die beiden anderen. Die Schmerzen verschlimmerten sich bei jeder seiner Bewegungen. Trotzdem erklomm er die selbstgebaute Treppe, hielt sich am Griff der Dachluke fest und blickte hinaus.

Na so was, war das nicht Annettes Auto, das da vor dem Carport stand? Natürlich, das Berliner Nummernschild, das Regenbogenherz am Heck. Wie fies war das denn! Da war er einmal nicht zu Hause, und ausgerechnet dann kam seine Patentante zu Besuch? Irgendwie lief alles falsch an diesem verfuckten Wochenende. Wenn er das gewusst hätte, dann hätte er sich doch nicht hier verkrochen. Sie hätte ihm zur Seite stehen können, wenn er alles erzählte. Und der Mutter vielleicht auch, die sich immer anders benahm als sonst, wenn Annette bei ihnen war, so als machte sie Urlaub von ihrem Ich oder gönnte sich eine Pause von ihren eigenen strengen Regeln und Geboten. Manchmal kam auch Holger dazu, und dann lachten alle drei gemeinsam, wenn sie alte Zeiten heraufbeschworen, oder sie schauten grimmig aus demselben Grund. Zu verstehen war das nicht, aber wenn er sie so zusammen sah, wünschte er sich auch einen Freund, irgendjemanden, mit dem er eines Tages zurückschauen könnte und fragen: weißt du noch? Er begriff ja selbst nicht, warum er niemanden fand, mit dem er seine Zeit verbringen konnte, wenn die Schule aus war, mit dem er reden konnte, wenn in seinem Kopf und auch in seinem Herzen alles durcheinanderging. Aber das verstünde ohnehin kein Mensch. Und vielleicht suchte er ja deshalb nicht genug. Wie sollte er einen Freund finden, wenn er verbergen musste, wer er war? Schwul. Schon dieses Wort klang irgendwie scheiße, oder lag es nur daran, dass niemand freudig die Augen aufriss, wann immer es fiel? Für ›schwul‹ bekam man kein ›Gefällt mir‹, da hieß es höchstens ›das macht doch nichts‹. Verkniffene Mienen, besorgte Eltern, die Rotz und Wasser heulten, weil von schwulen Söhnen und lesbischen Töchtern keine Enkelkinder zu erwarten waren, und wenn ihre ach so missratenen Sprösslinge dann doch Nachwuchs großziehen wollten, flippten sie erst richtig aus. Über so etwas dachte er nach, aber das interessierte doch keine Sau. Annette vielleicht. Sie hatte ihm gefehlt in den letzten Jahren, auch wenn sie sich E-Mails geschrieben oder auch schon mal telefoniert hatten. Aber das war nicht dasselbe wie ihre Besuche. Er brauchte ein Gesicht, in das er blicken konnte, wenn er sich anvertrauen würde. Ein Gesicht, wie Annette es ihm zeigte, freundlich und zugewandt. Warum musste sie denn ausgerechnet heute …

Oder war sie gerade deshalb gekommen? Weil er nicht zu Hause war? Hatte seine Mutter sie etwa verständigt? Kein Zufall also, sondern eine Folge seiner Flucht? Ja, natürlich! Siebzehn Stunden – mehr als genug Zeit für Panik und Rätselraten, für eine Fahrt von Berlin nach Eschenreuth. Was hatte das denn zu bedeuten? War seine Mutter ausgetickt?

Ach du Scheiße. Nun mal langsam, Ladys, jetzt macht doch keinen Aufstand, so war das nicht gemeint! Er wandte sich zur Leiter um, die nach unten führte, wünschte sich nach Hause. Nur die Sprossen hinunter und hinaus aus dem Stall, einmal über die Straße, das würde sicher zu schaffen sein. Ja, er musste gehen und alles aufklären. Reinen Tisch machen, etwas essen und sich untersuchen lassen. Und er musste ins Bett. Warum fühlte er sich so krank? Er hatte nicht gewusst, dass ein paar Prellungen einem so die Kraft rauben konnten. Oder lag es am Stress?

Noch einmal schaute er durch die Dachluke. O nein, nicht das jetzt! Das konnte er nun wirklich nicht gebrauchen. Aber der A-Klasse-Mercedes steuerte auf das Haus zu, wurde langsamer, bog in die Auffahrt ein und kam hinter Annettes Clio zum Stehen. Seine A-Klasse-Oma stieg aus. Sie schwang ihre Handtasche über die Schulter, holte einen Stoffbeutel aus dem Kofferraum, der schwer zu sein schien. Sie klingelte.

O no, das ging gar nicht. Solange seine Oma drüben rumhing, konnte er da nicht auflaufen. Nicht in seinem Zustand, mit dem zerschundenen Gesicht und seiner wilden Story. Er sah, wie seine Mutter öffnete, die Oma eintrat und die Tür wieder geschlossen wurde.

Fuck! Hoffentlich wusste die Alte nicht auch schon Bescheid. Das wäre ja wohl der Super-GAU. Der Oma würde er jedenfalls gar nichts erzählen, die reichte ihm schon an gewöhnlichen Samstagen, wenn sie nur mal vorbeischaute, um nach dem Rechten zu sehen, wie sie es nannte. Immer das gleiche Spiel am Beginn des Wochenendes. Die Oma kam, blieb und prüfte, und wenn sie endlich weg war, schnappte sich die Mutter die Dose oben links im Küchenregal. Nein, diesen Besuch musste er noch abwarten. Hoffentlich machte sie bald wieder die Biege. Er stieg von seiner selbstgebauten Treppe und setzte sich auf den unteren Strohballen, stützte die Ellbogen auf die Knie und legte die Stirn in die Hände. Die Schmerzen trieben ihm den Schweiß aus allen Poren, auf seinem Rücken rannen die Tropfen hinab wie auf einer regennassen Scheibe. Er schloss die Augen. Unscharfe Bilder formten sich, nahmen Farbe an und verdichteten sich zu einem uralten Film.

»Der Schweiß muss runter«, sagte die Stimme der Mutter in entschiedenem Ton.

Jacob hob die Lider nur wenig an. Durch die Wimpern hindurch sah er, wie sie auf sein Bett zukam, und verstand nicht, warum sie gelbe Hände hatte. Sie trug einen Mundschutz, der von einem Ohr bis zum anderen und bis über die Nase reichte. Sie zog die Bettdecke zurück, nahm seine Hand und zog ihn ins Bad. Die gelben Hände waren aus Gummi, zerrten den nassen Schlafanzug von seinem Körper. Erschrocken schaute er in die Augen der Mutter, die das Einzige waren, was er von dem Gesicht hinter der Maske sehen konnte. Ihr Blick nüchtern und streng.

»Hygiene«, sagte sie, und er wusste nicht, was dieses Wort bedeutete, schlang die Arme um seinen Leib, als das Wasser der Brause auf ihn niederprasselte; heißkalte Nadeln auf der Gänsehaut, das Handtuch ein Reibeisen, der Föhn ein Getöse in seinem Kopf. Der frische Pyjama dagegen roch nach Wohligkeit. Er wollte so schnell wie möglich wieder unter die Decke, lief zurück in sein Zimmer, aber die Mutter eilte ihm nach, wies ihn an, vor dem Bett zu warten, und verschwand.

Mit zwei Müllsäcken kam sie wieder. Er sah zu, wie die gelben Hände die benutzten Papiertaschentücher zusammenschoben und aufnahmen. Die Mutter warf sie in den ersten Sack. Sie zog die Bezüge von Kissen und Decke und riss auch das Laken von der Matratze. Die Wäsche landete im anderen Sack. Dann griff sie Brummi, den Bären, der bei ihm war, so lange er sich erinnern konnte. Die Mutter sah auf ein Schild am Stofftierpopo. Einen Augenblick lang blieb sie unschlüssig, aber dann schüttelte sie den Kopf.

»Dreißig Grad reichen nicht«, entschied sie. »Nicht bei einer Virusgrippe.«

Er schrie auf, als Brummi in dem Sack verschwand, in dem auch die Taschentücher gelandet waren, holte den Bären wieder heraus, als sie die Möbel einsprühte und abwischte. Aber sie bemerkte es. Nicht zum ersten Mal kam es ihm so vor, als hätte sie auch hinten Augen. Wie sonst war es möglich, dass sie immer alles sah, was er hinter ihrem Rücken tat? Mit den feuchten gelben Fingern packte sie ihn fest an den Handgelenken und schüttelte ihn.

»Lass das, hörst du, es muss sein!«

Sie schickte ihn zurück ins Bad, ermahnte ihn, seine Hände noch einmal gründlich zu waschen, weil er Brummi angefasst hatte. Als er zurückkam, hatte sie das Fenster weit geöffnet. Die klirrende Winterkälte wehte herein und verwandelte ihn in einen Eisblock, während seine Mutter das Bett frisch bezog. Als sie endlich fertig war, durfte er wieder unter die Decke schlüpfen.

O ja, wie wunderbar! Schön trocken war der Stoff, und er duftete so gut, viel besser als vor dem Duschen fühlte er sich jetzt, aber der Platz neben seinem Kissen war entsetzlich leer. Und die Mutter gab noch immer keine Ruhe. Sie wischte den Nachttisch ab und auch die Lampe über dem Bett, sie sprühte den Plastikball ein und die Bücher und das Memory-Spiel. Sogar die Playmobil-Figuren nahm sie sich vor, die verstreut auf dem Boden lagen, eine nach der anderen, aber schließlich legte sie den Lappen weg und schob sie zusammen wie zuvor die Taschentücher.

»Es sind zu viele«, sagte sie. Er wollte protestieren, aber er wusste, dass es keinen Sinn haben würde, und so zog er die Decke bis unters Kinn und schaute entsetzt zu, was seine Mutter tat. Die Playmobil-Figuren mussten Brummi auf den Kopf donnern, dachte er und wollte am liebsten vollständig unter der Bettdecke verschwinden.

Die Mutter brachte beide Säcke hinaus, kam mit dem Staubsauger wieder. Er wollte schlafen. Er wollte Brummi zurück und die Figuren auch und er brüllte es der Mutter entgegen, während sie das Höllengerät über den Teppich schob und zog und schob und zog und ihn nicht hörte. Die Mutter ließ keine Ecke aus, rückte Möbel und kroch halb unter das Bett.

»Ich komme gleich wieder«, sagte sie, als der Staubsauger endlich verstummte. Erneut verließ sie das Zimmer.

Er knetete einen Zipfel der Bettdecke. Brummi weg. Die Figuren im Müll. Und das alles bloß, weil er krank war. Seine Augen wurden feucht. Er wischte sie trocken, als er Schritte auf der Treppe hörte, schaffte es gerade noch, ehe die Mutter wieder ins Zimmer trat. Sie balancierte ein Tablett in den Händen, die nun nicht mehr gelb waren, sondern grün. Sie setzte sich an Jacobs Bett und fütterte ihn, und jedes Mal, wenn ihre Hand den Löffel zu seinem Mund führte, roch es nach Hühnerfleisch und Gummi. Er konnte kaum schlucken. So etwas durfte nie wieder geschehen. Er musste seine Spielsachen verstecken, im Garten vielleicht, unter einem Busch und zugedeckt mit Sand, aber dann waren sie dem Regen ausgesetzt. Er musste einen Platz finden, der sauber und trocken war und von dem die Mutter nichts wusste. Langsam schlürfte er die Suppe und dachte nach, und plötzlich fiel ihm der Bauernhof gegenüber ein. *Spiel nicht dort,* hatte die Mutter ihn ermahnt. *Der Götzl ist ein Säufer.* Jacob wusste nicht, was ein Säufer war, aber er hatte sich daran gehalten. Bis jetzt. Von nun an würde das anders werden. Auf Götzls Bauernhof würde er sich ein

Versteck suchen, vielleicht im Kuhstall oder auf dem Heuboden darüber. Nie wieder sollte die Mutter stehlen, was ihm gehörte.

Als der Teller leer war, strich die Mutter ihm mit den grünen Fingern über die Wange. Es war eine stumpfe Zärtlichkeit. Sie stand auf und lächelte ihn an, schloss das Fenster und ließ ihn allein. Jetzt kullerten ihm die Tränen über die heißen Wangen. Er ließ die Lider sinken und schlief sofort ein.

Schlief sich gesund und tat anschließend, was er sich vorgenommen hatte. Er wählte eine abgelegene Ecke des Heubodens für sein Versteck, löste eine Holzlatte aus dem Boden und deponierte darin, was ihm lieb und teuer war. Niemand wusste davon, nicht einmal Annette. Er hatte lange überlegt, ob er sie einweihen sollte, aber in dieser Sache wollte er kein Risiko eingehen. Womöglich hätte ihr nicht gefallen, was er da tat, womöglich hätte sie ihn wegen des Bauern verraten. Und außerdem wollte er einen Ort nur für sich allein.

Der Frühling brach an, und Annette kam zu seinem Geburtstag. Sie brachte ein großes Päckchen mit. Er riss das bunte Papier auf und jauchzte vor Freude. Eine nigelnagelneue Burg kam zum Vorschein und all ihre Bewohner dazu.

Er hob seinen Kopf von den Händen und blickte in die hinterste Ecke des Heubodens. Ob die Figuren noch da waren? Das wollte er jetzt wissen. Er stand auf und ging zu seinem alten Versteck, schob das Heu beiseite und hob die Holzlatte an. Tatsächlich, da lagen sie alle, und er nahm eine Figur nach der anderen heraus und betrachtete sie. Der König, die Hofdame, die Pferde. Schau an, sein Lieblingsritter. Jedes Turnier hatte Jacob ihn gewinnen lassen, und doch hatte dieser tollkühne Kämpfer ihn gestern im Stich gelassen. Jacob betrachtete die starren Augen, nahm den schwarzen Haarschopf ab. Tja, vielleicht war es so mit den Helden. Aus der Ferne sahen sie tough aus und verlockend und wunderschön, aber wenn man genau hinschaute, waren es doch bloß Hohlköpfe.

Er steckte den Haarschopf an seinen Platz zurück. Könnte er doch bloß auch den Kerlen in den Kopf gucken. Was hatte Philipp sich dabei gedacht, ihn in so eine Falle zu locken? Drei gegen einen, das war nicht gerade ritterlich. Jacob warf die Figur in seiner Hand achtlos fort, ging zurück zu der Stelle, an der die Decke lag und das Notebook und die Wasserflasche, trank einen weiteren Schluck. Gleich würde er nach Hause gehen können. So sicher wie das Amen in der Kirche war der Besuch der Oma am Samstagvormittag, aber meistens kam sie nur auf eine halbe Stunde vorbei. Er könnte die Zeit nutzen und sich noch ein bisschen ausruhen. Noch immer war er entsetzlich müde, so müde wie nie zuvor in seinem Leben. Hundemüde. Todmüde. Das hier war mehr als ein zerschundenes Gesicht und eine vielleicht gebrochene Rippe, das tat auch noch ganz woanders weh, und dieser andere tiefe Schmerz war es, der ihm die Kraft aus den Gliedern sog. Mensch, Philipp, was hast du dir dabei gedacht. Ich habe dich doch …

Ich habe dich doch …

Er strich die Decke glatt, legte sich wie in Zeitlupe auf

den Rücken, starrte nach oben ins Nichts und dachte nach. Er musste lernen, diese Sätze zu Ende zu denken und sie auch auszusprechen, wenn er die Ecke jemals verlassen wollte, in die sie ihn getrieben hatten. Ein Versteck über dem Kuhstall, o Mann, wie peinlich war das denn! Er legte seinen Arm über die Augen, holte so tief Luft, wie sein schmerzender Brustkorb es zuließ. »Mensch, Philipp«, murmelte er vor sich hin, »ich habe dich doch geliebt.«

Samstag, 15. November 2014, 11.38 Uhr

»Irgendetwas habe ich übersehen«, sagte Karin und setzte sich wieder zu Annette an den Küchentisch. Sie war noch einmal in Jacobs Zimmer gewesen, während Annette sich in ihrem Zimmer von der nächtlichen Fahrt ausgeruht hatte. Auf Jacobs Bettkannte hatte Karin sich gesetzt und dann auf seinen Schreibtischstuhl, lange, still und reglos, als warte sie auf eine Eingebung, die ihr verriete, was vor sich ging. »Während der ganzen Nacht hat mich das beschäftigt. Ich habe gedacht, das ist die Pubertät. Du weißt schon, dieses Schweigen, dieses In-sich-gekehrt-Sein. Das ist doch normal, oder nicht?«

»Tja, vielleicht.« Annette drehte ihre Tasse zwischen den Händen. »Meinen Eltern hab ich bestimmt nicht viel erzählt, als ich so alt war. Aber das musste ich ja auch nicht. Ich hatte dich. Und Holger. Weißt du nicht, mit wem Jacob seine Zeit verbringt? Gibt es jemanden aus seiner Schule, den wir fragen können? Oder hier im Dorf?«

Karin schüttelte den Kopf. »Das ist es ja eben. Er bleibt meistens allein. Fährt mit seinem Rad durch die Gegend oder beschäftigt sich mit seinem Smartphone. Neuerdings geht er manchmal zum Sportplatz und guckt Fußball, aber Holger erzählt er auch nicht viel.«

Annette hob die Augenbrauen. »Er guckt Fußball?«, fragte sie erstaunt.

Karin lächelte. »Ja, ich habe mich auch gewundert. Vielleicht will er aber auch bloß in der Nähe der anderen Jungs in seinem Alter sein. Meistens guckt er, wenn die A-Jugend spielt.«

Annette stellte ihre Tasse zurück. »Na bitte, dann hat er doch bestimmt einen Freund in der Mannschaft.« Sie nahm das Handy vom Tisch und tippte darauf herum.

»Was hast du vor?«, fragte Karin und reckte den Hals, um zu sehen, was Annette tat.

»Ich rufe Holger an. Er soll mir sagen, wer in dieser Mannschaft spielt. Dann können wir die Jungs fragen.«

Karin legte ihre Hand auf Annettes Finger, nahm ihr das Handy ab. »Nein, nicht. Wenn er wirklich mit einem von denen befreundet ist, sollten wir noch warten. Nicht dass wir ihn noch in Schwierigkeiten bringen.«

»In Schwierigkeiten bringen? Wieso das denn, wir können doch mal fragen. Eigentlich sind die ja zu alt für dumme Streiche. Aber du hast erzählt, da war jemand an Jacobs Handy und hat gelacht. Vielleicht wollen sie dich ein bisschen veräppeln.«

»Nein, sicher nicht. Das ist nicht Jacobs ...« Es klingelte an der Tür. Karin fuhr zusammen, gleichermaßen erschrocken und hoffnungsvoll. Jacob hatte einen Schlüssel, aber er konnte ihn verloren haben. Er war so unachtsam. Und wenn es nicht Jacob war, konnte es Holger sein, der etwas herausgefunden hatte. Sie eilte zur Tür, drückte die Klinke herunter.

Ihre Mutter lächelte gezwungen. »Ich wusste nicht, dass du Besuch hast«, sagte sie und deutete mit dem Kopf zu Annettes Wagen hinüber. »Du hast mir nichts davon gesagt. Soll ich später wiederkommen?«

Karin wich einen Schritt zurück. »Nein, nein, komm nur rein«, sagte sie betont fröhlich, und ihr fiel der Fleck auf dem Teppich ein. Sie schloss die Tür zum Wohnzimmer, während ihre Mutter einen anscheinend schweren Beutel abstellte und die Schuhe von den Füßen streifte, bronzefarben schimmernde Ballerinas, deren flache Sohlen garantierten, dass sie kleiner blieb als Karins Vater, wenn er neben ihr stand.

»Annette, wie schön, dass Sie uns mal wieder besuchen«, sagte Karins Mutter, als sie in die Küche trat. »Was verschafft uns die Ehre?« Sie gab Annette die Hand, setzte sich an den Tisch und hängte ihre Handtasche über die Stuhllehne.

»Reiner Glücksfall. Ich musste in der Nähe recherchieren, und es ging schneller, als ich dachte. Und so sagte ich mir, schau doch mal bei Karin vorbei.«

»Aha. Und wo ist Jacob? Er weicht Ihnen doch sonst nicht von der Seite.«

Karin wurde schwindelig. Wenn Jacob nicht bald nach Hause kam, war seine Abwesenheit nicht länger zu verheimlichen. Was, wenn Holger sich meldete, während ihre Mutter hier am Küchentisch saß? Wie sollte sie dann mit ihm reden, ohne dass sie etwas mitbekam?

DURCHGEFALLEN! Da war es wieder, dieses Wort, schwächer als in der Nacht, aber dennoch gnadenlos.

Annette winkte ab. »Ist eben unterwegs. Aber umso schöner, dass Sie vorbeikommen. Wollen Sie nicht einen Tee mit uns trinken?«

Karins Mutter hob den Deckel der Kanne an. »Der hätte aber gut noch ein bisschen länger ziehen können. Und reichst du kein Gebäck dazu?« Sie wandte sich Karin zu.

Karins Hände zitterten, als sie eine Tasse und einen Teelöffel aus dem Küchenschrank holte. Gebäck. Wie hatte sie das vergessen können? Sie würde zwar nichts essen können, aber vielleicht hätte Annette etwas gewollt. Sie stellte die Tasse vor ihrer Mutter ab, mühte sich vergeblich, die Kanne ruhig zu halten, als sie den Tee einschenkte. »Ich habe Waffelröllchen und ...« Ja, was noch? Warum konnte sie sich nicht daran erinnern?

»Jetzt lass doch das süße Zeug! Wer will denn um diese Zeit schon naschen.« Annette klang besänftigend, und Karin nahm wieder Platz, rührte in ihrem Tee, so schwungvoll, dass die bernsteinfarbene Flüssigkeit überschwappte und eine Pfütze auf der Untertasse bildete. Sie unterdrückte den Impuls, ein Küchentuch zu holen. Das musste warten, das würde sie jetzt nicht fertigbringen unter den Augen der anderen.

Ihre Mutter schien das Missgeschick nicht bemerkt zu haben. Sie blickte noch immer Annette an. »Also gut, wie

Sie wollen, kein Gebäck«, sagte sie und nippte an ihrem Tee. Dann nahm sie ihre Handtasche von der Stuhllehne auf den Schoß und öffnete sie. »Ich habe eben das Programm für die Weihnachtsaufführungen abgeholt. Druckfrisch!«

Ihre Mutter drückte Karin eine Hochglanzbroschüre in die Hand, und Karin nahm das Heft zögerlich entgegen, legte es auf den Tisch, ohne hineinzusehen. In ihren Ohren begann es im Rhythmus ihres Herzschlags zu rauschen.

Das achte Jahr in Folge. Seit ihre Mutter im Vorstand des Kulturvereins mitarbeitete, hatte es kein Weihnachten mehr gegeben, in dem sie die Planung dessen, was in der besinnlichen Zeit im Kurhaus aufgeführt wurde, jemand anderem überließ. Mit ihren guten Kontakten gelang es ihr, selbst klangvolle Namen in die Provinz zu locken. Mit ihrer Gabe zu überzeugen und ihrem Schmeicheln gewann sie zahlungskräftige Sponsoren, die für die Honorare aufkamen, wenn das Eintrittsgeld die Kosten nicht deckte. Jahr für Jahr stellte sie ein abwechslungsreiches Programm auf die Beine, das allerdings zwei Konstanten enthielt: Das Quartett, in dem Christian Oboe spielte, war immer dabei. Und auch *Der Nussknacker* wurde regelmäßig aufgeführt, gewöhnlich am zweiten Weihnachtsfeiertag, wenn in den Familien die Gaben verteilt und die Christstollen gegessen waren. Die Aufführung war immer ausverkauft, die Krönung am Ende der feierlichen Tage. Ihre Mutter hatte eine Tradition geschaffen und war stolz darauf. Nur einmal, vor zwei Jahren, als die Bühne des Kurhauses wegen Restaurierungsarbeiten für eine Ballettaufführung nicht zur Verfügung gestanden hatte, war Karin dem Martyrium entkommen. Dieses eine Mal hatte sie die Kerzen am Adventskranz anzünden können ohne Bangen vor dem, was ihr noch drohte. Sie feierte die heilige Messe ohne den nahenden Klang des Arabischen Tanzes im Gemüt. Am zweiten Weihnachtsfeiertag ging sie mit Pavel und Jacob in den verschneiten Wäldern spazieren. Gemeinsam bauten sie einen Schneemann, anstatt ins Reich der Süßigkeiten zu reisen. Es gab viel Lachen in diesem Winter, nur ihre Mutter war enttäuscht. *Wir holen das nach.* Sie versprach es, und als die Bauarbeiten am Kurhaus abgeschlossen waren, sorgte sie dafür, dass die Bühne mit dem *Nussknacker* wiedereröffnet wurde.

Mitten im Mai.

»Hörst du mich nicht?« Ihre Mutter musterte sie grimmig und schüttelte den Kopf. »Ich habe dich gefragt, ob du ein paar Programme an deine Kundinnen verteilen kannst?«

Karin nickte schwach. Nichts lag ihr in diesem Augenblick ferner als der Gedanke an die Frauen, denen sie die neue Pflegeserie verkaufte – wohlriechende Körperöle, hautreinigende Peelings und getönte Tagescreme bei Kaffee und Kuchen.

Ihre Mutter nickte und schien zufrieden. »Gut. Ich habe nämlich gleich einen Stapel für dich mitgebracht, der Beutel liegt in der Diele. Du weißt ja, Klappern gehört zum Handwerk. Ich habe auch schon Programme im Frisiersalon hinterlegt. Gerade eben. Und rate mal, wer mir entgegengekommen ist, als ich hineinging?«

Karin zuckte mit den Schultern und beobachtete Annette, die sich das Programmheft nahm und darin blätterte, gleichgültig zuerst, bis sie plötzlich die Stirn runzelte.

»Unseren Herrn Sportdirektor!« Karins Mutter lachte, und Karin drehte sich beinahe der Magen um. Es war der Vater gewesen, der angefangen hatte, Holger so zu nennen, als er die Stelle als Platzwart eingenommen hatte. Der höhnische Titel hatte sich inzwischen bei vielen im Dorf verbreitet, besonders bei den Männern, die Holger von früher her kannten und ihn schon in der Schule gehänselt hatten.

Karin schaute verstohlen auf ihre Armbanduhr. Wurde es für ihre Mutter nicht Zeit, das Mittagessen zu kochen?

Geh doch endlich. Geh!

»Ich dachte immer, du schneidest ihm die Haare? Oder wird unser verhinderter Bischof auf seine alten Tage noch eitel? – Geht es dir nicht gut? Du bist ja weiß wie die Wand.«

Zum Rauschen in Karins Ohren kamen gelbe Punkte, die vor den Augen durcheinanderwirbelten wie Bakterien in einer Petrischale. Was trieb Holger da im Ort? Er sollte Jacob suchen, aber doch nicht die ganze Nachbarschaft behelligen! Sie schloss die Augen, drückte die Nasenwurzel mit Daumen und Zeigefinger der linken Hand. *Nimm die rechte Hand, Kind, wie oft muss ich dir das noch sagen.* Woher kamen nur diese Mahnungen? Warum gab es keinen Ausgang aus ihrem Kopf? Die Stube konnte sie saugen, die Küche wischen, im Keller für Ordnung sorgen, aber in ihrem Hirn gammelte dieses uralte Zeug vor sich hin, ohne dass sie es wegputzen konnte. Die gelben Punkte verdichteten sich zu undurchdringlichem Nebel. Sie wollte aufstehen, um sich ein Glas Wasser zu holen, aber ihre Beine gehorchten ihr nicht.

»Kommt eigentlich Sascha zu Weihnachten?«, hörte sie eine entfernte Stimme fragen, die auf seltsame Weise blechern klang, als spräche Annette durch einen Trichter.

»Sicher nicht«, antwortete Karins Mutter pikiert, und ihre Worte hallten in Karins Ohren nach. Jeder wusste, wie ungern ihre Mutter auf Sascha angesprochen wurde, den verlorenen Sohn, der nachts in Spanien um ein Feuer tanzte und Selfies davon schoss. Auch Annette musste wissen, dass dieses Thema tabu war. Warum also schnitt sie es an?

Karin ließ die Nasenwurzel los. Vielleicht saß sie alleine in der Küche und bildete sich die Anwesenheit der anderen nur ein. War Jacob verschwunden oder war das alles nur ein böser Traum?

Tief einatmen. Lange ausatmen, ruhig und lange. Das kommt schon mal vor. Das wird schon wieder.

Die Ballettlehrerinnen hatten das gesagt, wenn im Unterricht eines der Mädchen umgekippt war. Komisch, was ihr nun einfiel, wo alles drunter und drüber ging. Sie folgte dem alten Rat, und die Stimmen der anderen nahmen allmählich die vertrauten Tonlagen an. Sie waren also wirklich da.

»Ach, wie schade! Er schickt mir jedes Jahr ein Paar von den bunten Schuhen, die er selber macht. Sie tragen sich wunderbar, und so ausgefallene Farben. Ein toller Kerl, Ihr Sascha. Finden Sie nicht auch, Frau Schmitz?«

Annette ließ einfach nicht locker. Was bezweckte sie damit?

»Christian wird Heiligabend mit seiner Frau und den Kindern bei uns sein.« Ihre Mutter erhob sich und wandte sich zum Gehen, und Karin verstand, spürte augenblicklich die Erleichterung in der Brust. Trotzdem hatte sie Mühe, von ihrem Stuhl aufzustehen.

Reiß dich zusammen. Sie schrak hoch und schaffte es bis in den Flur.

»Wie viele Programme soll ich dir hierlassen?«, fragte ihre Mutter und fasste in den Beutel.

Karin legte einen Schuhanzieher bereit. »So viele, wie du willst.«

Als Karins Mutter endlich fort war, trat Annette in den Flur. Sie hatte das Programmheft in der Hand, hielt es Karin hin. »Wann schaffst du es endlich, deine Mutter zu stoppen?«, fragte sie sanft.

»Sie hat mich einfach überrascht. Ich bekam plötzlich Panik, dass Holger das ganze Dorf aufscheucht.«

»Jaja, das Dorf«, grummelte Annette und rümpfte die Nase. »Aber das meine ich nicht.« Sie blätterte im Programmheft, tippte schließlich mit dem Finger auf eine Seite. »Ich meine das hier.«

»Was willst du?« Karin musste gar nicht hinschauen, sie wusste auch so, was Annette ihr zeigen wollte.

»*Der Nussknacker.*« Annette spuckte die Worte aus wie saure Milch.

»Und?« Karin zuckte mit den Schultern. »Es ist mein Lieblingsballett.«

»Ha! Du meinst, es *war* einmal dein Lieblingsballett.«

Wieder gelbe Punkte und das Rauschen in den Ohren. Selbst die verlässlich Tröstende ließ sie im Stich. Nächste Woche würde sie den Arzt fragen, ob es nicht möglich war, die Dosis zu erhöhen. Sie gab sich einen Ruck, blickte direkt in Annettes empörtes Gesicht.

»Ich habe dich wegen Jacob angerufen«, sagte sie betont ruhig. »Wir sollten uns jetzt darum kümmern, meinst du nicht?«

Annette stutzte für einen Augenblick, warf das Programm auf die Kommode. »Du hast recht«, erwiderte sie sichtlich erbost. »Und wenn du nichts dagegen hast, gehe ich jetzt in sein Zimmer und schaue mich mal um.« Sie machte auf dem Absatz kehrt und stieg die Treppe nach oben.

Untertasse und Tassenboden abwischen. Die gelben Punkte verschwanden, und Karin ging zurück in die Küche, riss ein Küchentuch ab. Während sie dem inneren Befehl gehorchte, stieg eine Melodie in ihr auf, vage zuerst, bald deutlicher, und sie lächelte traurig. Der verschüttete Tee war längst weggewischt, aber Karin drehte Runde um Runde am Boden der Tasse im Rhythmus der Töne, die lauter wurden, wischte im Dreivierteltakt des *Blumenwalzers*, vernahm die Streicher, die Bläser und die Flöten. Nicht nur mit den Fingern wollte sie tanzen, sondern ganz und gar und ach, wie gerne. Eine Drehung, eine zweite, um den Stuhl herum, um den Tisch, über die blitzblanken Fliesen. Die Klänge trösteten sie, trugen sie hinaus aus der Küche, hinaus aus dem Haus, aus dem Dorf. Trugen sie auf die Bühnen der Welt.

Die Musik stoppte abrupt. Stille im Kopf. Eine Windböe trieb Sand und Blätter gegen die Fensterscheibe. Leises Rascheln kam aus ihrer eigenen Hand. Verwundert betrachtete sie ihre geschlossene Faust. Sie hatte das Küchentuch zusammengeknüllt. Noch immer lächelte sie, und Tränen rannen ihre Wangen hinab. Ja, *Der Nussknacker war* ihr Lieblingsballett.

Mai 1980

Der Vorsitzende der Prüfungskommission gab das Zeichen, die Musik abzuspielen, dann nickte er ihr aufmunternd zu. Sie atmete tief ein und schloss die Augen für einen Moment der Sammlung, erhob sich auf die Fußspitzen und streckte die Arme über den zur Seite geneigten Kopf. Sie spürte die Spannung; jeder Muskel, jede Sehne musste helfen, sie auf die Akademie zu bringen. Der Körper präsentierte sich. Mit gezielten Übungen hatte sie ihn in die richtige Form gebracht, Woche um Woche, Jahr für Jahr, keine Pausen, keine Ausnahmen, keine Klagen.

Sie formte den Mund zu einem Lächeln, das genauso graziös schimmern musste wie der Hauch des Lippenstiftes, den sie aufgetragen hatte. Langsam setzte die Zuckerfee sich in Bewegung. Ihr Trikot hatte die Mutter selbst genäht. Die weiße Seide umschmeichelte ihre Taille, der Rock aus Crêpe Voile ließ alle Freiheit für Schrittfolgen und Sprünge, die winzigen Perlen auf der Brust würden im Bühnenlicht glitzern wie die goldenen Ohrstecker, die der Vater ihr am Abend zuvor aufs Kopfkissen gelegt hatte.

Für morgen.

Die Celesta setzte ein, und Karin begann. *Battement frappé*, wie sie es gelernt hatte, geübt in zahllosen Stunden unter der strengen Anleitung der Lehrerin, vor dem Spiegel, in ihrem Zimmer, im Schlaf. Perfekt beherrschte sie die Technik, leichtfüßig folgte sie der Melodie. *Arabesque.* Es gab keinen Zweifel, dass sie bestand, und keinen an dem Weg, der vor ihr lag. Selbst die schwierigsten Elemente bot sie mühelos dar, selbst das Wissen um die kritischen Blicke, die auf ihr ruhten, brachte sie nicht aus dem Konzept. *Fouetté en tournant.* Gelungen, na also, nur ein kleines bisschen hatte das Standbein gewackelt, doch was zählte das schon. Vielleicht war es nicht einmal aufgefallen. Unbeirrt schritt sie weiter über die Bühne, aber der plötzliche Einsatz der Streicher ließ sie zusammenfahren.

Nicht aufgefallen?

Wie sehr hatte sie das auch bei Lizzy gehofft. Der Duft ihres Fells war längst durch die geöffneten Fenster des Hauses in den Frühling entschwunden. Es war doch ihre Hündin gewesen, aber niemand hatte sie gefragt. Und niemals hätte sie ihrem Vater das erlaubt.

Nicht jetzt, nicht jetzt. Hatte sie die *Pirouette* etwa zu früh abgebrochen?

Lizzy rannte nicht wie sonst dem Mercedes entgegen, als er langsam in die Garage rollte. Karin stieg aus und rief die Hündin, lief hinter das Haus in den Garten. Kein Bellen, kein rotbraunes Fell mit silbernen Strähnen, nur Christian im Liegestuhl und Sascha auf einem der Steine, die den Gartenteich einfassten, der anstelle des Sandkastens angelegt worden war. Er hatte das Kinn in die eine Hand gelegt, während er mit den Fingern der anderen langsam durchs Wasser fuhr.

»Wo ist Lizzy?«, fragte sie ihn, als sie bei ihm war. Er schaute nicht auf, und er antwortete auch nicht.

Ihr Herz schlug schneller. Einen Augenblick lang hielt sie den Atem an, dann rannte sie zurück zur Garage. Je schneller sie die böse Ahnung vertrieb, desto besser. Sicher hatte Annette Lizzy für einen Spaziergang abgeholt. Oder Holger hatte sie auf die Wanderung mit den Kindern, die vor kurzem die Erstkommunion empfangen hatten, mitgenommen. Heute Abend würde sie müde in Karins Zimmer auf dem neuen Teppich liegen, den die Mutter als Ersatz für den Flokati besorgt hatte. Es gab eine harmlose Erklärung. Bestimmt. Ihre Mutter saß noch im Wagen. Sie würde es wissen.

»Wo ist Lizzy? Mama, wo ist Lizzy?« Ihr Herz hämmerte in der Brust wie die Finger gegen das geschlossene Seitenfenster. Ihre Mutter hielt das Steuer umklammert. Mit leerem Blick starrte sie durch die Windschutzscheibe auf die hintere Garagenwand.

Jetzt war sie aus dem Takt geraten. Das konnte niemandem entgangen sein. Sie musste den Kopf wieder freibekommen, doch die Erinnerungen kämpften sich vor wie eine Mäusearmee, und das Lächeln strengte sie nun an. Sie spürte, wie die Muskeln sich verhärteten beim Anlauf für den *Grand jeté*.

Plötzlich stand der Vater in der Garageneinfahrt. Wo kam der denn her? Er war doch sonst nicht so früh zu Hause.

Ihre Mutter stieg aus dem Wagen, umfasste ihre Schultern. »Hör zu, Karin, für jedes Kind, das ein Haustier besitzt, kommt irgendwann dieser Moment«, sagte sie.

Karin wich zurück, schaute sich in alle Richtungen um. »Lizzy?«

Ihr Vater kam näher. »Es war kein Zustand mehr. Sie hätte uns das ganze Haus vollgepinkelt.«

Karin bekam weiche Knie, musste mehrmals ansetzen, bis sie sprechen konnte. »Was meinst du? Ich verstehe nicht.«

Er verschränkte seine Hände hinter dem Rücken, wippte von den Zehenspitzen auf die Fersen und wieder zurück. »Du verstehst das schon. Und du musst es einsehen.«

»Er hat das Gewehr genommen, als ihr weg wart!«, rief Sascha, der aus dem Garten gekommen war und nun vor der Garage stand. Karin sah ihn entsetzt an.

Er ließ die Tränen einfach laufen. »Ich habe Lizzy rausgelassen. Ich wollte mit ihr weglaufen, aber der da«, schrie er plötzlich und zeigte mit dem Finger auf den Vater, »hat uns zurückgehalten. Er ist mit Lizzy in den Wald gegangen. Er hat sie abgeknallt. Ich hab die Schüsse gehört. – Du Schwein!«, brüllte er den Vater aus Leibeskräften an, spuckte vor ihm aus und lief davon.

Es konnte nicht mehr lange dauern. Nur noch dreißig Sekunden Konzentration vielleicht, das musste einfach zu schaffen sein. Aber längst hatte sie die Anmut verloren. Beim *Pas de bourrée* zitterten ihr die Knie, beim *Plié* gaben sie so sehr nach, dass sie sich mit der Hand auf dem Boden abstützen musste. In all den Jahren des Ballettunterrichts war ihr das nicht passiert.

Nun liefen auch ihr die Tränen übers Gesicht. Nun wollte auch sie toben und schreien und rennen, wollte sie davonlaufen vor dem, was hier geschah. Aber sie konnte sich nicht bewegen. »Das ist doch nicht wahr, oder?«, krächzte sie heiser und sah ihren Vater an. »Da hat Sascha was falsch verstanden.«

»Was für eine Pfeife.« Ihr Vater blickte Sascha zornig hinterher, dann sah er Karin kalt in die Augen. »Lizzy musste nicht leiden. Manchmal muss man das Unvermeidliche tun. Finde dich ab.« Er drehte sich um, ließ sie stehen und ging ins Haus.

Sie hielt sich die Hände über die Ohren wie ein kleines Kind. »Nur weil sie ab und zu auf den Teppich gepinkelt hat?«, flüsterte sie.

Ihre Mutter zog ihr die Hände von den Ohren. »Auf den Teppich, auf die Fliesen im Bad, sogar in dein Bett!«

»Aber ich habe immer alles sauber gemacht.«

»Sie war alt. Sie war krank. Papa musste etwas unternehmen.«

»Ihr habt sie umgebracht!« Ihre Stimme klang ihr selbst fremd, als sie es herausschrie. Sie stieß ihre Mutter weg, aber die packte sie am Arm und zog sie zur Haustür, während sie sich nervös umsah.

»Sei still!« Ihre Mutter schubste sie hinein.

»Nein! Sag mir, dass das nicht wahr ist! Ich konnte mich nicht mal verabschieden!«

»Ach, Karin, das hätte dich doch nur unnötig aufgewühlt.«

Karin schnappte nach Luft. Sie hatte gelernt, sich zu beherrschen. *Leute wie wir verlieren nicht die Beherrschung.* Sie blickte von innen auf die Haustür, als ihre Mutter sie geschlossen hatte, wollte darauf einschlagen, ballte die Fäuste. Aber es ging nicht. Irgendetwas hielt sie zurück wie unsichtbare Ketten. Sie taumelte rückwärts gegen die Wand und sank zu Boden, vergrub das Gesicht in den Händen, sah Lizzys schräggelegten Kopf, die Schlappohren, die schwarzen Pupillen, die sie aufmerksam beobachteten. Der Rotz lief ihr aus der Nase.

Ihre Mutter fasste sie erneut am Arm, wollte sie hochziehen, aber sie entzog sich. Nie wieder sollte ihre Mutter sie anfassen. Der Vater hatte Lizzy getötet, und sie hatte es geschehen lassen, wie sie immer alles geschehen ließ. Ihr wurde übel. Sie wollte ihrer Mutter vor die Füße kotzen. Auf den Teppich, jeden Tag. Dann konnte ihr Vater auch sie erschießen.

»Karin, komm zu dir!« Ihre Mutter sprach von oben auf sie herunter. »Wir wollten es dir ersparen, dabei zu sein! Du bist zu alt, um dich so gehen zu lassen! Merk dir eines, mein Fräulein: Das Drama gehört auf die Bühne, nicht hierher. Du willst eine Tänzerin sein. Eine Tänzerin braucht

Disziplin und Kontrolle. Ich erwarte von dir, dass du dich auf der Stelle beruhigst!«

Sie hätte nicht sagen können, seit wann die Musik zu Ende war. Das Scheinwerferlicht ruhte auf ihr, die Gesichter der Prüfenden lagen im Dunkeln wie die Zukunft auf der Akademie. Sie wusste, dass sie nicht bestanden haben konnte. Sie wusste auch, dass sie die Prüfung wiederholen konnte. Eine zweite Chance, ein neuer Anlauf. Aber Lizzy hatte keine zweite Chance bekommen. Wenn sie Beifall fand für die Vollendung, wäre es nicht Beifall für die Schüsse im Wald? Sie war sich nicht sicher, aber sie spürte den Zweifel, und der Zweifel besaß die Macht, die Primaballerina, die sie immer hatte sein wollen, aus dem Rampenlicht zu schubsen. Blitzartig begriff sie, dass sie nicht mehr tanzen konnte. Ihre Wut war verflogen, aber Lizzy war tot, und auch sie konnte nichts mehr halten; nicht das Lächeln, nicht die Pose. Es war vorbei.

Auf der Heimfahrt sprach ihre Mutter kein Wort, und auch Karin fiel nichts ein, was sie hätte sagen können. Das Schweigen flutete das Innere des Wagens wie Wasser nach einem Sturz in tiefe See, bei dem die Scheiben geborsten waren. Mit jeder Minute wurde die Luft knapper, der Kopf drohte zu platzen. Laut dröhnte das Geräusch des Blinkers vor der Auffahrt zum Haus, tosend rasselte der Schlüsselbund. Sascha sah sie erwartungsvoll an, als sie eintraten. Wohin sollte sie seinem Blick ausweichen? Links vermisste sie den Teppichflicken, auf dem Lizzys Futternapf gestanden hatte. Rechts war die Garderobe mit ihrem Spiegelbild. Ihre Mutter streifte die Schuhe ab, ging ins Wohnzimmer zum Telefon und wählte. Sie begrüßte den Vater knapp und sagte: DURCHGEFALLEN.

Es klang teilnahmslos, wie die Mutter es aussprach. Saschas Miene verfinsterte sich, und Christian kam aus dem Wohnzimmer gelaufen. Er hatte sich noch nie für das Ballett interessiert. Ihre Vorbereitungen auf die Prüfung, die Wahl der Musik, das Lampenfieber und das pausenlose Üben hatte er gar nicht zur Kenntnis genommen. Jetzt aber wirkte er fasziniert. Die Mutter wählte erneut.

»Giovanni«, flötete sie in den Hörer. »Wir müssen die Reservierung stornieren – Nein, heute nicht, leider – Ja, ich bedauere es auch. Ein andermal wieder. Ciao.«

Karin floh in ihr Zimmer, schloss die Tür hinter sich, lehnte sich mit dem Rücken dagegen und senkte die Lider. Endlich war sie allein, aber kaum beruhigte sich ihr Herzschlag, setzte die Celesta ein und verhöhnte sie. Glockenklarer Spott, messerscharfe Töne, die das Bühnenkleid zerschnitten, das sie schon längst nicht mehr trug. Sie öffnete die Augen wieder, schlich hinüber zum Bett und legte sich bäuchlings nieder. Als sie den Kopf zur Seite drehte, sah sie, dass das Monchichi sie fixierte. Es war überheblich geworden, seit Annette es andauernd herzte und küsste. Es nahm sich Frechheiten heraus. Wo Lizzy war, hatte es in den vergangenen drei Wochen immer wieder wissen wollen. Wie es nun weiterginge, fragte es jetzt. Sein Fell war abgegriffen. Es war speckig. Der Schmutz ihrer ganzen Kindheit klebte darin.

Du kommst in die Waschmaschine, du wirst dich drehen und du wirst schleudern und wenn der Dreck nicht rausgeht, dann schmeiß ich dich weg.

Das Monchichi erschrak, und sie fuhr zusammen, als sie es bemerkte. Sie hatte seinen Stolz in Entsetzen verwandelt, mit einer einzigen Drohung.

So leicht war das also.

Jemand klopfte gegen die Fensterscheibe, zwei Mal vorsichtig und leise, ein wenig lauter, als sie nicht reagierte. Karin musste nicht hinsehen, um zu wissen, wer das war. Annette hatte das Haus nicht mehr durch die Vordertür betreten, seit Lizzy tot war. Wenn sie Karin besuchte, schlich sie ums Haus herum und durch den Garten zum Fenster ihres Zimmers und kletterte hinein.

Karin stand nicht auf, um ihr zu öffnen, zog sich stattdessen das Kissen über den Kopf. Das Klopfen wurde zwingender, drang nun gedämpft durch die Federn. Sie blieb liegen.

»Bevor Sie die Scheibe einschlagen, sage ich Ihnen besser, dass Karin nicht in der Stimmung ist, Besuch zu empfangen«, hörte sie ihre Mutter sagen. »Und die Blumen können Sie auch wieder mitnehmen.«

Karin drückte das Kissen fester auf die Ohren. Annettes »Wieso?« klang dumpf.

»Der Anlass ist nicht gegeben.«

Eine andere Umschreibung für DURCHGEFALLEN. Jetzt hob Karin das Kissen an, um die Antwort zu hören. Einen langen Moment musste sie darauf warten.

»Gut, dann geh ich eben wieder«, sagte Annette knapp.

Karin stutzte. War das alles?

»Das wird das Beste sein.« Ihre Mutter schien zufrieden, und gleich darauf war Ruhe, minutenlange Stille, bis auf das Rascheln der Mäusearmee, die auf den Befehl zum nächsten Angriff wartete. *Zu alt, um dich so gehen zu lassen*, zischelte es aus den Mauselöchern. *Disziplin und Kontrolle.*

Kein Pantoffel, den sie werfen konnte.

Wieder klopfte es gegen die Scheibe. »Psst! Mach schon auf. Bitte!«, flüsterte Annette.

Karin schmunzelte traurig und wischte sich die Tränen aus den Augen, stemmte sich hoch, schleppte sich zum Fenster und öffnete es.

Annette hielt ihr einen Strauß Pfingstrosen hin, deren Blüten noch fest geschlossen waren. »Tja, also, die waren als Gratulation gedacht, aber wenn ich deine Mutter richtig verstanden habe ...« Sie zog die Nase kraus, zuckte gleich darauf mit den Schultern. »Aber Blumen zum Trost sind doch auch nicht schlecht.«

Karin nahm den Strauß entgegen. Annette gab ihr auch einen Stoffbeutel, der überraschend schwer war, bevor sie auf das Fensterbrett stieg und sich ins Zimmer gleiten ließ. Sie landete geräuschlos auf dem Boden. Seit sie einander kannten, redete Annette unentwegt, aber jetzt sagte sie kein Wort, sondern legte nur die Arme um sie und drückte sie fest an sich. Schon wieder wurden Karins Augen feucht. Wenn sie es zuließ, dass Annette sie weiter umschlungen hielt, würden die Tränen, die da lauerten, sich in einen Sturzbach verwandeln, der nicht mehr einzudämmen war.

»Du zerdrückst den Strauß«, flüsterte Karin und wich zurück. Die Pfingstrosen legte sie auf ihren Schreibtisch – es war undenkbar, eine Vase aus dem Küchenschrank zu holen. »Wo ist Holger?«, fragte sie und putzte sich die Nase.

»Konnte nicht kommen, seine Oma ist krank. Er wollte einen Arzt rufen, aber sie wiegelt ab und weigert sich. Jedenfalls kann er sie nicht allein lassen.«

»Aber wenn sie krank ist, muss sie doch …«

»Karin, was ist passiert?«

Die Mäuse fiepten und formierten sich. Wie um alles in der Welt sollte sie erklären, was sie selbst nicht verstand? Sie sah, dass Annettes Beutel stark ausgebeult war. »Was hast du da drin?«, fragte sie daher.

Annette blickte auf die Wölbung hinab. »Nun, ich dachte ja … Es war gar nicht so leicht, Rosi zu überreden, den Sekt zu kaufen, ohne dass sie den Eltern was sagt. Hat mich zweimal Sonntagsdienst in der Bäckerei gekostet.«

Karin seufzte. »Gut«, sagte sie und kletterte aus dem Fenster. »Gehen wir zum Weiher. Ich erzähle es dir.«

Samstag, 15. November 2014, 11.39 Uhr

Der *Goldene Hirsch*, in dem sich am Wochenende die Angehörigen der Kurgäste einquartierten, lag schräg gegenüber der Villa, in der Karins Eltern noch immer wohnten. Holger stellte das Moped weit hinten auf dem Parkplatz neben dem Lokal ab, und auf dem Weg zum Eingang zog er unweigerlich den Kopf ein, so als würde er sich auf diese Weise unsichtbar machen können, sich verbergen vor den Blicken von Doktor Schmitz, falls er denn da drüben irgendwo hinter den Fenstern lauerte, vielleicht darauf wartete, dass seine Frau nach Hause kam, die sicher noch im Dorf unterwegs war. Nicht noch einmal wollte Holger Karins Mutter an diesem Vormittag begegnen, und so eilte er auf die Tür zum Wirtsraum zu, die offen stand. Aus dem Inneren schlug ihm der Gestank von schalem Bier entgegen. Es war dämmerig und kühl, und am Stammtisch kauerten die Alten Herren zusammen, wie er es erwartet hatte, befürchtet und gleichzeitig gehofft. Die Männer saßen schon vor vollen Gläsern, Karten wurden so heftig auf den Tisch geknallt, dass die Pilsgläser erzitterten. *Das ist meiner. Und noch mal. Und der auch.* Erst als Holger direkt auf die Runde zuging, bemerkten sie ihn.

»Schau an, wer da kommt, unser Herr Sportdirektor! Na, Holger, was machst du denn hier? Willst du mir Kontra geben?«

Es war Thomas, noch immer Thomas, schon wieder Thomas. So lange Holger denken konnte, hatte dieser Kerl ihn drangsaliert. Holger erinnerte sich an jede einzelne seiner Gemeinheiten. Thomas hatte ihn auf dem Schulhof verhöhnt und war ihm im Winter mit dem Schlitten in die Seite gefahren, hatte ihn im Sommer beim Baden unter Wasser gedrückt und ihm die Luft aus den Reifen seines Klapprads gelassen. Hatte ihm die Ventile geklaut. Hatte mit der Flitsche auf ihn geschossen. Und schoss noch immer, mit Worten, mit Spott. Und er war lässig dabei. Er wusste genau, dass Holger ihm nicht Kontra gab, es einfach nicht konnte. Annette hatte sich die Haare gerauft deswegen. *Du musst dich wehren*, hatte sie ihm wieder und wieder geraten. Aber er brachte es einfach nicht fertig. Die Glieder wurden ihm steif, und es verschlug ihm die Sprache, wenn Thomas in der Nähe war. Er war ein friedfertiger Mensch. Nicht umsonst hatte er einmal Pfarrer werden wollen, jedenfalls bis zu dem Tag, an dem er begreifen musste, dass unter dem Kreuz kein Frieden war. Er hatte das Dorf verlassen und all die Hässlichkeiten darin, hatte Thomas den Rücken gekehrt und ihn seit seiner Rückkehr gemieden. Aber die Angst war noch immer da, wenn sie sich doch einmal begegneten, und Thomas wusste das, genoss es ein ums andere Mal. Genoss es erkennbar auch in diesem Moment.

Holger ging über seine Bemerkung hinweg. »Habt ihr Jacob Bucek zufällig irgendwo gesehen?«, fragte er die versammelte Runde und bemühte sich, in der Stimme fest zu bleiben.

Die Männer blickten kurz auf. Die Karten wurden neu gemischt. Abgehoben. Gegeben.

»Was scherst du dich um Jacob? Bring lieber den Platz in Ordnung. Damit es nicht wieder Ärger gibt heute Nachmittag, wenn unsere Jungs spielen.« Thomas sortierte seine Karten. »Achtzehn.«

»Das hab ich schon erledigt«, beeilte Holger sich zu versichern und ärgerte sich im selben Moment über seine Antwort. Bestimmt spielte Thomas auf die Sache vor vier Wochen an. Er hatte das Pokalspiel zum Glück nicht gesehen, aber natürlich würde Philipp seinem Vater davon erzählt haben. Holger konnte es sich vorstellen. *Der Sportdirektor ist schuld. Er hat die Linien nicht gut genug gezogen.* Dabei hatte Barbara Holger eine ganz andere Version erzählt. Das Foul sei klar im Sechzehner gewesen und der Elfmeter schlecht geschossen. Philipp hätte einfach nur stehen bleiben müssen, dann wäre ihm der Ball direkt in die Arme geflogen. Aber Philipp habe sich theatralisch in die Ecke geschmissen, ehe der Schütze überhaupt am Ball gewesen sei. Nach Barbaras Meinung war Philipp ein schlechter Torwart, und sie musste es wissen, verfolgte sie doch das Fußballgeschehen mit Leidenschaft. Europapokal, Bundesliga und die Heimspiele des 1. FC Nürnberg. Barbara kannte sich aus, und sie hatte auch ein Wort für Philipp, doch es fiel Holger nicht ein. Diese komische Fußballersprache lag ihm nicht. Aber jetzt würde er es schon gerne sagen, Thomas doch gerne Kontra geben, nur ein einziges Mal.

Das Reizen war beendet. Thomas zog den Skat zu sich heran und nahm ihn auf. »Ich spiele Grand«, sagte er und stach die angespielte Karte mit dem Kreuzbuben. Sein Blick glitt hinüber zum Tresen. »Gerd, mach mal!«, rief er und ließ seinen Zeigefinger über den Stammtisch kreisen. Der Wirt nickte.

»Also, was ist jetzt mit Jacob?«, fragte Holger noch einmal. »Hat einer von euch ihn gesehen oder nicht?« Er wartete auf eine Antwort, während die Männer weiterspielten. Noch ein Stich und noch einer. Erst als die letzten Karten auf den Tisch segelten, schüttelten die Männer den Kopf. Thomas zählte seine Punkte zusammen und grinste zufrieden. Er trank einen kräftigen Schluck Bier, Schaum blieb auf seiner Oberlippe zurück, als er das Glas wieder absetzte. Der Wirt brachte ein Tablett mit gefüllten Schnapsgläsern, verteilte die Runde am Tisch, hielt das letzte Glas Holger hin.

»Den hab ich nicht gemeint!«, rief Thomas dem Wirt entgegen.

»Der geht auf mich«, sagte der Wirt und zwinkerte Holger zu. Es war der Juniorchef. Holger hatte den Weihrauch geschwenkt, als er getauft wurde. Der Senior hatte ihm nach der Messe einen Zehner in die Hand gedrückt. Holger hatte das Geld nicht nehmen wollen, aber der Vater hatte darauf bestanden wie sein Sohn jetzt darauf bestand, dass er trank. Eine klare Flüssigkeit, vermutlich Doppelkorn, der reine Sprit. Holger wollte so schnell wie möglich wieder gehen, und so nahm er das Glas und stürzte seinen Inhalt in einem Zug hinunter. Er unterdrückte das dringende Bedürfnis, sich zu schütteln. Das Gesicht verzog er aber doch.

Der Wirt lachte. »Wenn du Jacob findest, dann sag ihm mal, dass er gefälligst aufpassen soll, wenn er mit dem Rad unterwegs ist.«

»Wieso?« Holger mühte sich, seine Aufregung nicht zu zeigen.

»Na, ich hab ihn gestern Nachmittag kurz hinterm Dorf gesehen. Es wurde schon dunkel. Jedenfalls, ich wollte ihn gerade überholen, da biegt er quer über die Straße in den Waldweg ein. Ich sag dir, der Bursche hat sie nicht alle beieinander. Hat nicht mal angezeigt, dass er da reinfahren will. Ich musste voll auf die Bremsen. Die Reifen haben gequietscht, und der hat es nicht mal mitgekriegt. Erst als ich gehupt habe, ist er zusammengezuckt.«

»Bist du sicher, dass es Jacob war?«

»Na ja, ich glaub schon. So fährt doch sonst keiner. Und überhaupt, was will der im Dunkeln im Wald?«

Thomas lachte auf. »Na, was wohl. Der ist siebzehn!« Er schlug mehrmals mit der flachen Hand gegen den Hohlraum, den er mit der anderen formte. »Ein junger Keiler kriegt ja auch nichts mit, wenn er eine heiße Sau wittert.«

Endlich eine Spur. Holger achtete nicht auf das Gejohle am Tisch, bedankte sich beim Wirt für den Schnaps und versprach, Jacob wegen seiner Unachtsamkeit zu ermahnen. Er lief hinaus, ohne sich zu verabschieden.

Eilig fuhr er an Karins Haus vorbei, vor dem der Mercedes ihrer Mutter stand und auch Annettes Clio. Später, sagte er sich und steuerte aus dem Dorf hinaus, bog von der Straße auf den Waldweg ein, wie Jacob es getan haben musste. Der Boden war morastig vom Regen der vergangenen Nacht. Holger umfuhr die Pfützen, die Reifen seines Mopeds pflügten eine tiefe Rinne in die Erde, einzelne Wolkenfetzen waberten zwischen den Wipfeln der Bäume. Kein Vogel sang, kein Mensch ging spazieren, und Holger fragte sich, was das alles zu bedeuten hatte. Selbst mit einer Decke konnte der Junge die Nacht unmöglich im Freien verbracht haben. War er nach Friederbach zum Bahnhof gefahren? Der Weg dorthin durch den Wald war eine Abkürzung, aber der unebene Boden für ein Rennrad ziemlich beschwerlich. Jacob wusste das, und er liebte sein Fahrrad. Er würde auf der Straße bleiben. Was also hatte er hier gewollt?

Der Hochsitz lag an einer Weggabelung. Als Holger dort

ankam, stellte er sein Moped neben einem Baumstamm ab, an dem Pfeile mit farbigen Markierungen die Rundwanderwege anzeigten. »Hallo?«, rief er und blickte die morsch wirkende Leiter hinauf, der im oberen Teil eine Sprosse fehlte. »Jacob?«

Nichts regte sich außer einem Knacken im Geäst. Schon als Kind hatte er es gehasst, Leitern hochzusteigen. Annette und Karin waren flink oben gewesen, nur er hatte wie ein nasser Sack an den Sprossen gehangen und geschnauft. Nun testete er jede einzelne auf ihre Festigkeit, bevor er sein Gewicht darauf verlagerte. Die Sprossen waren glitschig. Jetzt kam die Lücke. Umständlich hievte er das rechte Bein weit darüber hinweg, klammerte die Hände fest um die Holme und zog sich hoch.

Auf dem Boden des Hochsitzes lag zerknülltes Bonbonpapier. Ein ins Geländer geritztes Herz hielt L und P zusammen, bis das Holz verwittert war. Sonst nichts. Er drehte sich in jede Richtung wie eine Turmwache. Ein Eichhörnchen sprang in den Baumwipfeln herum, weit in der Ferne konnte er die Giebel von Friederbach erahnen, dazwischen lag nur der Wald und die Lichtung beim Weiher. Er betrachtete die spiegelglatte Wasseroberfläche und die Wiese am Ufer, auf der sich im Sommer die Badegäste tummelten. Jetzt lag sie verlassen da, nur ein Fahrrad stand einsam gegen einen Baum gelehnt, sein Besitzer war nirgends zu sehen.

Ein Rennrad!

Er beugte sich weit über die Brüstung. Auf die Entfernung konnte er die Farbe nicht bestimmen, aber vielleicht war es blau, und die Größe mochte hinkommen. Hektisch suchte sein Blick die Umgebung ab, tauchte ins Unterholz hinein und wieder heraus, tastete sich am Ufer des Weihers entlang. Ohne nach unten zu sehen, stieg er die Leiter hinab. Über die Lücke kam er gut hinweg, wurde schneller und sicherer, je mehr er sich der Erde näherte. Erst als er wieder auf seinem Moped saß und den Motor startete, spürte er seine weichen Knie. Es war nur eine kurze Fahrt bis zu dem abgestellten Rad. Holger erkannte den verchromten Lenker, den Smiley-Sticker auf der Klingel, sah den schmalen sandfarbenen Sattel. Auch die beiden Stangenschlösser waren da, aber das Rad war nicht gesichert. So etwas würde der Junge doch niemals vergessen. War er denn in der Nähe und hatte sein Fahrrad im Blick?

»Jacob?«, rief Holger über den Weiher hinweg, formte die Hände zu einem Trichter, drehte sich zum Wald und rief erneut. »Jaaaacob!«

Er lauschte vergeblich, nur ein Eichelhäher beschwerte sich lautstark über die Störung. Holger blickte Richtung Ufer. Da lag etwas auf der Wiese. Er ging darauf zu, erkannte Jacobs Tuch und hob es auf.

Blut! Er fuhr über das Rot auf dem in Grüntönen gemusterten Stoff. Es gab keinen Zweifel, die Farbe, die Festigkeit, das war eindeutig getrocknetes Blut. Er runzelte die Stirn, und eine Kälte kroch ihm in die Glieder, die nicht vom November kam und auch nicht von der Feuchtigkeit im Wald. Ein vages Gefühl von Bedrohlichkeit breitete sich in ihm aus. Er fühlte sich wie sonntagabends, wenn im Krimi die spannende Musik anschwoll und die Kamera auf eine dunkle Ecke zufuhr. Nur jetzt konnte er nicht abschalten. Das blutige Tuch, das verlassene Rennrad, die menschenleere Lichtung – was war denn hier passiert? Er wollte augenblicklich nach Hause, die Uhr zurückdrehen und sich nicht von Karin überreden lassen, Jacob zu suchen. Jetzt musste er sie anrufen, wo sie so leicht in Panik geriet. Und vielleicht läge sie ja diesmal sogar richtig damit. Nein, bloß das nicht. Er holte sein Handy hervor, öffnete das Adressbuch und betrachtete den Eintrag mit ihrer Nummer.

Er musste es ihr schonend beibringen, aber wie? Und kam es auf die Wahl seiner Worte überhaupt an? Die Sprache des Schicksals ist doch unmittelbar, dachte er, nicht zu hören, nur zu spüren und das auf eine unmissverständliche Weise, kein Vorher, kein Nachher, nur ein Jetzt.

April 1982

Am Ende war der Tod ein Segen gewesen. Die Oma hatte kein Essen mehr angenommen und die Finger in die Bettdecke gekrampft, wenn die Schmerzen kamen. Er hatte seine Oma in Würde beigesetzt. Nun saß er in der eisigen Stube, hatte das Fenster weit geöffnet, aber der Luftzug, der von draußen hereinwehte, vermochte den Geruch des Siechtums nicht zu vertreiben, der das Bett in der Ecke noch immer umgab und sich mit den giftigen Dämpfen vermischte, die wie immer von unten durch die Ritzen der Türen krochen. Er kauerte auf dem Sofa zwischen Tod und chemisch gebleichter Sauberkeit, hatte die Kassette auf dem Schoß, die zu öffnen ihm die Oma verboten hatte. *Das geht dich nichts an.* Die Kassette mit den Familienunterlagen, die unten in ihrem Kleiderschrank lag, war ihm wie eine Gruft erschienen. Seine Eltern lagen darin bestattet, oder jedenfalls das, was er über sie wissen musste. Mit dem Sterben hatte sie ihm den Schlüssel in die Hand gedrückt. Sein einziges Erbe.

Wieder und wieder betrachtete er den ungültig gemachten Personalausweis mit dem Foto einer Frau im Halbprofil, die wohl zwanzig Jahre alt sein mochte. Seine Mutter hatte keinerlei Ähnlichkeit mit ihm. Das Bild in Schwarzweiß zeigte ein schmales Gesicht mit fein gezeichneten Lippen, die Augen groß und rund, nicht klein wie die seinen und wohl auch nicht braun, sondern hell wie die der Oma, grüngrau vielleicht oder blau. Ihre dunklen Locken waren hinter das Ohr geschoben.

Den Unfallbericht hatte er nur ein Mal gelesen, zu lebhaft war ihm erschienen, was da geschrieben stand. Bundesstraße. Klarer sonniger Herbsttag. Der Fahrer des LKW habe keine Chance gehabt zu bremsen. Wie aus dem Nichts sei die Frau auf die Straße gesprungen. Und mitten auf der Fahrbahn stehen geblieben.

Stehen geblieben? Das musste der Fahrer in seiner Aufregung falsch ausgedrückt haben. Vermutlich war es ihm nur so erschienen. Aber warum bloß bestätigten die Zeugen diese Version? Da war es ja schon irgendwie verständlich, dass die Polizei zu ihrer Einschätzung kam. Vermutlich Suizid, stand in dem Bericht, aber das konnte nicht stimmen. Unmöglich war das, seine Mutter war doch katholisch, sie hätte sich niemals …

Es klingelte an der Tür. Er stand auf und öffnete Karin und Annette, die er zu sich gebeten hatte. Sie nahmen ihn nacheinander in die Arme. Richtig komisch fühlte sich das an; so etwas taten sie sonst nie.

»Lass mal sehen«, sagte Annette und steuerte direkt auf die geöffnete Kassette zu, betrachtete den Ausweis und las den Unfallbericht. Sie rümpfte die Nase.

Karin begutachtete die Fotos von dem frischen Grab, in dem seine Mutter beigesetzt worden sein musste. »Hinten steht der Name des Friedhofs drauf«, sagte sie. »Aber wo ist das?«

»Die Adresse geht aus den Papieren hervor.« Holger zeigte auf die ausgebreiteten Schreiben. »Meine Oma muss gleich nach dem Tod meiner Mutter mit mir da weggezogen sein.«

Annette nickte. »Sieht so aus. Hast du was über deinen Vater gefunden?«

Er schüttelte den Kopf. »Nein, aber warte mal.« Er holte eine Landkarte aus dem Schrank und schaute im Index nach. »P5. Das ist höchstens achtzig Kilometer von hier.« Er betrachtete den kleinen weißen Punkt auf der Karte, der nicht größer war als der von Eschenreuth, aber wie es schien, führte eine Bahnlinie durch den Ort. »Ich fahre hin. Irgendwas wird sich doch rausfinden lassen.«

»Wir kommen mit«, sagte Karin und blickte ihm über die Schulter.

Annette sah von den Dokumenten auf. »Wenn du noch

ein paar Wochen wartest, habe ich den Führerschein. Dann könnten wir zusammen …«

»Nein«, sagte er, bevor sie ausgesprochen hatte. »Ich kann nicht mehr warten. Ich will auch nicht mehr. So lange schon immer dieselben Fragen in meinem Kopf und nie eine Antwort. Jetzt dieser Unfallbericht. Nein, ich fahre am Wochenende. Und ich will das mit mir allein ausmachen.«

Das Grab seiner Mutter war das Letzte in der hintersten Reihe. Es schien viel zu schmal, viel zu kurz, aber es war gut gepflegt, kein Moos auf den Steinplatten, die es einfassten, junge Triebe in der Mitte, die durch frisch geharkte Erde brachen. Am Bahnhof war ein Blumenstand gewesen, und er hatte sich gefragt: Hätte sie sich Tulpen gewünscht oder Osterglocken? Wäre es besser gewesen, einen Topf zu nehmen, etwas, das wachsen würde, anstatt gleich zu welken? Schließlich hatte er gar nichts gekauft, war weitergegangen, hatte sich am Taxistand nach dem Weg zum Friedhof erkundigt. Der Fahrer hatte schon den Schlüssel im Zündschloss herumgedreht, als er Holger auf seinen Wagen zukommen sah, den einzigen neben der Säule. Aber Holger hatte durch den Ort laufen wollen, der das Geheimnis seiner Herkunft barg und der ein bisschen größer war als Eschenreuth mit einem Marktplatz und einer Ladenzeile. Häuser und Höfe zogen sich weitläufig einen Hügel hinauf, und er hatte eine halbe Stunde gebraucht, bis er am Friedhof angekommen war. Jetzt ging er in die Hocke und wischte mit einem Stofftaschentuch über den schlichten Grabstein aus schwarzem Granit, in den nur der Name seiner Mutter eingraviert war und den ein Vogel verunreinigt hatte.

»Da ist ein Wasseranschluss am Hauptweg«, sagte eine klare weibliche Stimme hinter ihm.

Er zuckte zusammen, kam aus der Hocke hoch und drehte sich um.

»Entschuldigung, ich wollte Sie nicht erschrecken.« Die pummelige Frau trug ein offenes steingraues Leinenhemd über einem blauen Arbeitsoverall. Sie mochte knapp vierzig Jahre alt sein, hatte Pausbacken und kräftige Augenbrauen, die brünett schimmerten wie auch die Haare, die von einem bunten Tuch gehalten wurden, das sie um die Stirn gebunden trug. Aus wässrigen Augen sah sie ihn aufmerksam an, freundlich, ohne zu lächeln, streckte ihm ihre Hand entgegen. »Mein Name ist Rita Haberkorn. Ich halte dieses Grab in Ordnung.« Sie hatte Erde unter den Fingernägeln.

Holger erwiderte den Händedruck, ohne sich vorzustellen. Die Fremde erriet die Frage, die ihn beschäftigte.

»Eine Bekannte hat mich angerufen und mir erzählt, dass sich jemand nach Annelieses Grab erkundigt hat. Ich hab gerade im Garten gepflanzt, aber ich dachte, ich komme besser her. Weil doch sonst nie jemand ...«

Holger blickte sich um, aber die alte Frau, die ihm den Weg gewiesen hatte, war nirgends mehr zu sehen. »Ich bin ein entfernter Verwandter«, erklärte er rasch.

Rita Haberkorn musterte ihn nachdenklich. »Ja, das dachte ich mir. Ehrlich gesagt, habe ich immer damit gerechnet, dass irgendwann ein entfernter Verwandter von Anneliese hier auftauchen würde.« Sie legte eine bedeutungsvolle Pause ein. »Ein Verwandter in Ihrem Alter.«

Er vergrub die Hände in den Hosentaschen und wandte den Blick ab. Für Sekunden brachen Sonnenstrahlen durch die Wolken und wärmten sein Gesicht, bevor der Himmel sich wieder zuzog.

Rita Haberkorn trat näher an das Grab. »Ihre Mutter?«, fragte sie leise, und er nickte verhalten.

Die Fremde legte ihm kurz ihre Hand auf die Schulter. »Ich lasse Sie wieder alleine, bis Sie hier fertig sind, und warte am Ausgang. Lassen Sie sich ruhig Zeit.«

Er blickte ihr nach, als sie sich entfernte. Wer war diese Frau, und warum kümmerte sie sich um das Grab? Er hatte erwartet, mühsam nach der Wahrheit suchen zu müssen, aber nun schien es, als käme sie direkt auf ihn zu. Noch einmal betrachtete er den Stein. Mit dem Taschentuch hatte er den Vogeldreck nicht abbekommen. Ihm fiel ein, was die Fremde gesagt hatte. *Da ist ein Wasseranschluss am Hauptweg*. Aber das war jetzt nicht mehr wichtig.

Rita Haberkorn fuhr zehn Minuten über kurvenreiche Straßen einen Hügel hinauf. Er saß neben ihr im Wagen, hatte ihr inzwischen seinen Namen gesagt, aber mehr brachte er nicht heraus. Sie dagegen war gesprächiger, erzählte ihm, dass sie auf einem kleinen Hof oberhalb des Dorfes lebte, der früher ihren Großeltern gehört hatte und den niemand außer ihr hatte haben wollen. Sie war aus dem Zentrum des Ortes dort hinauf gezogen, hatte die Kruzifixe von den

Wänden genommen, die Stalltüren geöffnet und das Vieh auf die Weide geführt. Sie hatte keine Kinder, aber Hunde, Katzen und Hühner, ein Dutzend Kühe und einen großen Garten. Der Hof warf nicht viel ab, sagte sie, aber sie vermietete im Sommer eine Stube an Touristen und teilte das Leben mit einem von ihnen, der geblieben war.

Als sie ankamen, schob sie ihn in die geräumige Küche, die einem Heimatmuseum glich; ein Herd, der mit Holz befeuert wurde, eine Kaffeemühle mit Kurbel, ein handbemalter Bauernschrank. An den Wänden rostige Haken, an denen Kupferpfannen hingen, ein gesprungener Rahmen um das Porträt einer alten Frau und eine Kuckucksuhr. Modern war allein der Kühlschrank, an dem ein blauer Aufkleber mit einer weißen Friedenstaube klebte. Es roch nach Bratkartoffeln und kaltem Rauch.

Sie setzten sich auf eine gepolsterte Eckbank mit abgenutztem Blümchenmuster. Rita Haberkorn bot ihm das Du an. Sie stellte einen Zuckerspender auf den Tisch und ein Kännchen mit unbehandelter Milch, auf der sich eine Rahmschicht gebildet hatte. Dann schenkte sie ihnen beiden Kaffee aus einer Thermoskanne ein.

»Hast du Hunger?«, fragte sie.

Er hatte seit Tagen kaum etwas herunterbekommen, aber er wollte auch nichts essen und schüttelte den Kopf.

»Du bist jetzt achtzehn, nicht wahr?« Sie gab etwas Milch in ihre Tasse. Zäh tropfte der Rahm aus dem Kännchen. Sie rührte um, und er brachte noch immer nicht mehr zustande als ein Nicken.

»Und? Gehst du noch zur Schule? Oder machst du schon

eine Ausbildung?« Die Bäuerin lehnte sich zurück, und die Holzbank knarrte.

»Nein, Gymnasium. Ich möchte Theologie studieren. Ich meine, ich möchte Pfarrer werden.«

Rita Haberkorn hob eine der kräftigen Brauen an, dann verzog sie das Gesicht zu einer süßsauren Grimasse. »Aha. Das wird deine Großmutter sicher freuen.«

Er sah sie überrascht an. »Sie kennen … äh, ich meine, du kennst meine Großmutter?«

Rita Haberkorn fasste in eine Seitentasche ihres Overalls, zog eine Packung Zigarillos und ein Feuerzeug heraus, dann holte sie einen Aschenbecher vom Abtropfgestell auf der Spüle. »Natürlich. Es ist lange her, aber ja, ich habe sie gekannt.«

»Sie ist letzte Woche gestorben.«

»Oh, mein herzliches Beileid.« Sie kniff die Augen zusammen, als überlege sie angestrengt, zündete den Zigarillo an und nahm einen tiefen Zug. »Sie kann noch gar nicht so alt gewesen sein, oder?«

»Vierundsechzig. Es war Krebs. Sie hat in einer Reinigung gearbeitet, bis sie krank wurde. Ab und zu hat sie sogar noch ausgeholfen, als sie schon Frührente bekam. War eben immer knapp, das Geld. Wissen Sie – du, mein Großvater ist im Krieg geblieben. Nicht mal meine Mutter hat ihn gekannt.«

Die dicke Frau nickte. »Ja, ich erinnere mich. Anneliese hat es mir erzählt.«

Anneliese. Wie merkwürdig es sich anfühlte, dass jemand den Namen seiner Mutter wie selbstverständlich aussprach. Die Oma hatte sie immer nur ›deine Mutter‹ genannt. *Wir wollen nicht von deiner Mutter sprechen. Das haben wir alles deiner Mutter zu verdanken.* Ein bitterer Zug um den Mund, der Blick leer. Er rutschte auf seiner Seite der Bank herum und räusperte sich. »Meine Oma hat mir gesagt, dass meine Mutter bei einem Unfall gestorben ist. Aber jetzt habe ich den Bericht über die Ermittlungen der Polizei gelesen. Man hat anscheinend geglaubt, dass sie sich absichtlich überfahren ließ. Aber das kann nicht stimmen?« Es kam als Frage über seine Lippen.

Rita Haberkorn legte den Zigarillo in den Aschenbecher, löste das Tuch von ihrer Stirn und fuhr sich mit beiden Händen durch das volle Haar. »Es ist keine angenehme Sache. Deine Großmutter ist tot. Willst du's nicht einfach auf sich beruhen lassen?«

»Ich muss es wissen. Ich will verstehen, was damals passiert ist. Und ich will auch wissen, wer mein Vater ist.«

Sie nahm den Zigarillo wieder zwischen die Finger, klopfte ihn mehrmals gegen den Rand des Aschenbechers, pustete ihn an und betrachtete die glühende Spitze. »Du willst Pfarrer werden, hast du gesagt? Dann sollte ich dich vielleicht besser warnen. Die Wahrheit könnte dich ziemlich durcheinanderbringen.«

Er gab es auf, das Du über die Lippen zwingen zu wollen. »Sagen Sie mir, was Sie wissen, sonst frage ich jemand anders. Ich krieg's schon raus.«

Sie rieb sich mit der Hand die Wange. »Zuerst sag du mir mal: Was weißt du überhaupt von deinen Eltern?«

Er seufzte. »Eigentlich gar nichts, wie es scheint.«

»Ja, das dachte ich mir schon. Und nun soll ausgerechnet ich …« Sie drückte den Zigarillo so energisch in den Aschenbecher, bis er zerbröselte, öffnete die Schachtel und angelte sich einen neuen. Es dauerte eine Ewigkeit, bis sie zu reden begann.

»Ich habe deine Mutter kennengelernt, als sie sechzehn war und als Lehrling im Supermarkt angefangen hat. Bist du vom Bahnhof aus zum Friedhof gelaufen? Dann müsstest du dran vorbeigekommen sein.«

Er überlegte. »Ich weiß nicht. Da war ein Edeka.«

»Genau, heute ist es ein Edeka. Damals gehörte der Laden noch deinem Vater. Ich habe jeden Tag frische Eier von diesem Hof dort abgeliefert. Ich hatte es nie eilig, wieder zurückzufahren, manchmal habe ich eine Weile mit deiner Mutter geplaudert, wenn im Laden nichts los war. Später haben wir ihre Pausen zusammen verbracht, uns dann auch verabredet. Na ja, wie es eben geht – wir wurden Freundinnen.« Rita Haberkorn lächelte kurz, dann wurde sie wieder ernst. »Sie hat nach der Lehre im Supermarkt weitergearbeitet. Zu der Zeit habe ich eigentlich gedacht, ich wüsste alles von ihr. Aber das da was lief zwischen ihr und deinem Vater, hat sie mir erst erzählt, als sie schwanger war.« Sie nippte an ihrem Kaffee, trank ihn gleich darauf in einem Zug aus und knallte den Becher zurück auf den Tisch. »Wie soll ich dir das beibringen? Deine Großmutter hätte es dir sagen müssen.«

Holger schnappte nach Luft. »Weiter, bitte.«

»Er war verheiratet und viel älter als sie, hatte damals schon drei Kinder mit seiner Frau.« Erneut legte sie den

Zigarillo in den Aschenbecher, senkte den Kopf und stützte sich mit den Händen auf ihre Knie. »Und Anneliese wollte das Kind nicht behalten.«

Er biss sich auf die Lippen. So ein Unsinn! Was erzählte denn diese Frau? Und was war das überhaupt für eine merkwürdige Person? Eine Frau, die Zigarillos rauchte.

»Das kann nicht sein«, sagte er mit fester Stimme. »Ich meine, wir sind katholisch, wissen Sie, streng katholisch.«

Sie nickte heftig. »O ja, ich weiß. Vor allem streng. Ich habe keine Ahnung, wie Anneliese es mit sich vereinbart hat, was mit einem verheirateten Mann anzufangen. Darüber kann ich nur spekulieren. Ich weiß nicht mal, ob sie ihn geliebt hat oder ob was anderes dahintersteckte. Ich meine, er war schließlich ihr Chef. Aber was den Abbruch angeht, da hat sie ihre Mutter angefleht, wieder und wieder. Sie hätte nie etwas ohne ihre Zustimmung getan. Aber nix da. Ihre Mutter, also deine Oma, hat es dem Pfarrer erzählt. Von da an war die Sache erledigt, ihre Schwangerschaft war kein Geheimnis mehr. Sie hätte nicht mehr abtreiben können. Ich hab ihr eine Adresse gegeben, die damals unter den jungen Frauen in der Gegend die Runde machte, aber die wollte sie nicht haben. Es war zu spät. Sie hat das Kind …« Sie unterbrach sich und sah ihn warmherzig an. »Sie hat dich zur Welt gebracht, und ich habe euch nach der Geburt besucht. Und da war Anneliese ganz ruhig, schien zufrieden zu sein. Kein Groll oder so, keine Klagen. Ich dachte, vielleicht hat sie sich mit der Situation arrangiert. Ich hab gehofft, dass alles gut werden würde. Aber nur zwei Tage später passierte der Unfall. Tja …«

Rita Haberkorn redete weiter, aber er verstand sie nicht mehr. Sein Blick heftete sich auf die weiße Taube auf dem Kühlschrank, und sein Geist flog mit ihr davon, irgendwohin, wo es Frieden gab. Erst die Hand der Bäuerin auf seinem Arm holte ihn zurück. Er schrak zusammen und schaute durch sie hindurch. Was für eine üble Geschichte. Das musste doch gelogen sein. Warum erzählte diese Frau so einen Unfug? Mit der stimmte was nicht. Pah, er sollte sie duzen – eine viel ältere Frau!

Ein viel älterer Mann. Sein Vater sollte ein untreuer Krämer sein? Und was wollte Rita Haberkorn da denn noch andeuten? Der Chef. War denn so was überhaupt erlaubt?

»Hörst du mich?«, fragte die Bäuerin, und er schüttelte den Kopf.

»Ich glaube Ihnen kein Wort«, sagte er und fühlte sich nicht einmal unhöflich dabei. »Sie wollen eine Freundin meiner Mutter gewesen sein? Und erzählen solche Geschichten über sie?«

Die Bäuerin sah ihn mitfühlend an. »Es ist wahr, Holger Baumgartner. Ich kann verstehen, dass du das nicht hören willst. Aber warum sollte ich das erfinden? Ich mochte deine Mutter sehr … Man hat sie in der letzte Ecke beerdigt, weit weg von den Blicken der anderen. Aber ich habe ein Auge auf sie und kümmere mich um ihr Grab. Ich kann verstehen, dass du Zeit brauchst, um die Wahrheit zu verdauen.«

Er wollte nicht mehr antworten. Es war mucksmäuschenstill in der Küche, und das Schweigen zwischen ihnen war nicht zu ertragen. Anneliese. War sie denn wirklich vor den Lastwagen gelaufen? Weil er zur Welt gekommen war?

Er stand auf und ging hinaus, verließ Rita Haberkorn und ihren Hof, lief den Hügel hinunter zurück ins Dorf und auf den Bahnhof zu. Als er in die Ladenzeile kam, ging er auf die geschlossene Edeka-Filiale zu, blickte durchs Fenster auf die Reihen mit Lebensmitteln, auf die Kassen und die ineinandergeschobenen Einkaufswagen. Hier hatte seine Mutter gearbeitet. Und auch geliebt. Oder etwa nicht? Sie wäre jetzt so alt wie die Frau da oben auf dem Hügel. Würde vielleicht mit ihr gemeinsam Zigarillos rauchen und Kaffee trinken. Hätte ein Leben gehabt, wenn es ihn nicht gegeben hätte. Seine Oma mit ihrem Glauben. Mit seinem Glauben. Stolz hatte sie ihn angesehen, wenn er den Messdienst verrichtete. Stolz war auch er gewesen. Aber wem hatte er gedient? Was sollte er verkünden, wenn er Pfarrer werden würde? Das ging ja nicht mehr. Das war doch völlig unmöglich. Was sollte er denn jetzt tun?

Fünf Unterhosen, fünf Paar Socken, zwei Paar Jeans, drei T-Shirts, ein Sweatshirt, ein Wollpullover und zwei Handtücher passten in den Rucksack. Die Wanderschuhe zog er an und den Anorak auch. Noch einmal kalkulierte er alles durch. Die Rechnungen waren bezahlt und die Wohnung gekündigt. Wenn er die ausstehende Miete überwiesen hatte, blieben ihm noch zweihundertsechs Mark und achtundfünfzig Pfennige, dazu die dreihundert, die ihm der Trödler für die Möbel gegeben hatte. So schlecht stand er gar nicht da. Er konnte trampen und Gelegenheitsjobs annehmen. In den Städten konnte er vielleicht auch zeichnen, schnelle Porträts für zwei Mark. Oder für fünf. Was waren seine Bilder denn wert? Was war die Hand wert, die sie erschuf? Hatte seine Mutter diese Hand gestreichelt oder fortgeschoben? Er raufte sich stumm die Haare. Anneliese, sagte er, bekam eine Gänsehaut und wiederholte sich. Anneliese.

Karin, sein Lehrer und das gesamte Kirchenpersonal – sie alle hatten versucht, ihn zum Bleiben zu überreden. Annette hatte gar nicht lockergelassen. Sie hatte ihn beschworen und sogar Rosi aufgeboten, um ihn umzustimmen, hatte ihn bekniet, wieder zur Schule zu gehen. Aber was sollte er da noch? Das Abitur brauchte er nicht mehr. Er hatte sich angestrengt, und die Oma hatte jeden Groschen gespart, damit er Pfarrer werden konnte. Das war vorbei. Er würde nicht studieren. Das Gewand des Messdieners hatte er zerrissen, gleich als er nach Hause gekommen war.

Nach Hause – was bedeutete das noch? Ein Zuhause war schließlich mehr als eine Wohnung oder ein Heimatdorf. Zuhause bedeutete Gewissheit, Hoffnung auch und Zuversicht. Ohne das trieb man dahin, wie er sich nun treiben lassen wollte, ziellos und ohne jeden Plan.

In aller Frühe zog er die Tür hinter sich zu, stieg die Treppe hinab und verließ das Haus und den Geruch der chemischen Reinlichkeit. Der Morgen dämmerte, kein Mensch war auf der Straße unterwegs, nur eine schwarze Katze mit weißen Pfoten kam auf ihn zu, blieb vor ihm stehen und schaute zu ihm hoch. Er wusste, dass es Mimi war und dass sie der Tochter des Pförtners aus der Kurklinik gehörte. Er ging in die Hocke und kraulte ihre Kehle. Mimi schmiegte ihren Kopf in seine Hand und schloss die Augen.

»Du bist das letzte Wesen, dessen Namen ich kenne«, sagte er leise und begab sich auf den Weg.

Samstag, 15. November 2014, 12.19 Uhr

»Der Boden ist ja furchtbar tief«, sagte Annette und lenkte den Clio an den Pfützen vorbei, aber das Auto schaukelte trotzdem über den unebenen Waldweg wie ein Schiff durch raue See. »Hat es denn hier die ganze Nacht geregnet?« Sie stellte den Wagen hinter Holgers Moped ab.

»Ja«, murmelte Karin einsilbig, und Annette sah im Augenwinkel, dass sie die Hände rang und den Blick stur nach vorne gerichtet hielt. Holgers Nachricht vom Weiher und ihr Anruf bei der Polizei hatten sie sichtlich mitgenommen. Die Sorge um Jacob hielt sie fest im Griff, und Annette fiel nichts ein, was sie hätte sagen können, um sie zu beruhigen.

Holger kam ihnen ein Stück entgegen, als sie ausstiegen. Er war grau geworden, seit sie ihn das letzte Mal gesehen hatte, das nun aschfarbene Haar ließ ihn älter wirken, als er war. Ja, natürlich auch er, dachte sie und erinnerte sich an die Biotönung, die sie selbst inzwischen benutzte, um die Spuren des Alterns zu verbergen. Nur Karin war noch blond wie eh und je. Vielleicht gab es auch dafür bunte Pillen. Oder sie blieb einfach auf wundersame Weise jung.

Holger umarmte sie beide flüchtig und hielt ihnen dann das Fundstück hin, von dem er am Telefon gesprochen hatte.

Karin nahm es ihm aus der Hand. »Ja, es ist Jacobs Halstuch«, sagte sie und strich über den Stoff. »Und das Dunkelrote fühlt sich tatsächlich an wie Blut.« Sie gab das Tuch an Annette weiter, die es auseinanderfaltete, sodass es wie eine quadratische Fahne im Herbstwind flatterte.

»Blut schon«, überlegte sie laut und musterte die Flecken. »Aber nicht sehr viel. Vielleicht hat er sich geschnitten und das Tuch als Verband benutzt. Oder er hatte Nasenbluten.«

»Nasenbluten?« Karin legte die Stirn in Falten. »Ich kann mich nicht erinnern, dass Jacob jemals Nasenbluten gehabt hätte. Und warum sollte er es hier zurücklassen?«

»Da kommt die Polizei.« Holger deutete zum Streifenwagen hin, der genauso über den Weg holperte wie der Clio zuvor. Als die Polizisten ausstiegen, nahm Karin das Halstuch wieder an sich und ging auf sie zu.

Annette beobachtete, wie sie mit den jungen Beamten sprach. »Du kannst dir nicht vorstellen, wie ich sie beknien musste, bei der Polizei anzurufen«, sagte sie zu Holger, der die Hände in seinen Jackentaschen vergrub und den Kopf einzog, als ob er fröre – ein seltener Anblick und ein deutliches Signal, dass etwas nicht in Ordnung war. Es mochte nasskalt sein an diesem trüben Novembermittag, aber Holger störten solche Temperaturen für gewöhnlich nicht.

»Doch, ich glaube es dir«, sagte er. »Die Wache ist zwar in Friederbach, aber diese beiden sind von hier. Karin kennt sie seit vielen Jahren, ihre Mütter kaufen bei ihr ein, die gesamte weibliche Bevölkerung von Eschenreuth kauft bei ihr ein. Karin wird es hassen, dass die mitkriegen, was hier gerade passiert.«

»Tja, was genau passiert hier?«, grübelte Annette vor sich hin. Der kleinere der beiden Polizisten nahm Karin das Halstuch ab, stopfte es in eine durchsichtige Tüte und legte es in den Wagen.

Holger zuckte mit den Schultern. »Ich weiß es nicht. Hab schon immerzu überlegt, ob Jacob irgendwas erzählt hat, was sein Verschwinden erklären könnte. Aber mir ist nichts eingefallen. Er erzählt ja nicht mehr viel.«

»Das stimmt. Mir schreibt er auch immer seltener was. Ruft auch kaum noch an.«

»Ich geh mal hin, vielleicht haben sie Fragen.« Nun sprach auch Holger mit den Polizisten, und Annette vernahm die kleine Melodie, die ihr verriet, dass sie eine Nachricht erhalten hatte. Sie zog ihr Handy aus der Jackentasche und sah nach.

Vorsicht, Turm im Zentrum des Blattes. Kuss, Grit.

Annette ließ ihren Blick auf den Zeilen ruhen. Sie hatte nie so viel auf die Aussagen der Wahrsagekarten gegeben wie Grit, aber eine Warnung gefiel ihr trotzdem nicht. Der gesendete Kuss war dagegen schon besser – ein Fortschritt gegenüber dem schwierigen Gespräch zuvor, bei dem sie Grit erzählt hatte, was los war. Grit hatte ihr zugehört, aber sie war wortkarg und kühl geblieben, so als fügte sie sich in etwas Unabänderliches. Doch wenn Grit inzwischen die Karten gelegt hatte, nahm sie immerhin Anteil an dem, was hier geschah. Annette rief sie an.

»Hallo«, sagte sie ein wenig kleinlaut und sehr sanft, als Grit den Anruf entgegennahm. »Ich hab's gelesen. Was genau willst du mir sagen?«

Grit klang nicht länger verstimmt, sondern eher besorgt. »Also, du weißt sicher noch, wofür der Turm steht. Und er ist nicht die einzige schwierige Karte in dem Blatt vor mir auf dem Tisch.«

Annette seufzte. »Wenn ich bloß eine Ahnung hätte, was das alles hier bedeutet. Ich habe mich inzwischen in Jacobs Zimmer umgeschaut. Und seitdem habe ich ein ganz komisches Gefühl.«

»Was heißt das – komisch?«

Annette bohrte die Spitze ihres Turnschuhs in den umgewühlten Boden. »Also, als ich siebzehn war, hatte ich Poster an den Wänden, Bücher im Regal, Aufkleber und Buttons mit Sprüchen darauf. Und bei Jacob: nichts! Vielleicht liegt es ja daran, dass heute alles im Computer gespeichert ist. Jedenfalls habe ich keinen Hinweis darauf gefunden, was ihn umtreibt. An seinen Wänden hängen irgendwelche Landschaftsbilder, im Regal steht bloß Schulzeug, nirgends CDs, nirgends irgendwelche persönlichen Dinge bis auf einen digitalen Bilderrahmen mit einer Diashow.«

»Hm. Hast du dir diese Fotos mal angesehen? Vielleicht bringen die dich weiter.«

»Na ja, im Grunde das Übliche – Pavel in Prag, ein Selfie, das Jacob und ich vor Jahren schon aufgenommen haben, ist noch eine sehr schlechte Qualität. Ein wohl schon älteres Klassenfoto, Bilder von Gleichaltrigen, wahrscheinlich Schulkameraden. Ein Typ ist auf mehreren Fotos zu sehen, vielleicht ist das ein Freund von Jacob. Ich werde versuchen rauszukriegen, wer das ist, und wenn ich es schaffe, frage ich ihn mal ein bisschen aus. Ein Freund muss doch was wissen.«

»Jedenfalls solltet ihr euch auf was gefasst machen. Da liegt ohne Zweifel Gefahr in der Luft.«

»Na, schönen Dank auch!«, grummelte Annette. Etwas in ihr weigerte sich noch immer, Unheil zu wittern. Jacob würde fröhlich von einer Liebesnacht nach Hause kommen. Vielleicht hatte er ja auch gesoffen oder gekifft und war irgendwo versumpft. Hatte Karin nicht gesagt, da hätte jemand gelacht an seinem Handy? Albernheit, natürlich, das ergab doch einen Sinn. Vielleicht war das Blut gar nicht seines. Womöglich hatte er jemandem sein Halstuch gegeben, um eine Wunde zu stillen. Und dieser Jemand hatte es achtlos weggeworfen. Es würde, ja, es musste eine harmlose Erklärung geben.

Die Gruppe beim Streifenwagen ging auseinander. Die Polizisten fuhren wieder weg, Karin stakste zum Ufer des Weihers, Holger blieb am Wegesrand stehen und blickte ihr nach.

Annette verabschiedete sich von Grit mit dem Versprechen, sie auf dem Laufenden zu halten. Sie ging auf Holger zu.

»Und, was haben die gesagt?«, fragte sie und verstaute das Handy in ihrer Jackentasche.

Holger kratzte sich das unrasierte Kinn. »Na ja, sie haben die Sache nicht so hoch gehängt. Noch nicht. Vielleicht haben sie gespürt, in welchem Zustand Karin ist. Jedenfalls wollen sie erst mal dafür sorgen, dass Jacobs Handy geortet wird. Und je nachdem, was dabei rauskommt, werden sie weiter nach Spuren suchen, die Leute im Dorf befragen, die Wiese absperren. Vielleicht Suchhunde. Im schlimmsten Fall Taucher.«

Annette hob die Augenbrauen. »Taucher?«, stieß sie ungläubig hervor. »Ja, glauben die denn, dass Jacob da im Weiher ...« Sie wollte diesen Satz nicht zu Ende sprechen, aber unweigerlich kam ihr Grits Warnung in den Sinn. Nein, das konnte nicht sein, der Turm war der Turm und nicht der Tod.

Holger ging zu seinem Moped. »Ich weiß nicht, was sie glauben. Ich weiß nur, dass Karin sich kaum noch auf den Beinen halten kann. Guck sie dir doch an.«

Annette musste ihm recht geben. Karin setzte sich auf einen Felsbrocken, wie es so viele in den umliegenden Wäldern gab. Sie schien sich nicht daran zu stören, dass er sicher feucht und schmutzig war. Sie hielt sich nicht aufrecht wie sonst, sondern sank in sich zusammen, faltete die Hände im Schoß und blickte über das Wasser. Nach einer langen Weile betrachtete sie ihre Stiefeletten, die tief in den Matsch eingesunken waren.

»Oje«, seufzte Annette und tastete nach ihren Zigaretten. Was für ein erbärmlicher Anblick. Die Kundinnen im Dorf. Die Polizei. Womöglich die Eltern. Karins Heimlichhaus fiel in sich zusammen, und Jacob war weg. Annette spürte den Kummer der Freundin und spürte auch, wie es unter ihrer eigenen Haut unbehaglich zu kribbeln begann. Wie oft hatte sie sich im Laufe der Jahre und in ihrem Groll, in ihrer Wut und Bitterkeit gewünscht, dass Karin einmal aus ihrem geordneten Leben gerissen werden würde. Aber doch nicht so! Sie wünschte Karin keinen Kummer, nur endlich einmal Abstand zu den alten Geschichten, die sich in den Häusern, Straßen und Wäldern der Gegend eingenistet hatten wie Kleidermotten in einem Lieblingspullover. Unsichtbar fraßen sie sich durch die Seelen all jener, die hier wohnten, bissen Löcher hinein, würden niemals aufzuhalten sein in ihrem zerstörerischen Tun. Und nun hockte Karin da verzweifelt am Ufer des Weihers, und Annette schämte sich ein bisschen. Warum hatte sie sich immer wieder eingemischt? Es war doch Karins Leben und ihr verdammtes Recht, sich zerfressen zu lassen. Annette zündete sich eine Zigarette an. Sie verbat sich ja auch gutgemeinte Ratschläge. *Hör mit dem Rauchen auf*, hatte Grit sie am Anfang ihrer Beziehung immer wieder ermahnt, ihr die Kippe von den Lippen gezogen und einmal sogar die Schachtel versteckt. *Schädlich. Giftig. Krebs und COPD*. Eine Zumutung war dieses Rauchen für eine Heilpraktikerin, wie Grit es war. Aber Annette bestand auf ihrer täglichen Dosis Nikotin. Vielleicht bestand auch Karin auf ihrem täglichen Stress mit dem ewigen Läuten der Kirchenglocken und diesen Eltern in der Nachbarschaft. Sie allein musste damit glücklich werden oder daran zu Grunde gehen. Im Moment sah es eher nach Letzterem aus.

»Lass uns zu ihr gehen«, sagte Annette, aber Holger setzte sich auf sein Moped und startete es.

»Nein, mach du das«, sagte er. »Ich muss zurück zum Sportplatz. Die A-Jugend spielt nachher. Nicht mehr lange, dann kommen die Jungs und wollen sich umziehen. Ich muss die Kabinen aufschließen.«

»Kann Barbara das nicht machen?«

Er schüttelte den Kopf. »Nein, ich hab den Schlüssel bei mir. Und ich muss auch noch die Netze in die Tore hängen. Die Bälle aufpumpen. Die Jungs machen mich fertig, wenn nicht alles vorbereitet ist.«

Annette sah ihn ungläubig an. »Die Jungs machen dich fertig?«

»Das kommt dir komisch vor, was?«, antwortete er in resigniertem Ton. »Ich weiß schon, was du denkst. Es sind halbe Kinder und ich sollte ihnen die Ohren langziehen, aber versuch mal, Siebzehn-, Achtzehnjährige zu bändigen. Ich kann das nicht. Ich lern das auch nicht mehr. Wenn ich bloß an Philipp denke. Das ist der Torwart. Und außerdem der Sohn von Thomas – erinnerst du dich?«

»Thomas?« Sie musste nicht lange überlegen. »Du meinst diesen fiesen Kläffer aus unserer alten Klasse?«

Holger schmunzelte kurz, aber dann verzog er das Gesicht. »Ja, genau den. Der kläfft noch immer. Mit mir, und bestimmt auch mit seinem Sohn. Da kann Philipp kaum was anderes lernen.«

Annette strich ihm über den Arm. »Also gut, fahr los, ich kümmere mich hier.« Auch was Holger anging, würde sie sich nicht mehr einmischen, und schließlich hatte er ein

Recht auf seine Friedfertigkeit. Es war nicht an ihm, sich zu ändern. Dennoch wünschte sie sich schon so lange sie denken konnte, dass mal eine Runde an ihn ginge. Wenigstens ein einziges Mal sollte Thomas die Prügel beziehen, die er seit jeher austeilte. Natürlich nicht mit Hauen und Stechen. Worte konnten doch viel wirksamere Waffen sein. Auch Thomas troff die Gehässigkeit schließlich aus dem Mund und nicht aus den Fäusten, wenn er Holger quälte. Aber bitte: parieren, kontern. Hach, wie schön wäre das!

Holgers Moped knatterte davon, und Annette stakste über den durchweichten und umgepflügten Boden zum Ufer des Weihers. Hoffentlich hatten am Ende nicht die Wildschweine Jacob erwischt, dachte sie und zog an ihrer Zigarette, aber dann würde er ja hier irgendwo sein. Nein, die Wildschweine waren bestimmt nicht schuld an dem, was hier passiert war. *Vorsicht*, hatte Grit geschrieben, und obwohl Annette nicht viel auf die Karten gab, kannte sie ihre Bedeutung. Der Turm brach zusammen, riss jene mit sich in die Tiefe, die ihn zu lange nicht verlassen wollten. Der Einsturz war vorprogrammiert. Womöglich kam die Warnung viel zu spät. Karin verkaufte Make-up an die Frauen aus der ganzen Gegend. Das Abdecken war ihr zum Gebot geworden, und wo immer Jacob auch sein mochte, hatte er ihr die Maske doch längst abgeschminkt, hatte er sie mit seinem Verschwinden um die rosigen Wangen gebracht, die sie so unbedingt zur Schau stellen wollte. Jetzt hob Karin eine ihrer Stiefeletten aus dem Matsch, rieb den Schmutz mit einem Papiertaschentuch ab. Annette beobachtete es, als sie schon fast bei ihr war, wollte sie hochziehen und fest in die Arme nehmen. Hach, wie schön wäre auch das – und doch ganz unmöglich. Nie wieder würde sie Karin wirklich berühren, nicht noch einmal dieses Risiko eingehen. Das Herz war mühsam geflickt, aber wer wusste, was geschah, wenn man die Fäden zog? Schon spürte sie wieder den alten Schmerz, obwohl sie nur daran dachte. Sie schüttelte sachte den Kopf. So viele Jahre waren vergangen, und doch hatte die lange Zeit nicht zu vertreiben vermocht, was damals geschehen war.

Frühjahr 1982

Annette öffnete beide Flügel des Fensters und holte den Frühling ins Zimmer, das sie allein bewohnte, seit Rosi die neue Arbeitsstelle in der Stadt gefunden hatte. Der Morgen war kühl, aber nach dem langen Winter mit Schnee und Eis und Dunkelheit schob sich die Sonne endlich hell an den Kumuluswolken vorbei, beschien Tulpen und Stiefmütterchen in den Vorgärten, spiegelte sich in dem alten R4, der unten vor dem Haus stand und ihr gehörte. Sie lächelte verzückt, während sie den Wagen betrachtete. So konnte es weitergehen: ein eigenes Zimmer, die Party zu ihrem achtzehnten Geburtstag, der Führerschein und nun auch noch das Auto da unten vor dem Haus, das Geschenk ihrer Eltern zur Volljährigkeit. Inzwischen hatte sie sich an die Pistolenschaltung gewöhnt, war in die Stadt gefahren und wieder zurück und wieder in die Stadt, niemand mehr auf dem Beifahrersitz, der sie verbesserte, verspottete, seine klebrige Hand auf die ihre legte, wenn sie hochschaltete. Die schönsten Ferien in ihrem Leben waren das, und sie würden noch besser werden, heute schon, sie konnte es kaum erwarten. Aber noch war Karin nicht zu sehen, und so wandte sich Annette vom Fenster ab, setzte sich an den Tisch und öffnete ihr Tagebuch.

Gleich geht es los. Gleich. Gleich. Ich bin so aufgeregt, kann kaum den Stift halten. Karin hat mich lange zappeln lassen, als ich sie gestern gefragt habe, ob sie nicht mal mitfahren will. Sie hat den Wagen ziemlich schief angeguckt. Gesagt hat sie ja nichts, aber an ihrem Blick konnte ich sehen, was sie dachte. Klapperkiste. Rostlaube. Na und? Wird Zeit, dass sie mal was anderes kennenlernt als einen spießigen Mercedes nach dem anderen von ihren Eltern. Jetzt fahren doch alle eine Ente oder einen R4 oder einen Käfer. Jedenfalls die Leute, auf die es ankommt. Ich muss mir noch ein paar Aufkleber besorgen, ›Atomkraft – nein danke‹ vielleicht oder ein Frauenzeichen. Wenn Holger noch hier wäre, könnte er mir was Buntes auf die Türen malen. Mensch, Holger, wie fehlst du mir! Mit wem soll ich denn reden? Ich habe ja auch dir nichts gesagt von all dem Durcheinander in mir drin. Wie auch, wo ich es doch selbst nicht verstehe. Irgendwann hätte ich es dir schon erzählt, aber jetzt bist du weg. Hast mich hier zurückgelassen. Mit Karin!

Holger weg, Rosi weg, die Eltern morgens in der Bäckerei und abends hundemüde. Und ein Thema für die Eltern wäre das, was mich umtreibt, ja nun auch nicht gerade.

Warum bin ich so nervös, wenn sie in meiner Nähe ist? Das ist echt seltsam. Ich will sie berühren. Ich will sie küssen. Das macht mich richtig fertig. Und in der Schule scharwenzelt jetzt auch noch Uwe dauernd um sie rum, dieser verpickelte Angeber mit seinem Dauergrinsen im Gesicht, mit seinen gebügelten Hemden und den weißen Socken. Interessiert sich bloß für seine Noten und für sein Weiterkommen. Neulich wollte ich mit ihm über die Friedensbewegung diskutieren. Alles Spinner, hat er gesagt. Muss der sich ausgerechnet an Karin ranschmeißen? Zum Glück kann sie ihn auch nicht leiden. Das hat sie mir jedenfalls versichert. Aber was ist, wenn sie ihre Meinung ändert? Manchmal lächelt sie, wenn er sie anquatscht. Und ich könnte kotzen!

Nervös drehte sie den Stift zwischen den Fingern, blickte auf die Armbanduhr, stand auf und trat wieder ans Fenster. Karin kam über die Straße auf das Haus zu, und Annette sprang zum Tagebuch zurück.

Sie ist da! Sie kommt tatsächlich mit. Hoffentlich würge ich den Motor nicht ab. Hoffentlich hält das Wetter, reicht der Sprit, platzt kein Reifen. Ich werd irre! Ich muss los!

Sie schnappte sich ihren Umhängebeutel, den Kassettenrekorder und die Autoschlüssel, eilte aus dem Haus.

»Ich habe eine Straßenkarte mitgebracht«, sagte Karin zur Begrüßung und hielt sie hoch. »Nur für den Fall, dass wir uns verfahren.«

Das wäre mir auch egal, dachte Annette, nahm Karin in die Arme, drückte sie fest an sich. »Und ich habe Musik dabei.«

In the air tonight, schepperte Phil Collins aus dem Kassettenrekorder, der auf Karins Schoß lag. Das Band leierte ein bisschen, und Annette fiel ein, dass sie vergessen hatte, die Batterien auszuwechseln. Aber was machte das schon an diesem wundervollen Mittwochvormittag. Es herrschte nicht viel Verkehr auf den Straßen – die meisten Osterurlauber waren schon wieder zu Hause, die übrigen würden bis zum Ende der Woche bleiben, wohin es sie verschlagen hatte. Annette trommelte das Schlagzeugsolo mit den Fingern aufs Lenkrad und genoss das Lied, hatte keine Eile und kein Ziel, wollte einfach bloß fahren mit Karin neben sich, die ihre Straßenkarte studierte. Ein Huhn huschte vor dem Auto über die Fahrbahn, ein Wirt stellte die Stühle nach draußen in den Biergarten, und die Musik wechselte. *Crimson and Clover*, tönte es nun durch das Innere des Wagens.

»Wer singt das?« Karin legte den Kopf schräg, kniff die Lider zusammen und lauschte angestrengt, als mühe sie sich, den Text zu verstehen.

»Joan Jett«, antwortete Annette und wippte mit dem Kopf zu den Klängen der E-Gitarre.

»Joan? Das ist ein Frauenname«, stellte Karin verwundert fest.

»Ja.« Annette wurde es plötzlich heiß.

»Aber sie singt: ›But I think I could love *her*‹. Oder nicht?«

»D… Doch.« Annettes Finger trommelten nicht länger den Takt, hatten sich wie von selbst fest um das Lenkrad gelegt.

»Na so was – das ist verrückt.« Karin blickte wieder auf die Karte, als sie an eine Kreuzung mit Vorwegweisern kamen. »Hier ist eine Burg eingezeichnet. Wenn du rechts abbiegst, kommen wir direkt darauf zu.«

»Soll ich?« Annette setzte den Blinker und atmete erleichtert durch. Karin achtete nicht länger auf die Musik, und es gab auch keine neue Textzeile mehr. *Crimson and Clover. Over and Over.* Wieder und wieder und Schluss.

Ein leerer Parkplatz mitten im Wald, zwei Mark Eintritt und eine Wendeltreppe, die sich schier endlos in die Höhe zu schrauben schien. Annette war schwindlig, als sie oben ankam, sie hatte noch immer das Lied im Kopf und erst recht Karins Bemerkung über den Text. Der Wind pfiff durch die Zinnen des Burgturms, die Wolken jagten über den Himmel und sorgten für ein Spektakel aus Licht und Schatten.

»Hu, ganz schön stürmisch hier oben«, rief Karin und strich sich die blonden Strähnen aus dem Gesicht, schirmte mit einer Hand die Augen ab und blickte nach Süden. »Kann man Eschenreuth noch sehen?«

Annette trat dicht neben sie und sog den Duft ihres Parfums ein, Maiglöckchen vielleicht oder Rose. »Nein, ich glaube nicht. Das da hinten könnte der Kirchturm von Friederbach sein. Aber Eschenreuth kann ich nicht ausmachen.«

»Dann sind wir Weltreisende!«, witzelte Karin, breitete die Arme aus und ließ die Ärmel ihres Blousons im Wind flattern. Annette lächelte sie an. Wie ausgelassen Karin endlich einmal wieder war, auf eine Weise vergnügt wie nicht mehr, seit ihr Vater Lizzy getötet hatte.

»Weltreisende waren wir doch immer.« Annette holte den Fotoapparat aus dem Umhängebeutel. *Ritsch – ratsch – klick.*

Karin zog eine Grimasse in die Kamera, lachte, drehte sich um sich selbst, hob sich auf die Spitzen, nur für einen Augenblick, und schon verschwand das Lachen aus ihrem Gesicht und wich einem Schreck, einer Traurigkeit, als hätte ein Gedanke, eine Erinnerung sie auf den Boden zurückgeholt. Die Leichtigkeit war fort.

»Wir sind ja nie irgendwo gewesen«, sagte sie nun. »Immer nur Sylt mit den Eltern.«

Annette steckte den Fotoapparat wieder ein und sah die Bilder aus ihrem eigenen Urlaub vor drei Jahren vor sich. Ein einziges Mal hatten ihre Eltern die Bäckerei in den Sommerferien für zwei Wochen geschlossen. Mit dem Opel über den Brenner, der Vater mit Schlapphut im Wasser, die Mutter mit Kreuzworträtsel im Liegestuhl und sie selbst mit Rosi an der Eisbude. Eine schöne Zeit, aber auch nicht die wirklich große Reise, dachte sie. Die fand woanders statt.

»Weißt du noch, unsere Abenteuer mit dem Kastanienastflugzeug? Wir haben doch Fantasie. Sind wir nicht immer unterwegs zu unbekannten Orten?« Annette spähte durch die Schießscharten des Turms.

»Ich nicht«, antwortete Karin und trat neben sie. »Ich mag mir nichts ausmalen.«

Annette sah sie prüfend an. »Das musst du. Nur so kannst du rausfinden, was du wirklich willst.«

»Ich wusste, was ich wollte.« Karins Stimme hatte sich verändert. Schwer kamen ihr die Worte über die Lippen und klangen bitter.

»Du darfst den Mut nicht verlieren.« Annette schob ihr eine Strähne hinters Ohr. »Manches kriegst du, manches nicht.«

»Du hast leicht reden. Du weißt ja nicht, wie das ist, wenn man einen Traum begraben muss.« Karin schob sie beiseite, um selbst durch die Schießscharte zu blicken.

Annette ließ nachklingen, was Karin gesagt hatte. Die Musik aus dem Kassettenrekorder kam ihr wieder in den Sinn. »Warum findest du es verrückt?«, fragte sie.

Karin stutzte. »Hä? Was meinst du?«

»*Crimson and Clover*. Dass eine Frau es singt.«

»Na, hör mal, es geht um …« Karin sprach nicht weiter, legte die Stirn in Falten und sah Annette nachdenklich an, musterte sie mit ihren meergrünen Augen.

Annette zwang sich, dem Blick standzuhalten, und spürte, dass sie weiche Knie bekam. »Es ist nicht verrückt, Karin, es fühlt sich nicht so an.« Sie legte Karin den Arm um die Taille, näherte sich ihrem Gesicht, küsste sanft ihre Lippen, einmal, zweimal, öffnete sie mit ihrer Zunge.

Karin wich zurück. »Was tust du?«, raunte sie verwundert, aber sie klang nicht empört.

Annette blickte an Karin vorbei und schnappte nach Luft.

Zum ersten Mal in ihrem Leben wusste sie nicht, was sie sagen sollte, und sie hätte ohnehin nicht sprechen können. Das Chaos in ihrem Inneren schrie nach mehr und ermahnte sie zugleich, sich zurückzuhalten. Sie spürte noch immer Karins Mund, ihre Lippen.

Karin tastete nach ihrer Hand, streichelte ihre Finger. »Was dir aber auch immer einfällt«, sagte sie leichthin, als wollte sie die Bedeutung vertreiben, die über dem Augenblick lag, als wäre der Kuss nur ein Schabernack gewesen, ein wahnwitziger Einfall, eine Farce.

»Nicht«, sagte Annette. »Tu das nicht. Das hier ist kein Spaß.«

Karin wurde wieder ernst und drückte ihre Hand. »Ich weiß«, sagte sie, klang nun unsicher und scheu. »Nun also, wie ist das jetzt … mit deinem Mut?«

Sie schwiegen auf dem Weg nach Hause, allein die Musik durchbrach die Stille, bis die Batterien endgültig versagten. Ein Graupelschauer prasselte auf die Windschutzscheibe, hoffentlich wurden die Körner nicht größer, schlug nicht womöglich Hagel noch Beulen in die Karosserie, blieb die Windschutzscheibe heil. Annette fuhr schneller als zuvor und wünschte sich auf den Beifahrersitz. Wie sollte sie sich konzentrieren nach dieser halben Stunde auf dem Turm? Sie hatten sich geküsst, wieder und wieder und nicht aufgehört, lange und innig und atemlos. Weit oben, weit weg. Weltreisende. Wohin die Hände, wohin die Lust, auch Karins Lust, nicht nur die eigene, das hatte sie gespürt. Und nun war Stille. Und nun war Ratlosigkeit. Schon bald in Friederbach, schon bald wieder daheim. Karin faltete die Straßenkarte zusammen, faltete die Hände im Schoß. Wenn sie wenigstens plaudern würde. Irgendetwas. Übers Wetter, über den einsetzenden Berufsverkehr oder das alte Auto. Aber sie schwieg und hielt den Rücken gerade, blickte stur geradeaus.

Annette fuhr sie direkt bis vor die Villa, sah sie an, als der Wagen zum Stehen kam, und legte ihr die Hand auf den Arm. »Ist alles gut?«, fragte sie ängstlich.

Karin öffnete die Beifahrertür. »Ich weiß es nicht«, sagte sie und stieg aus.

Zweieinhalb Wochen lang nichts als Ungewissheit. Im Dorf gingen sie sich aus dem Weg, und Karin besuchte sie nicht mehr. Was denn los sei, fragten die Eltern. Gab es Streit? Gab es Ärger?

Gab es Leidenschaft?, fragten sie nicht. Die Leidenschaft fand ihren Platz in der eigenen Hand und in ihren Träumen. Die Ferien gingen zu Ende. Schnell füllte sich das Tagebuch.

Wie soll ich das ertragen? Wir sitzen nebeneinander im Bus, in der Schule. Und reden beide, als ob nichts gewesen wäre. Nichts gewesen!

Ich weiß nicht, was ich tun soll. Vielleicht hat sie doch recht. Das hier ist wirklich verrückt. Und ich liebe sie so sehr!

Karin spricht über die Hausaufgaben und ich über das Fernsehprogramm oder über Rosis Besuch am Wochen-

ende. Dabei kriege ich diesen Tag nicht aus dem Kopf, nicht aus dem Bauch. Wenn ich nur mit jemandem darüber reden könnte. Ich weiß ja inzwischen, dass es andere wie mich gibt. Aber wo sind sie? Und wie sind sie? Wo führt das alles noch hin?

Großes Drama. Weltuntergang. Karin hat sich mit Uwe verabredet. Sie wollen am 1. Mai zusammen auf das Fest gehen. Ich bin nur am Heulen. Sie hat gesagt, sie kann ihn nicht leiden. Warum tut sie das?
Warum tut sie mir das an?

Auf der Festwiese bauen sie schon das Zelt auf und auch die Buden und das Kinderkarussell. Papa und Mama wollen Kuchen verkaufen. Ich gehe nicht hin. Ich setzte mich ins Auto und fahre weit weg. Nach West-Berlin vielleicht. Da soll es eine Demo geben. Walpurgisnacht oder so. Und danach ein großes Fest nur für Frauen. Nur für Frauen! – das kann ich mir überhaupt nicht vorstellen, aber ich habe im Radio einen Bericht darüber gehört, rein zufällig, doch vielleicht sollte es so sein. Ich fahre nach West-Berlin und werde nicht an Karin denken, keine einzige Sekunde lang. Überhaupt nicht mehr. Soll sie doch machen, was sie will. Was geht es mich an.

Ich fahre nicht nach West-Berlin. Warum soll ich denn kampflos das Feld räumen? Ich weiß, dass es ihr gefallen hat auf der Burg, das war eindeutig. Warum zieht sie sich zurück? Und hängt sich an diesen Idioten. Nicht mehr lan-

ge, dann geht er zur Uni und tritt irgendeiner Burschenschaft bei. Ich sehe schon den Schmiss in seinem Gesicht. Der passt nicht zu Karin! Nein, ich gehe auf das Fest und scheuche ihn weg. Meine eigene Demo.

Hier.

Also dann, es geht los. Wenn Holger doch bloß da wäre! Er würde mich wahrscheinlich nicht verstehen, aber er wäre bestimmt auf meiner Seite.

Ich bin spät dran, aber bis eben waren ja noch die Blaskapellen zu hören. Jetzt spielen sie Musik vom Band. Und ich kriege Hunger, auch wenn ein riesiger Stein in meinem Magen liegt.

Die Schleifen am Maibaum flatterten im Wind, der ihr Schlagerklänge entgegenwehte.

Sie wurde langsamer. Vielleicht sollte sie sich diesen Zirkus lieber ersparen, sich schnell etwas zu essen holen und wieder verschwinden. Karin würde ja wohl von selber merken, dass Uwe nichts für sie war. Oder nicht?

Jetzt bloß nicht wankelmütig werden. Das hier hatte sie schließlich genau so erwartet. Sie streckte den Rücken durch und marschierte drauf zu.

Ein bisschen Frieden, sang Nicole.

Hatten die Briten nun schon losgeschlagen im Kampf um die Falkland-Inseln? Sie hatte heute noch keine Nachrichten gehört. Wenn es so war, tat es der Stimmung hier jedenfalls keinen Abbruch. Sie blickte über den Festplatz, sah die Schlange am Glücksrad, für das die Pharmafabrik das Geld für die Preise gespendet hatte, sah Girlanden und Luftballons und die Schießbude, an der junge Männer abdrückten und junge Frauen applaudierten, wenn Plastik spritzte und eine Rose fiel. Sie sah das Kinderkarussell. Buben in Trachtenjacken steuerten Cabriolets und läuteten die Glocke im Feuerwehrauto. Mädchen in Rüschenkleidern oder im Dirndl hielten dünne Zügel fest umklammert, ihre Lackschuhe baumelten an den Flanken der schwarzweiß gescheckten Pferdchen, auf denen sie hockten.

Im Kreis, immer im Kreis.

Sie begrüßte ihre Eltern, die keine Zeit hatten, mit ihr zu reden, weil der Andrang auch am Kuchenstand groß war. Sie holte sich eine Bratwurst und lehnte sich gegen einen Baumstamm, von dem aus sie einen guten Überblick hatte. Karin saß tatsächlich neben Uwe auf einer der Holzbänke. Sie trug eine himbeerrote Bluse, die seidig schimmerte und die Annette noch nie gesehen hatte. Ihr blondes Haar fiel offen auf ihre Schultern, und sie nickte viel, lächelte, wenn Uwe ihr etwas ins Ohr flüsterte, schaute in ihr Glas und sog ab und zu an dem Strohhalm, der darin steckte.

Annette hielt im Kauen inne, als sie Karin beobachtete. Dieses Mädchen, diese Frau da drüben kannte sie nicht. Mit dieser Karin war sie nicht durch die Kindheit getobt, herangewachsen, erwachsen geworden. Mit dieser Karin hatte sie keinen Ausflug gemacht. Was war das drüben für eine blöde Tussi!

Fünf Minuten sah Annette sich das an, würgte den letzten Bissen der Bratwurst hinunter, wischte sich die Hände an einer Serviette ab und beschloss, dass es ein Ende haben musste. Sie ging auf die beiden zu, aber als sie auf halbem Wege war, führte Uwe Karin zur Tanzfläche.

»*Sharazan …*«, raunten Al Bano & Romina Power.

Uwe schlang beide Arme um Karins Taille, und Karin lehnte ihren Kopf gegen seine Brust. Es war ein langsames Lied. Ein langweiliges. Es war das langweiligste Lied, das Annette jemals gehört hatte, träge kroch es dahin, öde und eintönig. Trotzdem schaffte der Typ es nicht einmal bei diesem simplen Rhythmus, den Takt zu halten. Er schob Karin hin und her, stolperte, blieb stehen, setzte aufs Neue an. Ihr Leben lang hatte Karin getanzt, geschwebt, geglänzt. Grazil hatte sie ihren Körper bewegt, elegant. Und nun ließ sie sich von diesem Stümper führen und lächelte nachsichtig, wenn er ihr auf die Füße trat.

Uwe und Karin tanzten weiter, ein Blues und noch einer, und Annette stellte sich derweil am Biertresen an. Als sie endlich an der Reihe war, wechselte die Musik. *Ja, wenn wir alle Englein wären,* tönte Frank Zander nun aus den Lautsprechern, und quietschende Frauen vollführten Flügelschläge auf den Bänken. Es war ein Juchzen überall, nur Karin und Uwe gingen zurück zu ihrem Platz, und als sie sich setzten, sah Karin sie am Tresen stehen, und ihre Miene verfinsterte sich augenblicklich. Uwe redete weiter auf sie ein und lachte, schien nicht zu merken, was vor sich ging.

Endlich war Annette an der Reihe. Sie bestellte ihr Bier und nahm es entgegen. Warum gab es keinen Ausdruck von Freude mehr in Karins Augen wie früher, wenn sie sich begegneten? Sie trank einen großen Schluck, fasste sich ein Herz und ging auf Karin zu.

»Na, amüsierst du dich?«, fragte sie bemüht sachlich. Es war noch ein Platz frei am Ende der Bank, aber sie blieb stehen.

»Was machst du denn hier?«, fragte Karin. »Ich dachte, du bist in West-Berlin.«

»Nein, ich bin nicht gefahren. Deinetwegen.«

»Ach Gottchen«, höhnte Uwe und legte Karin die Hand auf den Oberschenkel. Seine Augen waren trübe. Er wirkte ein bisschen angetrunken.

Karin sah verlegen in die Ferne. »Dann setz dich doch«, sagte sie und schob Uwes Hand weg. Er legte ihr seinen Arm um die Schultern, pustete ihr ins Ohr. Annette klemmte sich nun doch ans Ende der Bank. Sie schaute sich um, die Frauen schlugen noch immer mit den Flügeln, jemand haute den Lukas, die Männer von der freiwilligen Feuerwehr prosteten sich zu. Als das Lied leiser wurde und zu Ende ging, hörte sie das Schmatzen neben sich. Sie umfasste ihr Glas und sah nicht hin, beobachtete stattdessen ihre Eltern. Die Schlange am Kuchenstand wurde einfach nicht kürzer. Sicher machten sie ein gutes Geschäft. Vielleicht sollte sie hinübergehen und mithelfen. Sich nützlich machen. Irgendetwas tun.

Wieder schmatzte es.

»Heeeyyy Uwe«, witzelte die Stimme eines jungen Mannes hinter ihr, die sicher einem Freund von ihm gehörte.

Annette trank den nächsten Schluck und noch einen, stand auf und wollte fort, aber Karin hielt sie am Arm zurück. Annette drehte sich zu ihr herum.

»Willst du dir nicht auch jemanden suchen?«, fragte Karin leise, streichelte ihren Arm, schaute sie traurig an und vielleicht auch ein bisschen schuldbewusst.

Annette zuckte zurück, als wäre Karins Hand so giftig wie eine Kobra, die blitzschnell zugebissen hatte. Ein kurzer Schreck, ein einziger heftiger Schmerz, der durch ihren Körper blitzte. Und schon war alles vorbei.

Samstag, 15. November 2014, 12.48 Uhr

Endlich kam Jacob aus dem Wasser. Mit seinen dünnen Beinen rannte er auf die Decke zu, auf der Karin saß.

Mama, Mama, ich kann es ohne.

Seine Lippen waren richtig blau vom langen Baden. Er sah sie erwartungsvoll an, und mit den Fingern zupfte er beiläufig an dem winzigen Penis in der dunkelblauen Badehose. Pavel folgte ihm. Er hatte beide Schwimmflügel in einer Hand, das dunkle Haar klebte feucht an seinem Kopf, im Vollbart glitzerten die Tropfen, und seine Brust, seine Arme und Beine waren ein einziges nasses Fell auf sonnengebräunter Haut. *Große Klasse, ein Fisch könnte es nicht besser!*, rief er und tätschelte den strohblonden Schopf des Jungen. Und Jacob strahlte.

Sie betrachtete das glückliche Kindergesicht, hielt es fest, so lange sie konnte, bis es verblasste und im Auf und Ab der kurzen Wellen verschwand. Das Wasser schwappte im Weiher, die Angst schwappte unter ihrer Haut. Wenn die

Polizei das Handy ortete, hätte sie bald schon Gewissheit. Und es musste Jacob doch gutgehen. Wie Annette sagte, eine heimliche Liebesnacht und Gedankenlosigkeit in fröhlichem Übermut, so ohne Nachricht zu verschwinden. Alles würde sich aufklären. Es würde keine Spurensuche auf der Wiese geben und erst recht keine Taucher. Jacob konnte einfach nicht in eben jenem Gewässer ertrunken sein, in dem er das Schwimmen gelernt hatte. Er war ja wirklich ein guter Schwimmer. Und selbst wenn er eigenwillig sein mochte, gab es niemanden in der Gegend, der ihm etwas antun würde. Das Blut im Halstuch? Vielleicht war er mit dem Fahrrad gestürzt und hatte es deshalb am Baumstamm zurückgelassen. Jemand konnte ihn mitgenommen haben. Zu einer Party, wie es eben so ging.

Es gab eine einfache Erklärung. Sicher. Bestimmt.

Vielleicht sollte sie beten. Nicht so wie sonntags in der Kirche, wo die ganze Gemeinde gleichzeitig die Worte murmelte, die gerade an der Reihe waren, sondern allein, nur für sich und ihn da oben, wenn denn da jemand zuhörte. Wer konnte das wissen. *Gibt es den lieben Gott wirklich?*, hatte Jacob gefragt, damals, beim Osterfrühstück, während er die bunten Eierschalen auf seinen Kinderteller bröselte. Pavel hatte sich nachdenklich am Kopf gekratzt, und auch sie war nicht in der Lage gewesen, eine klare Antwort zu geben, wie der Junge sie sonst auf seine Fragen erhielt. Schließlich hatte sie gestottert: *Sicher, natürlich.* Ziemlich schwach musste sie geklungen haben, und so hatte Jacob auch die Oma gefragt und den Opa, Christian und die Verkäuferin an der Wursttheke, den Straßenfeger und die Mütter auf dem Spielplatz. Sie alle überrumpelte er mit der Frage, und sie alle stotterten denn auch, selbst der Pfarrer stutzte einen Augenblick, aber dann wurde er belehrend. *Zu glauben bedeutet, nicht zu wissen, aber wir glauben fest an die Mutter Maria, an Jesus Christus und an den Vater im Himmel.* Jacob war noch immer nicht zufrieden gewesen. Er schrieb mit noch wackeligen Buchstaben an Sascha in Spanien und erhielt statt einer Antwort ein neues Paar bunte Schuhe. Beim Sportplatz fragte er Holger, der bloß das Gesicht verzog und das Thema wechselte. Dann kam Annette zu Besuch, und Jacob wollte auch ihre Meinung wissen. Annette stotterte nicht. Sie schmunzelte, wie sie es immer tat, wenn ihr der Schalk im Nacken saß und sie die Chance witterte, ihre eigene Sicht der Dinge ins Spiel zu bringen. *Wenn es einen Gott gibt, hat er Stauffenberg ziemlich im Stich gelassen.*

Natürlich wollte Jacob danach wissen, wer denn Stauffenberg war, und wieder waren alle ins Stottern geraten, nur sein Opa diesmal nicht. *Ein Verräter*, hatte er gegrummelt, ohne von seiner Zeitung aufzusehen.

Lieber Gott, dachte sie und kam nicht weiter. Als Pharmakantin brauchte sie den Glauben nicht. Medikamente retteten Leben, chemische Prozesse linderten Depressionen, und das helle Licht nach dem Tod war nicht mehr als das letzte neuronale Flackern eines sterbenden Gehirns. Warum dann aber beten, wenn dieser Gott nicht nur Stauffenberg im Stich gelassen hatte? Schon einmal hatte sie es mit Beten versucht, aber der Vater hatte trotzdem weiter ihr Wachstum geprüft. Nicht ihre gefalteten Hände hatten seine von ihr ferngehalten, sondern der Sprung aus dem Fenster. Aber sie war auf der Wurzel gelandet, hatte sich verletzt, und der Vater hatte den Fuß eingegipst.

Nein danke, kein Gebet.

Es war Mittag, aber es war novembertrüb, und jeden Moment konnte es wieder anfangen zu regnen. Herbstkälte und Feuchtigkeit, doch sie saß auf einem nassen Stein und machte sich den Mantel schmutzig. Die Schuhe waren schon ruiniert. Sie wischte sie mit einem Taschentuch ab, Matsch und Nässe sickerten durch das schneeweiße Papier an ihre Finger.

Was würde Pavel denken, wenn er sie so sehen könnte? Ihr war der vorwurfsvolle Ton nicht entgangen, mit dem er sie am Telefon befragt hatte.

Seit wann ist Jacob weg? Warum erfahre ich das erst jetzt?

Sie hatte ihn anschreien wollen und es doch nicht getan, hatte die Wut für sich behalten, war höflich geblieben, als sie antwortete.

Weil ich dich nicht unnötig aus der Ruhe bringen wollte.

Es war nicht gelogen. Sie hasste seine Art, sich aufzuregen, das kurze Murren, wenn sie die Schonbezüge auf dem Sofa glatt strich, bevor er sich setzte, das Zucken seines Nasenrückens beim Anblick des Abziehers für die Kacheln im Bad. Pavel würde kommen und neben ihr im Bett liegen. Seit zwei Monaten hatten sie sich nicht gesehen. Würde er sie berühren wollen in dieser Situation? Tat er es überhaupt jemals wieder oder schlief er in Prag mit anderen Frauen?

Sie tastete nach dem Blister, den sie für außergewöhnliche Fälle immer in ihrer Manteltasche mit sich führte, befühlte die in Plastik gesperrten Rettungsringe. Es war noch nicht lange genug her, dass sie den letzten davon genutzt hatte, aber die Versuchung, einen weiteren zu Hilfe zu nehmen, war groß.

Wie kam Jacob dazu, ihr das anzutun! Ihr, die seine Windeln gewechselt, seine Windpocken betupft und seine Socken ordentlich zusammengelegt hatte. Blau und blau, braun und braun, jahrein, jahraus. Wenn er die Schublade mit den Süßigkeiten öffnete, konnte er sicher sein, die Trauben-Nuss-Schokolade zu finden, die er so gerne aß, es sei denn, er hatte das Maß verloren und brauchte ein paar Tage Pause von den Süßigkeiten. Wenn er mit einer Fünf nach Hause kam, konnte er sich darauf verlassen, dass sie die Nachhilfestunden arrangierte. Er konnte auf sie zählen. Nichts war unvorhersehbar in seinem Leben, keine Katastrophen, keine bösen Überraschungen. Sie ballte die Hand in der Tasche um den Blister herum zur Faust, drückte die scharfen Kanten ins Fleisch.

Das Dorf ist schuld, entschied Pavel gewöhnlich, wenn es Probleme gab. Wie vorsichtig er sich ausdrückte. Glaubte er denn, er könnte mit dieser diplomatischen Formulierung verbergen, dass er sie aus der Heimat weglotsen wollte? Schon das Haus lag ihm zu dicht bei dem ihrer Eltern. Nichts hatte er jemals von ihnen annehmen wollen – nicht den Zuschuss zum Kaufpreis des Grundstücks, nicht die Hilfe, als Jacob zur Welt gekommen war. Schon damals hatte er sie bedrängt, mit ihm fortzugehen. Aber sie war nun einmal keine Weltenbummlerin. *Dann sind wir Weltreisende*, hatte sie einst zu Annette gesagt, vor langer Zeit im berauschenden Gefühl der Freiheit in der Frühlingsluft, und das Ganze war nicht gut ausgegangen. Nein, sie wollte nicht fort, konnte nicht fort, aber Pavel gab keine Ruhe. Wie hatte er sie bekniet, als das Angebot seiner Firma gekommen war. Leben und arbeiten in Prag. Ein neuer Anfang, eine Chance für sie beide, für Jacob ein weiterer Horizont als in Eschenreuth. Was für große Worte! Er war euphorisch geworden, aber sie hatte den Kopf geschüttelt und geschüttelt und wieder geschüttelt. Jacobs Schule. Die Eltern. Das Haus. Sie hatte sich die Ohren zugehalten, um sein Flehen nicht hören zu müssen, aber er hatte ihr die Arme beiseite gedrückt. *Komm mit! Bitte!*

Dieses Gezerre von allen Seiten – Pavel will dies, der Vater will das, die Mutter steht ihm zur Seite. Es war ein einziges Hin und Her seit dem ersten Tag ihrer Ehe. Ein Sommer auf Sylt und der nächste im Riesengebirge. Das Segelschiff über dem Fernseher hängen lassen und Pavel den Kandinsky schenken, den er so sehr liebte. Wie gut erinnerte sie sich an dieses Drama zu Pavels vierzigstem Geburtstag, als der Vater ihm ein Gewehr aus seiner Waffensammlung schenkte. Der Vater legte es ihm in die Hand und strich über den Lauf, als wäre es ein fühlendes Wesen, ein Freund, ein Vertrauter. Vor allen anderen zeigte er Pavel den Umgang damit, wie er es einst auch bei Christian und Sascha getan hatte. Drei Mal in ihrem Leben dieses Schauspiel, und sie war das Publikum. Drei Mal hatte sie zugesehen. *Laden, entsichern, zielen. Und Schuss.*

Und Schuss, bei Christian.

Und Schuss, bei Sascha.

Und Schuss, bei Pavel.

Jedes Mal hatte sie Lizzy am Boden liegen sehen, das rotbraune Fell durchlöchert, die Kulleraugen starr. Auch seine Worte waren ihr dann wieder in den Sinn gekommen. *Manchmal muss man das Unvermeidliche tun.*

Christian liebte sein Gewehr bis heute. Sascha hatte seines an einen Sportschützen verkauft, als er nach Spanien ging. Und Pavel hatte ihr sein Gewehr noch an diesem fürchterlichen Geburtstag in die Hand gedrückt, kaum dass der Vater gegangen war. *Schaff das weg, ich will so was nicht im Haus haben.*

Und wieder dieses Hin und Her zwischen den Wünschen. Sie hatte ihn angefleht, es zu behalten um des lieben Friedens willen. Er hatte zynisch gelacht. *Ein Gewehr behalten um des Friedens willen?* Sie redete auf ihn ein und bettelte, und als er nicht nachgab, log sie ihn schließlich an. Ja, sie habe dem Vater das Gewehr zurückgegeben, versicherte sie ihm, als sie es im Keller versteckt hatte, getrennt von der Schachtel mit den Patronen, die hinten in dem Schrank lag, in dem sie ihre Ware lagerte. Und es war Ruhe.

Wann immer es Meinungsverschiedenheiten gab, hatte sie sich bemüht, die Wogen zu glätten, auch damals, als Jacob den Kita-Platz bekam und sie zurück zu ihrer Arbeit wollte. Das Pharmaunternehmen hätte sie wieder genommen und ihr sogar Aufstiegsmöglichkeiten eröffnet, aber sie hatte überhaupt keine Chance gehabt, sich zu fragen, was sie selbst eigentlich wollte.

Meine Tochter muss nicht arbeiten, entschied der Vater.

Sie versauert doch auf Dauer ohne Job, entgegnete Pavel.

Über ihren Kopf zankten sich die beiden Männer, bei jedem Sonntagskaffee nahm der Streit an Schärfe zu. Dann der Gipfel.

Verknöcherter Patriarch.

Noch heute sah sie das Gesicht der Mutter, als Pavel den Vater so nannte, ihre Augen zu Schlitzen verengt, der Mund nur ein Strich. Und der Kiefer des Vaters mahlte. Sie fürchtete, dass er das ganze Haus zusammenschreien würde, aber er sprach so leise, dass er gerade noch zu verstehen war.

Man hört den Slawen heraus, wenn du Patriarch sagst.

Ein Zischen bloß. Blitze statt Donner, Nadelstiche statt Granaten.

Am nächsten Tag hatte sie die Anzeige des Kosmetikvertriebs in der Zeitung gelesen. *Arbeiten von zu Hause aus. Freie Zeiteinteilung. Freundliches Auftreten und gepflegte Erscheinung Bedingung.*

Ein Anruf nur, und es war wieder Ruhe. Sie hatte alle besänftigt. Die Bühne ist breit. Links sitzt das Publikum und rechts und in der Mitte. Du musst sie alle bedienen – lächeln, lächeln, federleichte Sprünge.

»Ist dir nicht kalt?«

Karin erschrak, als sie die Frage hörte. Sie hatte nicht bemerkt, dass Annette auf sie zugekommen war.

»Was spielt das für eine Rolle?«, antwortete sie. Tatsächlich fror sie nicht, obwohl sie sich in der Eile ihres Aufbruchs einen viel zu leichten Mantel angezogen hatte, keinen Schal trug und auch kein Tuch.

»Wir sollten zurückfahren.« Annette schnippte die Asche ihrer Zigarette ab, trat von einem Fuß auf den anderen. »Hier gibt es nichts mehr zu tun.«

»Die Polizei hat von Tauchern gesprochen«, sagte Karin und sah Annette bang in die Augen.

»Ja, ich weiß, Holger hat es mir erzählt. Aber dazu wird es sicher nicht kommen.«

Karin wandte den Blick wieder auf das Wasser. Was war los mit Annette? Sie blieb so sachlich und distanziert, als ginge sie das alles nichts an. »Machst du dir gar keine Sorgen?«

»Doch, natürlich. Aber ich weigere mich, vom Schlimmsten auszugehen. Und als Holger vorhin anrief, wollte ich dir eigentlich etwas in Jacobs Zimmer zeigen. Da ist jemand auf seinen Fotos. Ich will wissen, wer das ist.«

Karin nickte schwach. Annette wollte noch immer alles wissen. Jetzt kehrte sie wieder die Detektivin hervor wie früher, wenn sie am Abend *Aktenzeichen XY ungelöst* gesehen hatte. Dann stromerten sie tags darauf alle drei bei Wind und Wetter durch die Wälder, und Annette durchkämmte das Laub und den Schnee mit einem abgebrochenen Ast auf der Suche nach Spuren. Karin durfte diese Sendung nicht sehen, und Holger hatte keinen Fernseher daheim, aber Annette schilderte ihnen die Fälle, die dort behandelt wurden, in allen Einzelheiten, malte sich aus, wie es wäre, wenn sie selbst einmal einen Toten fände, eine Tote besser gesagt, denn die Toten bei *Aktenzeichen XY ungelöst* waren nach ihren Worten fast immer Frauen. Meistens waren sie irgendwo, wo sie besser nicht gewesen wären – im Park, in einer Diskothek oder an einer Bushaltestelle. Die Kamera zeigte sie dort fröhlich und unbeschwert, dann verschwamm das Bild, und in der nächsten Einstellung lag nur noch ein Stöckelschuh irgendwo im Unterholz oder eine leere Handtasche schwamm in einem Bach. Karin hatten die Nackenhaare zu Berge gestanden. Die Eltern hatten ihr gar nicht verbieten müssen, diese Sendung zu gucken – sie hätte es ohnehin nicht getan.

Sie nickte noch einmal und kräftiger. Die Toten in *Aktenzeichen XY ungelöst* waren fast immer Frauen, und Jacob war inzwischen so ziemlich ein Mann. Er konnte im Park sein und im Wald, in einer Diskothek und auch an der Bushaltestelle. Sie musste sich nicht sorgen. Tatsächlich hatte sie sich über so etwas kaum jemals ernsthafte Gedanken gemacht, wenn er unterwegs war. Bei einem Mann verschwamm das Bild doch nicht. Ein Mann würde nicht tot auf dem Grund eines Weihers liegen. So etwas hatte sie noch nie gehört.

Sie erhob sich langsam und prüfte, ob ihre Beine sie trugen.

»Also gut«, sagte sie und hakte sich bei Annette ein, »schauen wir mal, was du entdeckt hast. Fahren wir nach Hause.«

Samstag, 15. November 2014, 13.07 Uhr

Holger stellte das Moped auf dem Parkplatz vor der Sportanlage ab, riss sich den Helm vom Kopf und las die Kennzeichen der Autos, die schon eingetroffen waren. Höchste Zeit, dass er kam, die auswärtigen Wagen gehörten sicher den Spielern des gegnerischen Teams, und wie sah es denn aus, wenn er nicht da war, um sie zu begrüßen. Er eilte ins Haus und schloss die Umkleidekabinen auf, vergewisserte sich, dass alles bereit war, genug Papier in den Toiletten, ein Fläschchen Flüssigseife auf jedem Waschbecken, der Duschraum geheizt. Schon lief er wieder nach draußen. Beim Imbiss standen die jungen Männer in Grüppchen zusammen, trugen Trainingsjacken und Dreitagebärte zur Schau, frotzelten und lachten.

»Grüß Gott, Sie können sich jetzt umziehen, wenn Sie wollen«, begrüßte er die Jungs, nickte Barbara zu und wischte sich den Schweiß von der Stirn. Die Spieler schlenderten auf das Sporthaus zu, eine Stunde noch bis zum Anpfiff, da blieb noch Zeit für einen Schwatz, für ein bisschen Prahlerei und für eine Portion Pommes rot-weiß. Sie aßen tatsächlich Pommes frites vor dem Spiel und sie rauchten, na ja, das kannte Holger schon, es waren eben Freizeitkicker. Warum dann aber diese Verbissenheit?, fragte er sich, während er sie davonziehen sah, warum das Grätschen und Pöbeln auf dem Platz und die Unflätigkeit? Er hatte keine Zeit, darüber nachzudenken, wollte die Tornetze holen, wollte den Jungs hinterher, die sie noch waren mit in den Kniekehlen hängenden Jeans und mit dem verzweifelten

Bemühen, ihre Stimmen möglichst tief klingen zu lassen, wenn sie miteinander sprachen.

»Jetzt warte doch mal!«, rief Barbara ihn zurück, und er machte auf dem Absatz kehrt.

»Wo kommst du denn her?«, fragte sie, als er wieder vor ihr stand. »Und was ist los mit dir? Du bist ja völlig durch den Wind.«

Unschlüssig trat er von einem Bein auf das andere. Allzu gerne hätte er Barbara die Geschichte von Jacob erzählt, sie um Rat gefragt, ihre Meinung gehört, aber es ging ja nicht wegen Karins Heimlichtuerei. Was Karin betraf, kam er sich doch manchmal wie ein Pfarrer vor, immer musste er schweigen über das, was sie ihm anvertraute, ein Schweigen wie im Beichtstuhl. *Sag nichts den anderen, du weißt ja, das Gerede, das Dorf.*

»Keine Zeit, ich erzähle es dir ein andermal«, wich er aus und war froh, einen Vorwand zu haben. »Ich muss noch die Netze in die Tore hängen.«

»Ach was!« Barbara legte ein paar Würstchen auf den Grill. »Das können doch die Ersatzspieler erledigen. Die müssen sich ja nicht aufwärmen.« Sie lächelte ihn an und war die Ruhe selbst. Das CD-Radio dudelte leise im Hintergrund. *Ich war noch niemals in New York.* Einmal mehr hörte Barbara Udo Jürgens, die immer gleichen und doch endlos vielen Lieder, sie besaß wahrscheinlich eine Best-of-Box mit fünf, sechs oder sieben CDs.

»Nein, lass mal, ich mach das schon«, antwortete er und lächelte zurück. »Das ist ja schließlich mein Job.«

»Ja, so ist es«, sagte sie gedehnt, und ihre Augen funkelten stolz. Er sah zu, wie sie im Takt mit dem Kopf nickte und ihre Locken dabei wippten. Es war nicht nur dieselbe Musik, es war auch dieselbe Frisur wie damals, dachte er und zog los, begrüßte den Schiedsrichter und ging in den Geräteschuppen, um zunächst einmal die Bälle aufzupumpen.

Ich war noch niemals in New York. Das Lied ging ihm durch den Kopf und wollte sich nicht vertreiben lassen, den Text kannte er auswendig, ob er wollte oder nicht, zu oft war er über den Platz geschallt, hatte er sich in seine Ohren gedrängt, heute, gestern und damals schon. Seit zwanzig Jahren Udo Jürgens, was für ein Graus. Er versuchte sich zu erinnern, welches das erste Lied war, das er gehört hatte, als er zurückgekommen war. Es fiel ihm nicht ein, aber all die Jahre kamen ihm in den Sinn, während er pumpte – das Fortgehen, seine Wanderschaft, der schwierige Weg zurück.

Er hatte in Berghöhlen auf Kreta geschlafen, auf Sizilien Zitronen geerntet, den Lavendel in der Provence gerochen und zuletzt die Gesichter der Touristen auf den Champs-Élysées gezeichnet. Zwölf Jahre lang hatte er den Nebel in den Hügeln nicht vermisst, nicht den Duft von Laugenbrezeln und auch nicht den Klang des Oberpfälzischen in den Gesprächen der Menschen im Dorf. Er hatte die Einsamkeit gesucht und gefunden. Manchmal schrieb er eine Ansichtskarte an Karin, manchmal auch eine an Annette. Er dachte sich zwar, dass auch sie nicht in Eschenreuth geblieben war, aber ihre Eltern würden ihre Post bestimmt an sie weiterleiten. So schrieb er den beiden Freundinnen, gab aber nie einen Absender an. Er wollte keine Nachrichten von zu Hause erhalten. Er wollte allein sein mit der Landstraße, mit dem Anblick der Häuser am Wegesrand und selbst mit dem Trubel von Paris. So jedenfalls hatte er es geplant. Aber in der Stadt an der Seine war es anders gekommen.

Sie hieß eigentlich Martine, aber in dem kleinen Bistro, in dem sie bediente, nannten sie alle nur Coco in Anspielung auf ihr teures Parfum. Tatsächlich roch sie umwerfend, und sie war der Grund, warum er regelmäßig ins öffentliche Schwimmbad ging, um zu duschen. Ihretwegen zeichnete er besser denn je, und ihretwegen lief er rot an, wenn sie sich über ihn beugte, um seine Bilder zu betrachten. Auch Coco zeichnete er – ihre dunkle Haut, die Rastalocken, rabenschwarz bis auf eine, die ihr flammendrot in die Stirn fiel; das lebensfrohe Lachen, bei dem sie den Kopf in den Nacken warf, die glitzernden Ohrstecker, den schlanken Hals und die pfirsichgroßen Brüste, die sich unter ihrem T-Shirt abzeichneten. Mehr als einmal saß er am Ufer des Flusses und stellte sich vor, wie sie zusammen in der Sonne lagen oder in einem Touristenlokal Champagner tranken, in dem Amerikaner Muscheln aßen und Deutsche sich beschwerten, dass das Besteck nach dem Spülen nicht poliert worden war. Aber dann hupte irgendwo ein Auto und holte ihn in die Wirklichkeit zurück. Er aß und trank im Café, sie bediente die Gäste und zwinkerte ihm zu. Aber das mit der Liebe konnte er nicht. Manchmal kam es ihm vor, als lebte noch der Pfarrer, der er hatte werden wollen, in ihm, als schlüge ihm noch seine Oma auf die Finger, als riefe ihm die Mutter aus dem Grab eine Ermahnung zu. Er saß im Bistro und beobachtete Martine, aber er sprach sie nicht an.

Bis es eines Tages Martine war, die ihn einlud, mit ihm spazieren zu gehen. Er konnte es selbst kaum glauben, wie zögerlich er einwilligte, und er bemerkte, wie gekränkt sie deswegen war. Dennoch kamen sie sich näher. Kein Champagner in Touristenlokalen, kein Dösen in der Sonne, und ihre Geschichten behielten sie für sich. Aber sie lachten miteinander, schliefen miteinander, und Martine bot ihm an, bei ihr einzuziehen. Sie schaffte Platz in ihrem Kleiderschrank, aber er ließ seinen Pullover auf dem Stuhl neben ihrem Bett liegen. Sie befestigte ein Schild mit seinem Namen an ihrem Briefkasten, aber er nahm es wieder ab, weil er ja doch keine Post bekam.

Wir könnten Kinder haben, sagte Martine eines Morgens im Bad, völlig unvermittelt, während sie sich schminkte. Er hielt beim Rasieren inne, und wieder war da dieser gekränkte Blick in ihrem Spiegelbild, als er schwieg. Sie ging zur Arbeit ins Bistro, und er nahm seinen Pullover vom Stuhl und lief davon.

Er roch ihr Parfum auf dem Weg zurück nach Eschenreuth, hörte ihr Lachen und fühlte die pfirsichgroßen Brüste unter seinen Händen, die sicher größer geworden wären im Laufe einer Schwangerschaft. Er wollte umkehren. Einen kurzen Moment lang stellte er sich vor, wie er ein Baby auf einer Neugeborenenstation begutachtete, wie er zu Martine ins Zimmer trat, die fest schlief nach den

Strapazen der Entbindung. Farbige Bilder reihten sich zu einem Film mit Happy End. Was aber, wenn etwas schiefging? Klebte ihm nicht das Pech an den Stiefeln? Die Angst drückte sich wie ein Kissen auf sein Gesicht und nahm ihm die Luft. Sie erstickte dieses Baby, das nie geboren wurde. Sie erstickte auch das Leben mit Martine.

Karin freute sich über seine Rückkehr, Annette war nicht da, und die alten Nachbarn beobachteten ihn, misstrauisch die einen, freundlich die anderen, die fragten, wo er so lange gewesen war. Er wollte nicht bleiben, nur einen Sommer lang im badewarmen Weiher schwimmen, den vertrauten Duft in den Wäldern einatmen, bis die Blätter wieder fielen und es dunkel wurde im Dorf zwischen Trauergottesdiensten und den Erinnerungen aus seiner Kinderzeit. Der alte Pförtner aus der Kurklinik war inzwischen Platzwart auf dem Sportgelände. Er bot Holger an, im Geräteschuppen auf den Matten zu übernachten, und Holger richtete sich dort ein. Es gab auch einen Imbiss neben dem Spielfeld. *Bei Barbara* stand auf dem zinnoberroten Wagen. Die resolute Frau mit dem üppigen Busen und der wilden Lockenpracht duldete keine Widerrede und verköstigte ihn umsonst.

Als Karin heiratete, versammelte sich das halbe Dorf zuerst in der Kirche und anschließend im *Goldenen Hirschen*; ärmellose Kleider mit Paillettenbesatz, nagelneue Anzüge, weiße Hemdkragen und perfekt gebundene Krawatten. Er hatte nur seine abgetragene Jeans und wollte niemanden bitten, ihm etwas Passendes zu leihen. *Komm trotzdem*, sagte Karin. Er glaubte, sie wollte nur höflich sein, lud ihn nur ein, weil sie sich seiner Absage sicher sein konnte, wusste sie doch, dass er ihren Vater fürchtete wie niemanden sonst. Aber er hatte sich geirrt. Karin stahl sich fort von der Gesellschaft, kam zu ihm in den Geräteschuppen mit Torte und Tafelspitz. Eine Brautentführung ohne Entführer, sagte sie und zerdrückte ein paar Tränen, weil Annette nicht zu ihrer Hochzeit erschienen war und weil sie beide auf einer Turnmatte sitzend mit den Fingern aßen. So anders hatte sie sich diesen Tag gewünscht, jammerte sie. Holger hätte es sein sollen, der sie traute, und Annette es bezeugen. Sie schwiegen miteinander, denn es gab nichts zu sagen. Es gab nur die lange vergangene Zeit, die sie geteilt hatten bis zu dieser Stunde im Geräteschuppen: Abenteuer auf dem Pausenhof der Schule, ungezählte Treffen an der Bushaltestelle, Spurensuchen im Wald, die Nähe zwischen ihnen, das Auseinandergehen. Er zeichnete im dämmerigen Schein der Deckenbeleuchtung ein Bild von Pavel und Karin und Annette und ihm selbst vor dem Traualtar, eine Skizze bloß, mit Bleistift und auf dünnem Papier, ließ Form annehmen, was sie sich wünschte. Es war sein Hochzeitsgeschenk. Sie wusste nicht, wie sie es in ihre winzige perlenbesetzte Handtasche hineinbekommen sollte, ohne es zu knicken. Als die Meute schon zu hören war mit Akkordeon und Trompete, faltete sie es schließlich doch zusammen. Gejohle, als die Tür aufging, Gedränge im Geräteschuppen, und Pavel schwor Karin seine ewige Liebe. Sie ging mit der Gesellschaft fort, und halbleere Teller blieben zurück, angebissene Scheiben Fleisch in Meerrettichsoße.

Er half dem alten Platzwart, schlug die Startblöcke ein und glättete den Sand in der Weitsprunggrube, während vom Imbiss her die Musik über den Sportplatz schallte. *Griechischer Wein.*

Anfangs kam Annette nicht zu Besuch. Als Karin ihr am Telefon erzählte, dass er zurückgekommen war, schrieb sie ihm regelmäßig, schwärmte in ihren Briefen von Frauen mit streichholzkurzem Haar, von Kinofilmen, die er nicht kannte, und von Büchern, von denen er noch nie gehört hatte.

Und Karin wurde schwanger.

Und Jacob kam zur Welt.

Annette erschien zur Taufe und kam fortan wieder öfter nach Eschenreuth. Jacob saß im Buggy am Spielfeldrand, und Holger stand daneben und passte auf, dass kein Ball ihn traf. Jacob lernte auf der schmalen Aschenbahn das Laufen, das Rennen, und Holger hielt ihn fest, ließ ihn los, stoppte bald schon seine 100-Meter-Leistung. Jacobs Beine wurden länger und die Sprintzeiten kürzer. Als der alte Platzwart seine Arbeit aufgab, legte Barbara sich ins Zeug, damit Holger die Stelle bekam. So zog er vom Geräteschuppen in die Einliegerwohnung um. Von nun an bezahlte er seine Würstchen am Imbiss, und Barbara klopfte an seine Tür, wenn sie Feierabend hatte. Wenn er sie ließe, würde sie sicher auch über Nacht bleiben. Aber er ließ sie nicht. Er ließ keine.

Manchmal schwor er sich, daran etwas zu ändern. Es war ein leeres Nest, in das er gezogen war, mit Türen, die er schließen, und Fenstern, die er öffnen konnte, wann immer er wollte. Er hatte die Wände gestrichen, die Verstopfung in den Rohren beseitigt und die gesprungene Fensterscheibe auswechseln lassen. Mit dem ersten Lohn in der Tasche war er in die Stadt gefahren, um sich ein Bett zu kaufen. Wie breit es denn sein solle, hatte der Möbelverkäufer ihn gefragt, und Holger hatte die Erregung gespürt vor dem, was da kommen konnte. Einen Meter sechzig hatte er gewählt, mit einer durchgängigen Matratze. Er hatte einen Zweitschlüssel für die Wohnung anfertigen lassen, hatte Rasierwasser benutzt und einen Vorrat angelegt – Kerzen und Kondome.

Die Matratze war inzwischen ungleichmäßig durchgelegen. Der Zweitschlüssel hing am Brett neben der Tür und verströmte die Trostlosigkeit eines verwesenden Kadavers in der Wüste. Die Kerzen hatten immerhin einen Stromausfall überbrückt, und die Kondome hatte er einem Burschen aus der B-Jugend geschenkt.

Martine hatte er erst nach Jahren geschrieben. Der Brief hatte sie erreicht, aber ihre Antwort war knapp ausgefallen. Sie habe seine Bilder verkauft, sie habe nicht gewusst, wohin sie sie hätte schicken können, und sie habe den Platz gebraucht. *Für einen Mutigeren.*

Das Klacken der Stollen auf dem Fußboden im Kabinengang holte ihn aus seinen Gedanken. Er gab die Bälle heraus, lud die Tornetze in eine Schubkarre und zog damit los; er hatte mehr Mühe als gewöhnlich, sie zu befestigen. Auch vom TSV waren die meisten Spieler inzwischen eingetroffen, nur Philipp hatte er noch nicht gesehen. Er blickte auf seine Uhr und wunderte sich. Schon beinahe zwei, nur noch eine halbe Stunde bis zum Anpfiff. Wo blieb der vorlaute Torwart, der sonst immer einer der Ersten war?

Der Schiedsrichter prüfte die Netze und war zufrieden. Die Tore waren bereit, aber wo war der Torwart? Noch immer hatte Holger Philipp nicht gesehen. Er schob die leere Schubkarre am Imbiss vorbei. *Ich wünsch dir Liebe ohne Leiden.* Barbara sang mit.

»Spielt die 2. Liga heute nicht?«, fragte Holger sie verwundert. »Muss doch schon angefangen haben.«

Barbara schüttelte den Kopf. »War doch ein Länderspiel gestern.«

Das Lied klang aus, das nächste setzte ein, als Bauer Götzl auf den Imbiss zukam. *Der Teufel hat den Schnaps gemacht.*

»So ist es wohl«, sagte Götzl und lachte. »Dann gib mir mal einen, Barbara.« Er nahm den Flachmann entgegen und öffnete ihn. »Prost!«

Holger brachte die Schubkarre zurück in den Geräteschuppen, und als er sie eben absetzte, zeigte ein kurzes Surren ihm an, dass er eine SMS bekommen hatte. Er holte sein Handy aus der Hosentasche und schaute aufs Display.

Von Jacob!

Na endlich, na also, dachte er und drückte eine Taste, um die Nachricht abzurufen. Aber da gab es nichts zu lesen. Nur ein Symbol erschien, vielleicht für eine Datei, die sich aber nicht öffnen ließ. Was hatte das nun wieder zu bedeuten? Jacob wusste doch, wie alt sein Handy war. Warum schickte er ihm so ein modernes Zeug? Er blickte sich um, wollte jemanden um Hilfe bitten und wusste doch, dass es sinnlos sein würde mit dem Museumsstück in seiner Hand. Wieder sah er auf die Uhr. Viertel nach zwei, noch fünfzehn Minuten. Sobald das Spiel anfinge, würde er zu Karin hinüberlaufen. Vielleicht konnte man die Nachricht irgendwie auf ihr topaktuelles Smartphone umleiten. Er hatte keine Ahnung, wie so etwas ging, aber bestimmt gab es da eine Möglichkeit. Und vielleicht sollte er sie schon mal verständigen. Er hatte den Finger bereits auf ihrer Nummer, als er zögerte. Eine Viertelstunde und dann noch mal zehn Minuten, bis er bei ihr war. Eine lange Zeit war das, für Karin auf jeden Fall. Vielleicht war Jacob ja längst zu Hause. Oder er kam gleich zum Sportplatz, um das Spiel zu gucken. Jedenfalls wäre es besser, ohne Vorankündigung bei Karin aufzutauchen. Diese Dose auf dem Regal in ihrer Küche fiel ihm ein. Musste er ihr denn ein banges Warten antun, indem er die unlesbare Nachricht ankündigte? Nein, besser nicht.

Er steckte das Handy ein und ging wieder zum Spielfeldrand. Die Mannschaften hatten das Aufwärmen beendet und standen um ihre Trainer herum, die ihnen Anweisungen gaben. Plötzlich ein Aufschrei aus dem Team des TSV. Philipp kam auf den Platz gerannt, hatte die Torwartkleidung schon an und gesellte sich zu ihnen, steckte mit seinen Freunden die Köpfe zusammen. Er deutete mit dem Daumen nach oben, und Nummer sechs und Nummer acht lachten und knufften ihn. Anerkennend, wie es schien.

Holger runzelte die Stirn. Solche Szenen kannte er nur zu gut. Früher war es Thomas gewesen, der den Daumen nach oben reckte, und seine Freunde hatten sich bestens amüsiert. Wenn solche Typen zufrieden waren, war irgendjemandem fürchterlich mitgespielt worden. Was, um Himmels willen, war da los?

Der Schiedsrichter pfiff die Spieler zur Seitenlinie, damit sie auflaufen konnten. Holger hatte es sehr eilig, zu Karin zu kommen.

»Ich bin zur Halbzeit wieder da!«, rief er Barbara zu, die gerade einen Cheeseburger über den Tresen reichte, direkt in die Hände einer Frau, die Holger in der letzten Woche jeden Tag gesehen hatte, wenn sie mit ihrer Walkinggruppe aus der Kurklinik unterwegs gewesen war.

Götzl knallte den leeren Flachmann auf den Tresen. »Stell dir das mal vor«, sagte er auf eine Weise zu Barbara, als wollte er etwas, das er gerade eben erzählt hatte, mit einem Ausrufungszeichen versehen. »Alles voller Kotze!«

Holger lief los und ärgerte sich. Was hatte Götzl hier zu suchen, wenn eines seiner Tiere krank war? Oder hatte der Bauer sich selbst übergeben? Prahlte er womöglich mit seinem letzten Besäufnis und dessen Folgen?

Der Anpfiff schallte durch die dörfliche Stille, als Holger schon auf der Straße war.

Samstag, 15. November 2014, 14.05 Uhr

»Sieh doch – hier.« Mit dem Löffel in der Hand deutete Annette auf den digitalen Rahmen. Das aktuelle Bild wechselte. »Und hier auch. Später kommen noch mehr

Fotos mit diesem Typen. Wer ist das?« Sie kratzte die Schale mit dem Müsli aus, das sie sich angerührt hatte, nachdem sie zurückgekommen waren.

»Das ist Philipp«, antwortete Karin, die nichts hatte essen wollen und nun mit ihr in Jacobs Zimmer gekommen war. »Aber nein, ich glaube nicht, dass Jacob mit ihm befreundet ist. Das ist ein ziemlicher Rüpel.«

»Philipp?« Annette betrachtete die Fotos genauer. »Der Sohn von Thomas? Der Torwart? Ich glaube, Holger hat von ihm erzählt.«

»Ja, das kann sein. Holger hatte vor einer Weile Ärger mit ihm. Ich sage es ja, ein unangenehmer Zeitgenosse. Ich kann mir nicht vorstellen, dass Jacob sich mit dem gut versteht.« Karin setzte sich aufs Bett.

Annette sah es und wunderte sich. Ihre pingelige Freundin setzte sich mit derselben Hose aufs Bett, mit der sie eben noch draußen auf dem Stein gehockt hatte? »Du musst hundemüde sein«, sagte sie sanft. »Willst du dich nicht ein bisschen hinlegen?«

Sofort sprang Karin wieder auf, als hätte man sie bei etwas Ungehörigem ertappt. »Nein, lass nur, es geht schon.«

Annettes Handy meldete den Eingang einer Nachricht, und beinahe im selben Moment ertönte auch von unten im Flur her gedämpft ein Signal. Annette stellte die Müsli-Schale ab und zog ihr Handy aus der Hosentasche. »Von Jacob!«, rief sie und spürte, wie ihr die Aufregung ins Blut schoss. Sie rief die Nachricht auf, aber anstelle eines Textes startete ein Videofilm, auf dem Jacob in die Kamera sprach. Sein Blick war ernst, die Wangen gerötet, sein Atem dampfte. Das Video musste irgendwo im Wald aufgenommen worden sein, auf einem Hochsitz vielleicht, denn im Hintergrund waren schneebedeckte Wipfel zu sehen.

Mama, Paps, ich will euch was sagen. Keine Ahnung, wie ich das rausbringen soll. Jacob fuhr sich mit den Fingern durchs Haar. *Ich meine, ich hab diese Gefühle bestimmt schon, seit ich zwölf bin. Erst dachte ich ja, das kann nicht sein. Und ich wollte es irgendwie auch nicht. Hab immer drauf gewartet, dass es wieder weggeht.* Er stöhnte. *Ach Mann, ist das schwierig. Jedenfalls bin ich mir inzwischen sicher, dass ich schwul bin. Ich meine, ich stehe auf Jungs. Auf Männer.* Er zuckte mit den Schultern. *Bis jetzt weiß es keiner – ich wollte, dass ihr es zuerst erfahrt. Aber wenn du da bist, Paps, gibt's irgendwie nie einen richtigen Moment. Und du, Mama, du regst dich bestimmt fürchterlich auf. Ist nicht cool, denkst du, mein Sohn doch nicht, aber so ist es nun mal. Wahrscheinlich findet ihr, dass ich feige bin, wenn ich das hier mit diesem Filmchen mache.* Er verzog bedauernd das Gesicht. *Erst schwul und dann auch noch feige. Aber ihr wisst ja nicht, wie das ist, jeden Abend im Bett zu liegen und zu grübeln. Jeden Morgen am Tisch zu sitzen und den Mund nicht aufmachen zu können. Und man stellt sich immer dieselben Fragen; im Schulbus, in den Unterrichtspausen, auf dem Fahrrad. Soll ich was sagen? Wem und wie und wann?* Er sah für einen Augenblick zur Seite und schwieg, dann wandte er sich wieder der Kamera zu und seufzte erleichtert. *Aber jetzt ist es raus, jetzt wisst ihr Bescheid. Und mir geht der Arsch auf Grundeis. Macht bloß kein Drama draus, ja? Keine Schwiegertochter, aber wer weiß, vielleicht bring ich euch irgendwann mal einen netten Kerl an.* Wieder fuhr er sich durchs Haar. *Noch gibt es keinen. Ist nicht so einfach, wenn man immer die Klappe halten muss. So geht's nicht weiter. Das hier soll ein Anfang sein. Jetzt seid ihr dran, okay?* Er versuchte ein leises Lächeln, beugte sich vor, sodass sein Gesicht nun näher und größer vor der Kamera erschien. *Okay, Mama? Paps?*

Das Video war zu Ende, aber Annette starrte weiter auf ihr Handy. In ihrem Kopf sprangen die Gedanken durcheinander wie eine Gruppe Rhesusäffchen, die irgendjemand aufgescheucht hatte. Warum hatte sie das bekommen, wenn es doch an Karin und Pavel gerichtet war? Warum hatte Jacob ihr nie etwas gesagt? Sie wusste ja, wie er sich fühlen musste. Hatte er sich deshalb verkrochen?

Karin stand dicht neben ihr, strich mit dem Finger über das Display. »Wie er sich quält«, sagte sie leise und ein wenig heiser. »Seine Stimme klingt richtig fremd.«

Annette musterte sie von der Seite. »Du hattest keine Ahnung, stimmt's?«

Karin schüttelte den Kopf. »Nein«, sagte sie, noch immer wie benommen. »Warum eigentlich nicht? Das ist doch verrückt. Warum habe ich immer geglaubt, dass er eines Tages mit einem Mädchen aufkreuzt? Ich bin davon ausgegangen. Alle gehen einfach immer davon aus. Kein Wunder, dass Jacob so still geworden ist. Er ist siebzehn. Er sagt, er hat es schon gespürt, als er zwölf war. So viele Jahre. Warum habe ich ihn nie gefragt?«

Annette legte ihr eine Hand auf die Schulter. »Komm, lass uns runtergehen. Du hast bestimmt dieselbe Nachricht bekommen. Ich bin hier wohl nur im CC. Du musst ihm antworten. Er wird darauf warten.«

Karin reagierte nicht. Erst als Annette sie an der Schulter rüttelte, nickte sie leicht. »Ja, schauen wir nach.«

Sie gingen nach unten, und Karin griff ins Seitenfach ihrer Handtasche, holte ihr eigenes Handy hervor. Sie rief die Nachricht auf, und diesmal war es Annette, die ihr über die Schulter blickte. Noch einmal hörten sie gemeinsam Jacobs Botschaft.

»Ich rufe ihn an«, sagte Karin, als der Film zu Ende war. »Wenn er das jetzt abgeschickt hat, wird er ja wohl rangehen.« Sie berührte das Adressbuch, wo Jacobs Name stand.

Annette spürte, wie ihr Herz schneller zu schlagen begann, während Karin neben ihr das Handy ans Ohr hielt. Die Zeit dehnte sich, eine Sekunde und noch eine. Warten. Klingeln. Warten. Nun geh schon ran, dachte sie, geh ran und komm nach Hause. Selbst sie war nicht auf den Gedanken gekommen, dass ein Coming-out hier das Thema sein könnte. Auch sie hatte nie von Jacob wissen wollen, ob er sich für Jungs oder Mädchen interessierte. Oder für beide. Oder es noch nicht wusste. Sie musste das wiedergutmachen, wollte ihm helfen, irgendwie.

Karin sah sie ratlos an und gab schließlich auf. »Ich verstehe das nicht. Keine Mailbox, aber er nimmt den Anruf auch nicht entgegen. Er muss doch damit rechnen, dass ich mich melde, wenn er mir dieses Video schickt.«

»Schreib ihm eine Nachricht«, schlug Annette vor. »Schreib ihm, dass alles gut ist. Dass er nach Hause kommen soll. Und dass du dich nicht aufregst.«

Karins Finger zitterten, als sie die Buchstaben tippte. Sie hatte die Nachricht noch nicht verschickt, als das Telefon im Wohnzimmer klingelte. Annette eilte hin und nahm das Gespräch an Karins Stelle an.

»Bei Bucek.«

»Ja, Schmitz, wer ist denn da? Kann ich meine Tochter sprechen?«

O nein! Die Stimme von Karins Vater traf sie wie ein Schlag in die Magengrube. Sie rang um Luft und nickte, als könnte der Mann am anderen Ende der Leitung sie sehen, hielt Karin den Hörer hin und schüttelte den Kopf, um ihr zu signalisieren, dass es nicht Jacob war.

»Hallo?« Karin hörte zu, und Annette sah, wie ihr das letzte bisschen Farbe aus dem Gesicht wich. »Weiß nicht«, sagte Karin nach einer Weile, wieder heiser, mehr als zuvor. »Nein wirklich, ich weiß es nicht.« Eine Pause auf ihrer Seite. »Nein, er ist nicht da.« Karin ließ sich in den Sessel fallen. »Nein, nein, Papa, das glaube ich nicht.« Es lag ein Wimmern in ihrer Stimme, als wäre sie ein kleines Mädchen. Sie wurde kleiner in dem Sessel und immer kleiner. Die Stimme ihres Vaters drang nun laut aus dem Hörer in den Raum, und als Karin Tränen in die Augen schossen, wurde es Annette zu bunt. Sie riss ihr den Hörer aus der Hand und drückte das Gespräch einfach weg. Karin sah sie entgeistert an, schlug die Hände vors Gesicht und schluchzte.

Annette hockte sich neben den Sessel, strich ihr sanft über den Rücken.

»Hast du ein Taschentuch?«, jammerte Karin, als ihr der Rotz aus der Nase lief. Annette holte eine Packung aus ihrer Jacke.

Karin schnäuzte sich, wischte mit dem Handrücken die Tränen fort und knetete das Taschentuch in ihren Händen. »Mein Vater hat das Video auch bekommen«, sagte sie mit brüchiger Stimme. »Warum denn das? Jacob geht ihm aus dem Weg. Er würde ihm nie so was Persönliches schicken. Du weißt, wie mein Vater über Schwule spricht. Und Jacob weiß es auch.«

Annette setzte sich vor dem Sessel auf den Teppich, zog die Knie an und umschloss sie mit den Armen. »Das ist wirklich merkwürdig. Hat Jacob jetzt zum Rundumschlag ausgeholt? Was hat er denn gesagt, dein Vater?«

»Na ja, du kennst ihn ja. Die Polizei war inzwischen bei ihm und hat ihn nach Jacob gefragt. Und dann das Video. Er war wütend. Er meint, Jacob erlaubt sich einen schlechten Scherz. Dass es nicht sein kann, dass er schwul ist. Dass es so was in unserer Familie nicht gibt. Und dann die üblichen Sprüche, warmer Bruder und so.« Sie stützte sich mit den Händen auf den Sessellehnen ab, als sie aufstand.

»Wo willst du hin?«, fragte Annette.

Karin wich ihrem Blick aus. »Ich muss in die Küche.«

Annette sprang auf und stellte sich ihr in den Weg. »Nein, das machst du jetzt nicht!«

Aber Karin schob sie einfach beiseite. »Lass mich. Das geht dich nichts an.« Sie schlurfte aus dem Zimmer.

Annette folgte ihr, sah zu, wie Karin die Dose aus dem Regal nahm und hineingriff. »Seit wann geht das so, Karin? Du hast mir das Zeug angeboten, als meine Mutter gestorben ist. Da hab ich diese Dose zum ersten Mal gesehen. Warum tust du das?«

Karin drückte eine Tablette aus dem Blister, legte sie auf ihre Zunge und trank ein Glas Wasser hinterher. »Warum denn nicht? Ich habe solche Pillen schließlich früher selbst hergestellt, da kann ich ruhig auch davon profitieren.«

»Profitieren? Diese Dinger machen dich krank, das muss dir doch klar sein. Die rauben dir jede natürliche Regung.«

»Mein Leben raubt mir jede natürliche Regung«, entgegnete Karin bitter. »Aber was kümmert es dich? Jeder hat halt seine kleinen Helferchen, nicht wahr? Deine Zigaretten sind nicht besser.«

»Meine Zigaretten verändern nicht meine Wahrnehmung, meine Stimmungen. Das da ist ein Teufelskreis!« Annette deutete auf die Dose. »Denk mal an Jacob. Er braucht dich jetzt mit klarem Verstand. Und gib deinem Vater nicht so viel Macht. Lass den Alten doch geifern, so viel er will.«

Karin setzte sich auf den Stuhl und drückte ihre Nasenwurzel mit zwei Fingern, dann schaute sie Annette ernst an. »Du hast leicht reden. Aber du steckst ja nicht in meiner Haut. Wann das angefangen hat mit den Tabletten, willst du wissen? Das kann ich dir nicht sagen. Es gab nicht diesen einen Moment. Am Anfang waren einfach Kopfschmerzen da und das Wachliegen in der Nacht. Ich bin zum Arzt gegangen, und der hatte seinen Rezeptblock. Das war die Lösung. Ich konnte wieder schlafen und besser arbeiten. Die Kopfschmerzen waren auch weg. Dann kam die Angst und wieder der Rezeptblock und es half. Es half gegen die Einsamkeit, wenn Pavel nach seinen Besuchen zurück nach Prag fuhr, es half gegen die Wut. Aber in der letzten Nacht habe ich eine Kristallschale gegen die Wand geschmissen und noch ein Glas. Auch auf die Pillen ist kein Verlass mehr. Ich brauche neue. Andere. Damit ich das hier aushalte in diesem Dorf. Mit meinen Kundinnen und ihrem Gerede über Falten, Cellulite und unreine Haut. Mit meiner Mutter und ihrem missbilligenden Blick. Mit meinem Vater …« Karin brach ihre Rede ab und sank in sich zusammen, sah auf die Hände in ihrem Schoß und schnippte mit den Fingerkuppen gegen ihren Daumen, Zeigefinger, Mittelfinger, Zeigefinger, Mittelfinger, wieder und wieder.

Annette lehnte sich gegen den Küchenschrank. »Und was?«, fragte sie leise.

»Wie? Was meinst du?« Karin sah sie fragend an.

»Deine Kundinnen und ihr Gerede. Deine Mutter und ihr missbilligender Blick. Dein Vater und was?« Annette hätte sich selbst ohrfeigen mögen, weil sie ausgerechnet jetzt diese Frage stellte. Aber ausgerechnet jetzt gab es endlich die Gelegenheit. Karin schien in diesem Moment bereit zu sein, einmal offen zu sprechen, und das kam selten vor. Vielleicht barg die Krise, die Jacob ausgelöst hatte, eine Chance in sich, reinen Tisch zu machen. Grits Warnung kam ihr wieder in den Sinn und auch der Turm im Tarot. Sie musste das hier behutsam angehen.

»Mein Vater und seine … Nun ja, seine Art.« Karin kratzte mit dem Daumennagel einen unsichtbaren Fleck von der Tischplatte.

»Seine Art?« Annette setzte sich zu ihr, überlegte einen Augenblick, wie sie sich ausdrücken sollte. »Karin, wir waren immer zusammen, unsere ganze Kindheit lang. Aber ich glaube, da gab es etwas, das du mir nie erzählt hast. Mir nicht und wahrscheinlich auch Holger nicht. Warum bist du damals aus dem Fenster gesprungen? Wovor bist du geflohen? Vor ihm?«

Karin starrte in eine unbestimmte Ferne. »Ja, vor ihm«, sagte sie ausdruckslos und schwieg eine lange Weile, bevor sie weitersprach. »Weißt du, er hat mich nie geschlagen. Er hat mich auch nicht vergewaltigt oder so, falls du das glaubst. Er ist nur gekommen und hat sich zu mir gesetzt. Hat mich berührt. Hat meine Hand genommen und sie …« Sie schluckte, holte schwer Atem und setzte von Neuem an. »Das Komische war, dass er ja sonst so viel redet. Zu allem eine Meinung hat, die er klar und deutlich sagt. Aber wenn er zu mir kam, hat er immer geschwiegen. Hat auch mich zum Schweigen gebracht. Er hat das nicht verlangt oder so, ich wusste einfach, dass es nichts zu sagen gab. Wenn nicht darüber gesprochen wurde, fand das nicht statt. Manchmal habe ich mich tatsächlich gefragt, ob ich es mir nur einbildete. Es passte nicht zu allem anderen, nicht zu den gemeinsamen Mahlzeiten im Esszimmer, nicht zum Toben im Garten. Weißt du noch in der Schule, da haben wir Mengenlehre durchgenommen. Und es gab Teile, die gehörten zu der Menge in dem geschlossenen Kreis und andere waren draußen und gehörten nicht dazu. Das da in meinem Zimmer musste außerhalb des Kreises bleiben. Mit dem Schweigen hat das funktioniert. Und manchmal konnte ich durchs Fenster abhauen, so wie an dem Tag, an dem ich dann auf der Wurzel gelandet bin. Es war schlimm, dass ich wegen des Gipsbeins nicht zum Ballett gehen konnte. Aber das Schlimmste war, dass der Gips mich in jedem Augenblick daran erinnert hat, wovor ich weglaufen wollte. Der Gips ließ sich nicht ignorieren, der war da bei jedem Schritt, bei Tag, bei Nacht, über Wochen. Der Gips hat diesem Treiben auf seine Weise ein Ende gesetzt. Dem angespannten Gesichtsausdruck, wenn er kam. Meiner Scham, wenn er ging. Ich bin nie wieder aus dem Fenster gesprungen. Er ist nie wieder auf diese Weise in mein Zimmer gekommen. Aber sein Blick ist geblieben, bis heute. Wenn er mich ansieht, kommt die Furcht vor dem Schweigen zurück.« Karin sah Annette scheu in die Augen.

Annette hielt ihrem Blick stand. »Aber warum, Karin? Warum bist du nicht längst mit Pavel weggezogen? Was hält dich denn hier? Du müsstest doch …«

Karin hob abwehrend beide Hände. »Ich kann mir denken, was du sagen willst. Und ich kann es dir nicht richtig erklären. In mir breitet sich so ein Unwohlsein aus, wenn ich daran denke, Eschenreuth zu verlassen. Hier weiß ich doch, was mich erwartet. Hier läuft alles in gewohnter Bahn.«

»Nicht wirklich, wie du siehst«, sagte Annette in ironischem Ton, um gleich darauf sanfter zu werden. »Du musst dich lösen, Karin. Pavel wird dir helfen.«

Karin antwortete nicht. Schweigend saßen sie beieinander, bis das Telefon erneut klingelte. Karin lief eilig zurück ins Wohnzimmer, als wäre sie dankbar für die Unterbrechung, als wollte sie diesem Augenblick der Wahrheit, den sie zugelassen hatte, entkommen. Annette hörte kaum, was sie nebenan sprach; sie ließ auf sich wirken, was sie erfahren hatte. Aber schon klingelte es auch an der Tür, und sie ging hin und öffnete. Holger stand draußen, putzte sich die Schuhe ab und trat in den Flur.

»Ich habe eine SMS von Jacob bekommen, aber ich kann sie mit diesem Ding nicht öffnen«, sagte er aufgeregt und hielt ihr ein uraltes Handy hin. »Vielleicht kann man es an Karins Smartphone weiterleiten.«

Annette schloss die Tür hinter ihm. »Ich glaube, das ist nicht nötig. Es ist sicher dieselbe Nachricht, die ich auch bekommen habe. Und Karin. Und ihr Vater. Meine Güte, was hat Jacob getan?«

»Vielleicht hat er gar nichts getan«, sagte Karin kleinlaut, die aus dem Wohnzimmer zu ihnen stieß. »Das eben war die Polizei. Sie haben Jacobs Handy geortet und es in einem Papierkorb am Dorfplatz gefunden. Vielleicht hat Jacob es verloren. Und jemand anders hat das Video verschickt.«

Annette rieb sich die Stirn. Das Handy verloren? »Nein!«, rief sie und wandte sich zu Karin um. »Ich denke, jemand hat ihm das Handy geklaut und das Video verschickt, um ihn fertigzumachen. Das würde auch erklären, warum es nicht nur an dich und Pavel geschickt worden ist, sondern auch an deinen Vater. Ach du Schande, wer weiß, an wen noch. Kein Wunder, dass Jacob abgehauen ist. Welches Schwein macht denn so was?«

»Philipp«, murmelte Holger. Er fasste nach Annettes Handgelenk und umklammerte es so fest, dass es ihr wehtat. »Ja, es könnte Philipp gewesen sein. Er ist beinahe zu spät zum Sportplatz gekommen. Jedenfalls erst, nachdem ich die SMS erhalten habe. Und er hat sich merkwürdig benommen, hat mit seinen Freunden getuschelt und so. Die waren von dem, was er ihnen erzählt hat, sichtlich begeistert.«

»Das darf nicht wahr sein«, flüsterte Karin. »Wenn Philipp das war, dann hat er das Video womöglich …« Sie sprach den Satz nicht zu Ende, aber Annette tat es.

»… an sein ganzes Adressbuch geschickt. Ja, kann sein.« Sie löste sich aus Holgers Griff und zog sich ihre Schuhe an. »Komm, wir gehen zum Sportplatz. Na warte, Bürschchen, dich kaufe ich mir!«

Holger öffnete schon die Tür.

»Moment, ich komme mit!«, rief Karin und streifte ihre Pantoffeln von den Füßen. »Vielleicht weiß er, wo mein Junge ist.«

»Nein, du musst hierbleiben, falls Jacob nach Hause kommt oder die Polizei wieder anruft.« Annette schnappte sich ihre Jacke. »Ich nehme diesen Philipp in die Mangel, und wenn er das wirklich getan hat, dann kann er sich auf was gefasst machen.« Ihr fiel das blutige Tuch wieder ein.

»Der weiß bestimmt, was passiert ist. Und wenn er nur die leiseste Ahnung hat, wo Jacob sein könnte, dann kriege ich das aus ihm raus, verlass dich drauf!«

Sie war wütend. Sie war stinksauer. Sie würde sich beherrschen müssen, wenn sie diesem Typen begegnete. Aber in die Mangel nehmen musste sie ihn trotzdem. Holger wartete auf sie, seine Wangen waren fleckig gerötet, und er sah ängstlich aus. Als sie bei ihm war, drehte sie sich unschlüssig zu Karin um, die ihnen völlig verloren nachsah.

»Mach dir keine Sorgen«, sagte Annette und merkte selbst, wie blöd sich das anhörte. Aber weil ihr nichts Besseres einfiel, fuhr sie im selben Ton fort. »Wir klären das. Es wird alles gut. Und das andere besprechen wir später, ja?«

Karin schloss von innen die Tür.

Samstag, 15. November 2014, 14.40 Uhr

Vor Kälte erwachte er, ein Schauer lief ihm über die Haut, und er konnte nur mit dem rechten Auge sehen. Es dauerte eine Weile, bis ihm einfiel, was geschehen war und wo er sich befand, und dann stöhnte er auf, befühlte die Beule, in der sein linkes Auge vollkommen verschwunden war. Er wollte sich aufsetzen, aber schon bei der ersten Bewegung stach es ihn so heftig in der Seite, dass er aufschrie und sich zurückfallen ließ. Verdammt, was sollte das! Er hatte Durst, ihm war kalt, und er wollte endlich hier weg. Aber da war diese Leiter nach unten, die hinunterzuklettern er nicht die Kraft besaß. Er wusste genau, dass er sich nicht würde festhalten, nicht Stufe um Stufe würde finden können, von den Schmerzen ganz zu schweigen. Aber er wusste auch, dass er Hilfe brauchte, und zwar bald. Er versuchte erneut, sich zu erheben, langsamer diesmal. Er biss die Zähne zusammen, um nicht zu schreien.

Vielleicht würde er jetzt sterben. Würde mausetot hier oben vor sich hin stinken, dieser Bauer bekam ja offensichtlich gar nichts mit. Wenn er doch nur sein Handy hätte. Dann könnte er jemanden anrufen und Bescheid sagen. Natürlich würden sie alle ein Drama daraus machen, na ja, vielleicht hätten sie damit sogar recht. Philipp hatte ihn fertiggemacht mit seinen Freunden, mit seinen Tritten und Schlägen und seiner Hinterhältigkeit. Ihm das Handy zu klauen war der schlimmste Schlag gewesen. Jacob schloss die Augen und spürte seinem Kummer nach. Aber jetzt musste er sich irgendwie zusammenreißen. Das bisschen Kraft sammeln, das ihm geblieben war. Los, mach schon, feuerte er sich an, und als er endlich aufrecht saß, fiel sein Blick auf sein kleines Lager mit dem Rucksack, der Wasserflasche und seinem Notebook.

Das Notebook! Er musste wirklich nicht mehr ganz richtig im Kopf sein – wie hatte er denn das Notebook vergessen können? Er war ja überhaupt nicht von der Welt abgeschnitten. Er konnte seinen Notruf über den Computer absetzen, irgendjemand würde es auf Facebook schon lesen. Also gab es noch Hoffnung und vielleicht ein Leben nach diesem furchtbaren Crash. Mit dem Leben im Verborgenen war es allerdings vorbei. Sie würden alle wissen wollen, was passiert war, sie würden Erklärungen verlangen und nachhaken, wenn er auswich. Sonst beachteten sie ihn ja kaum, seine zweihundertvierundvierzig Freunde, aber in diesem Fall? Seht her, Leute, der schwule Jacob verreckt im Kuhstall. Na super, das war ja ein tolles Coming-out.

Noch einmal spürte er in sich hinein, prüfte jede einzelne Region seines Körpers auf ihren Zustand. Aufstehen würde er nicht können. Es wäre auch nicht möglich zu robben wie vorhin. Was hieß eigentlich vorhin? Wie lange hatte er denn wieder geschlafen, wenn es denn Schlaf gewesen war und keine Ohnmacht? Er schaute auf seine Armbanduhr. Zwanzig vor drei! Entsetzt starrte er die Zeiger an, dann ließ er den Arm in seinen Schoß fallen. Die Erschütterung der Bewegung traf ihn in der Seite wie ein weiterer Schlag, ein weiterer Tritt von Philipp. Tränen schossen ihm in die Augen, als er sich auf die rechte Seite rollte und sich vorwärts schob, Zentimeter für Zentimeter näher an das Notebook heran. Der Computer hatte geschlafen wie er, wachte nun auf, als er den Deckel hochschob und mit dem Finger über das Mauspad strich. Facebook anklicken. Hilfe rufen. Er zögerte einen Moment, als der Pfeil der Maus schon auf dem Icon des Netzwerkes lag, aber er hatte keine andere Wahl, fragte sich, was er schreiben sollte, als die Startseite sich öffnete. Am oberen Rand erschien eine Zahl, die sein Herz fast stehen bleiben ließ. Zwölf.

Zwölf Nachrichten.

Zwölf Nachrichten hatte er bekommen.

Zwölf Nachrichten hatte er bekommen, seit er am Vormittag online gewesen war.

Die Luft wich ihm aus den Lungen wie aus einem Ballon, dessen Öffnung nicht mehr zugehalten wurde. Er spürte, wie er kleiner wurde und immer kleiner und schlaffer eben auch. Zwölf Nachrichten in wenigen Stunden konnten nichts Gutes bedeuten. Nun musste wohl doch noch geschehen sein, was er am Vormittag befürchtet hatte. Das Video.

Er ließ das Kinn auf die Brust sinken. Es war totenstill im Stall und auf dem Heuboden, er konnte kaum atmen. Lange saß er reglos da, aber dann ging ein Ruck durch ihn hindurch, als hätte jemand tief in seinem Inneren einen Schalter umgelegt – war es im Kopf, war es im Bauch oder ganz woanders, im Geist, in der Seele, er wusste es nicht. Mit einem Mal war ihm alles egal. Teilnahmslos betrachtete er die Liste mit den Nachrichten und las die erste.

Ey, Jacob, ich hatte ja keine Ahnung, aber warum schickst du das mir und nicht deinen Eltern?

Er schloss den Deckel des Notebooks. Der Typ aus dem Fahrradladen in der Stadt hatte ihm diese Nachricht geschickt. Wenn der das Video bekommen hatte und sicher auch die anderen elf …

Er biss sich in die eigene Faust, aber es tat nicht weh. Der Schmerz war weg und die Angst war weg. Und auch die Liebe. Wie hatte er jemals etwas für Philipp empfinden können? Er musste ja völlig verrückt gewesen sein, sich in diesen Arsch zu verknallen, in diesen miesen Wichser! O nein. Nein!

Er dachte nicht länger daran, einen Hilferuf zu verschicken. Mit einem Mal konnte er aufstehen, konnte er laufen, kleine Schritte bloß, aber irgendwie kam er voran. Linker Fuß. Rechter Fuß. Er hatte eben doch noch Kraft, hatte immer Kraft gehabt in all den Jahren in diesem Dorf und in der Schule, mit seiner komischen Liebe und mit seiner komischen Mutter, die gelbe und grüne Hände hatte und eine Dose im Regal. Linker Fuß, rechter Fuß, schon war er am Rand des Heubodens angekommen. Er sah hinunter, und der Kuhstall dehnte sich aus und zog sich wieder zusammen. Die Kühe waren so klein. So weit weg. Und so unscharf. Er bückte sich und umfasste die Leiter mit beiden Händen. Der erste Schritt würde der schwierigste sein. Er lachte bitter in sich hinein. Ja, eben, der erste Schritt. Er würde ihn in die Freiheit führen oder ins Verderben. Was er brauchte, war der richtige Schwung. Er drehte sich um, wusste eigentlich nicht, wie er es anstellen sollte, in eine gute Position zu gelangen, aber es klappte. Er tastete mit dem Fuß nach der ersten Sprosse und fand sie.

Nächste Sprosse. Nach Hause gehen. Annettes Clio mit dem Regenbogenherz auf dem Heck stand da drüben vor der Tür. So einfach. So nah. Vielleicht würde er auch eines Tages ein Auto haben mit einem Regenbogenherzen, wie eines in seiner Brust schlug. Was kümmerten ihn die Nachrichten auf Facebook? Was kümmerte ihn Philipp? Dritte Sprosse, vierte Sprosse. Wie viele mochten es insgesamt sein? Vielleicht zwölf?

Warum schickst du das mir und nicht deinen Eltern?

Er lehnte seinen Kopf gegen die Leiter, spürte das kalte Metall an seiner Stirn, und in diesem Moment kam der Schmerz zurück, schlimmer als zuvor pulsierte er in seiner

Brust, in der Seite, in jeder seiner Zellen. Er blinzelte nach unten. Noch immer so tief. Ein Fuß rutschte ab, und Jacob krallte die Finger fester um die Holme der Leiter, aber seine Hände waren feucht und glitschig. Gerade noch konnte er sich festhalten und wieder Tritt fassen, aber nun knickte er in den Knien ein. Fünfte Sprosse, sechste Sprosse.

Warum schickst du das mir?

Die Frage echote durch seinen Kopf, bis ein Finger sich von der Leiter löste und ein zweiter. Nein, nicht, dachte er, als er rückwärts fiel, als er aufschlug. Als ihm schwarz vor Augen wurde.

Samstag 15. November 2014, 14.41 Uhr

Karin blieb allein im Haus zurück, schlüpfte wieder in die Pantoffeln, griff noch einmal zum Handy und sah sich Jacobs Video wieder und wieder an. Wenn er doch nur nach Hause käme. Es war lange her, dass sie ihn in die Arme genommen hatte, an seinem Geburtstag sicherlich und vielleicht noch, als er die Führerscheinprüfung bestanden hatte. Er war so schnell erwachsen geworden, aber das sagten ja alle Mütter. Wie oft hatte sie mit ihren Kundinnen darüber gesprochen. Die Kinder schon groß, schon aus dem Haus, gingen eigene Wege. Wohin war Jacob gegangen, als man ihm das Handy gestohlen hatte? Sie wusste, dass Annette recht hatte mit ihrer Vermutung. Jemand anders musste das Video verschickt haben, das allein passte zu Jacobs Verschwinden, dem Atmen und Lachen in der Leitung am Abend zuvor, zu der Tatsache, dass die Polizei das Smartphone in einem Papierkorb gefunden hatte. Am Dorfplatz. Im Zentrum ihres kleinen Universums. Dort würden die Leute stehen bleiben und über ihn reden. Über die ganze Familie. Sie dachte an ihren Vater. *In unserer Familie gibt es so etwas nicht*, hatte er gesagt. Sie hätte ihm Paroli bieten sollen. Wenn Jacob nach Hause kam, durfte sie nicht zulassen, dass irgendjemand ihn verletzte, aber ihr Vater würde keine Rücksicht nehmen. Wie einst bei Holger würde er womöglich auch Jacob einen Kosenamen verpassen, der ihn verhöhnte. Damals war es ihr nicht gelungen, das zu verhindern. Noch immer schämte sie sich, wenn sie nur daran dachte. Der Sportdirektor. Wie würde ihr Vater Jacob von heute an nennen?

Sie legte das Handy weg, konnte nicht länger daran denken, nicht länger untätig sein und warten. Diese Ungewissheit war ja nicht auszuhalten! Die Polizei würde weiterermitteln, jetzt, wo man das Handy entdeckt hatte. Annette würde Philipp in die Mangel nehmen. Wie gerne wäre sie dabei, würde sie aus erster Hand erfahren, was geschehen war. Das blutige Halstuch. Die in alle Winde gestreute Botschaft. Da draußen spielte sich ein Drama ab und sie kam nicht heraus aus diesem Haus, aus ihrer Angst, aus ihrem Ausgeliefertsein.

Die Kirchturmuhr schlug, es war Viertel vor drei. Wo blieb denn Pavel? Und was dachte er über das Video? Wenn er da war, habe es keinen richtigen Augenblick zum Reden gegeben, hatte Jacob gesagt. Das konnte sie ihm nachfühlen. Seit Pavel in Prag arbeitete, war er abwesend, selbst wenn er bei ihnen war. Er sagte es nicht, aber sie spürte, wie gekränkt er noch immer war, weil sie nicht mit ihm hatte gehen wollen. Das Schweigen war über ihre kleine Familie gekommen wie eine chronische Krankheit, die sich lange unbemerkt verschlimmerte und gegen die es keine Pillen gab. Nur das Reden würde helfen. Aber es war ja niemand da.

Sie musste sich ablenken, bis Pavel kam, bis Jacob sich meldete. Sie musste sich beschäftigen. War sie nicht fürchterlich im Verzug mit ihren Plänen? Sie könnte in den Keller gehen, um endlich ihre Arbeit zu erledigen. Schon holte sie die Putzutensilien aus der Abstellkammer, ging ins Bad und ließ warmes Wasser in den Eimer laufen, nahm das Telefon mit und stieg die Treppe nach unten, ließ die Kellertür offen, damit sie hören würde, wenn es an der Haustür klingelte oder jemand sie aufschloss.

Sie zog die Gummihandschuhe an. Es war stickig zwischen den vollen Regalen, die Neonröhre summte über ihr, und sie achtete darauf, sich nicht schmutzig zu machen, während sie eine Weinflasche nach der anderen abstaubte. Normalerweise trug sie keine gute Bluse, wenn sie so etwas tat, aber es ging eben nicht anders an diesem fürchterlichen Tag. Sie musste auf alles vorbereitet sein, ein Notruf könnte eintreffen oder Besuch aus dem Dorf. Sie musste Haltung bewahren, auch wenn die Welt unterging.

Sie wischte schneller und schneller. Bald schon war sie bei der letzten Flasche in der obersten Reihe des Weinregals angelangt. Zwei Runden um den Hals und drei um den Körper, wieder ablegen, Etikett nach oben. Die Routine beruhigte sie, aber das Regal war voll bis unten hin, und mehrere Kisten stapelten sich daneben, Schwarzriesling und Spätburgunder, Gutedel und Scheurebe. Achtzehn Flaschen im Quartal kamen aus dem Badischen, du liebe Güte, wer sollte das trinken, jetzt, wo Pavel in Prag war? Sie musste ihn endlich bitten, die Kellerei anzurufen, damit sie die Lieferungen einstellte. Unmöglich, dass sie es selbst tat, ausgeschlossen, das Bedauern zu ertragen, das ihre, das am anderen Ende der Leitung. DURCHGEFALLEN. Nicht schon wieder dieses Wort.

Sie sah hinunter auf das Etikett der Flasche, die sie in der Hand hielt. Es war ein 2011er Regent, zu trinken bei 16 bis 18 Grad. Die Temperatur könnte hinkommen hier unten, vielleicht war es ein bisschen zu kühl. Zu trinken, ja genau, warum nicht, wenn die Tabletten ihren Dienst versagten. Sie legte den feuchten Lappen über den Rand des Eimers, zog die Gummihandschuhe aus und platzierte sie daneben, ging mit dem Wein nach oben in die Küche und nahm den Hebelkorkenzieher aus der Schublade, den sie anlässlich ihrer ersten Bestellung von der Weinkellerei geschenkt bekommen hatten. Sie setzte ihn an, drehte und drehte, aber der Korken kam nicht hoch. Es sah so leicht aus, wenn Pavel damit hantierte. Wozu nur waren diese Flügel an den Seiten da? Sie versuchte es weiter, mit rechts, mit links, der Korken bröselte. Noch einmal griff sie in die Schublade. Gut, dass sie den einfachen Korkenzieher behalten hatte. Der Qualität eines Werbegeschenkes war schließlich nicht zu trauen.

Sie musste es schaffen, egal, wie lange es auch dauerte. Wieder drehte sie das Gewinde in den Korken, aus dem nun Stücke herausbrachen. Sie setzte an und rutschte ab, sie sammelte sich, klemmte die Flasche zwischen die Oberschenkel und zog, bis das Blut sich in ihren Fingern staute und die Muskeln ihrer Arme schmerzten. Eine schwere Geburt war das, aber sie bekam es schon hin. Bei Jacob hat sie es schließlich auch geschafft.

Das Becken sei zu eng, hatte der Arzt im Krankenhaus gesagt, aber sie war sicher, dass es das nicht war. Sie hatte nicht all die Stunden in der Schwangerschaftsgymnastik zugebracht, um dann einem Kaiserschnitt zuzustimmen. Pavel war leichenblass gewesen. *Lass dir doch helfen*, hatte er gefleht. Er stöhnte und jammerte, als ob er selbst es war, der in den Wehen lag, bis sie ihn hinausschickte. Pavel konnte es nicht mehr ertragen, aber sie schon. Vierzehn lange Stunden, dann war es vollbracht. Eine gesunde Frau bekam ihr Baby auf natürliche Weise. Die Schmerzen gehörten dazu, und Jacob war ein Brocken. 3912 Gramm, Kopfumfang 36, Länge 54 Zentimeter, gleich gewaschen, gleich geimpft, gleich getauft.

Sie hätte nicht gedacht, dass Annette das Angebot annehmen würde, Jacobs Patin zu werden. Zur Hochzeit war sie nicht erschienen, und so hatte Karin befürchtet, sie würde sich auch für den Jungen nicht interessieren. Die Eltern hatten Annette nicht als Patin gewollt, aber Karin nahm all ihren Mut zusammen und bestand auf ihrer Wahl, als Annette einwilligte. Tagelang war die Mutter verstimmt; erst als Karin den Menüplan im *Goldenen Hirschen* in ihrem Sinne änderte, zeigte sie sich versöhnlich.

Und dieses eine Mal kamen sie alle. Annette sah glücklich aus an der Seite dieser burschikosen Frau, die unablässig über Kunst redete, Holger schaukelte das Baby auf seinen Knien, und Sascha, der extra aus Spanien angereist war, hatte Laufiernschuhe mitgebracht, wunderbar weiches Leder, das Jacob quietschvergnügt betastete. Es war ein gelungenes Fest. Als Jacob schrie, weil er Hunger hatte, ging sie mit ihm in ein Separee, in dem keine Stühle standen. Sie setzte sich auf einen Tisch, obwohl man sich gewöhnlich nicht auf Tische setzte, aber für eine junge Mutter galten andere Regeln. Sie ließ die Beine baumeln. Halbdunkel war es und die Stimmen weit weg, wirklich nah nur das Schmatzen des Babys an ihrer Brust, Jacobs Finger in der Luft, trank er umständlich und gierig zugleich. Ein Seufzer aus seinem Mund, als er abließ. Sie war eins mit ihrem Kind, und es herrschte Ruhe. Innen und außen war es still, die Bedrängnis war fort, und Staubkörner tanzten im Frühsommerlicht, das durch das Fenster hereinfiel. Sie knöpfte sich die Bluse zu, aber sie blieb, wo sie war für den Augenblick abseits der Worte, abseits des Lächelns und der Freundlichkeit, streifte die Pumps ab und rieb die Zehen aneinander. Jacob gurgelte und lallte in ihrem Arm, und sie sah ihm zu, bis die Mutter sie suchte und fand. Die anderen fragten nach ihr, sagte die Mutter, und gemeinsam gingen sie in den Festsaal zurück.

Sie betrachtete den Flaschenhals. Der Korken war keinen Millimeter weiter nach oben gekommen. Wieder das Scheitern. Wieder das Versagen, die Unfähigkeit. Sie schlug den

Hals der Flasche gegen den Rand der Arbeitsplatte, sprang zurück, als es klirrte und splitterte wie schon in der Nacht. Na also, es ging doch. Der Flaschenhals rollte über die Platte, fiel hinunter und platschte in eine Lache aus Scherben und vergossenem Wein, die sich schnell ausbreitete. Sie nahm ein feinmaschiges Sieb von einer Hakenleiste an der Wand und goss den Regent langsam hindurch in eine der Teetassen, die noch auf dem Tisch standen. Ein paar Tropfen kleckerten daneben. Flecken auf dem Tisch, schmutziges Geschirr, seit Stunden nicht abgeräumt. Das Gebäck vorhin vergessen. Alles lief aus dem Ruder.

Sie begutachtete die winzigen Splitter, die im Sieb glitzerten, hob die Tasse an die Lippen und trank sie in einem Zug leer. Sie legte den Kopf in den Nacken, als der Wein die Kehle hinunterrann, schloss die Augen und empfing die Wirkung des Alkohols, die nicht lange auf sich warten ließ. Plötzlich schienen die Wände der Küche zu atmen, sie dehnten sich aus und zogen sich zusammen, dehnten sich wieder aus. Die tiefrote Pfütze auf dem Fußboden hatte inzwischen zwei Bäche ausgesandt, von denen einer in Richtung des Fensters floss, während sich der andere auf ein Bein des Küchentisches zu bewegte. Sie trat näher an das Fließen heran. Es sah aus, als ob der Boden blutete. Sie zog die Pantoffeln aus, streckte das linke Bein vor und änderte mit dem Fuß die Richtung des Flusslaufs. Die Nylonstrümpfe waren augenblicklich durchnässt. Sie wischte mit den Zehen über die Fliesen, tippte sie in die Pfütze, vorsichtig zuerst, dann fester, fester, bis es spritzte. Sie stellte sich auf die Spitzen, für Sekundenbruchteile nur, und es tat weh, so weh, dass sie abbrechen musste. Sie konnte es nicht mehr. Vielleicht hatte sie es niemals gekonnt.

Nicht gut.

Nicht gut genug.

Ein Schlüsselbund rasselte an der Haustür. Sie fuhr zusammen und stellte die Tasse ab.

Sie hörte, wie Pavel nach ihr rief, seine Schuhe von den Füßen streifte und seinen Mantel an die Garderobe hängte. Im nächsten Augenblick füllte er mit seiner großen Gestalt den Türrahmen aus und ließ den Blick durch die Küche schweifen, von ihr hinüber zum Regent, zur Arbeitsplatte, zum rubinroten See und seinen Ausläufern.

»Was ist denn hier los?« Er kam auf Socken näher und blieb dicht vor ihr stehen.

Er klang anklagend. Sie sah ihn nicht an, rieb sich bloß die Schläfen. »Hattest du eine gute Fahrt?«, fragte sie zuckersüß und nahm die geköpfte Flasche in die Hand. »Möchtest du auch ein Glas?«

»Karin, was ist hier los? Wo ist Jacob?«

»Ich habe keine Ahnung. Wärst du hier, wenn es anders wäre?«

Er schwieg einen Augenblick, der ihr endlos schien, dann seufzte er. »Wo ist der Handfeger?«

Sie sah ihn noch immer nicht an, deutete mit dem Finger in Richtung des Schrankes hinter der Tür. »Unterstes Fach.«

Er kehrte die Scherben zusammen. Sie sah ihm zu, vernahm das Wischen der Borsten und hörte das Scharren der Splitter über die Fliesen. Wenn das mal keine Kratzer hinterließ.

»Das ist doch Annettes Wagen da vor der Tür? Wo ist sie?« Er lehrte das Kehrblech in den Müll aus, warf den nassen Handfeger gleich dazu.

Sie antwortete nicht, besah sich den Fußboden. Die Splitter waren verschwunden, aber den Wein hatte Pavel lediglich verteilt. Schlieren auf den Fliesen, Wein in den Nylonstrümpfen und ein benutztes Teeservice. Sie musste diese Küche so schnell wie möglich wieder in Ordnung bringen, aber sie war einfach nicht in der Lage, irgendetwas zu tun.

Pavel nahm einen Lappen aus der Spüle und wischte den Fußboden sauber, dann packte er sie an den Schultern und zwang sie, ihn anzusehen.

Sie schüttelte seine Hände ab. »Du kommst hierher und stellst Fragen. Was weißt du denn von dem, was hier geschieht? Kümmert es dich? Hast du das Video nicht bekommen? Jacobs Worte nicht gehört? Willst du dich jetzt aufspielen? Mit welchem Recht?«

»Ich rufe jeden Abend an. Ich rede doch mit Jacob. Was kann ich dafür, wenn er mir nichts erzählt?«

Sie schnaubte verächtlich. »Was soll er denn auch mit einem Telefonvater? Er …«

Ihr wurde schwindelig, die Knie gaben nach. Wie war das möglich von dem bisschen Wein?

Pavel griff ihr unter die Arme und schob ihr einen Stuhl hin. »Wann hast du zuletzt was gegessen?«

Sie setzte sich und starrte vor sich hin. Schon wieder eine Frage. »Ich weiß es nicht. Gestern? Und heute Vormittag. Gebäck zum Tee, glaube ich. Oder doch nicht?«

Er öffnete er den Gefrierschrank. »Mal sehen«, sagte er, nahm eine beschlagene Tupper-Box nach der anderen heraus und las die Beschriftungen. »Wie wär's mit Kartoffelsuppe?« Er hob den Behälter hoch und betrachtete den Boden. »Ich glaube, es sind Wurststückchen drin.«

Ihre Augen füllten sich mit Tränen. Sie wusste nicht, wo Jacob war, wusste nicht, wo sie ihn suchen sollte, aber sie wusste, dass es Kalbfleischwürstchen waren. Drei Paar hatte sie genommen, und sie hatte jede Wurst in zwölf Stücke geschnitten, wie sie es immer tat. Zwölf war eine gute Zahl. Sie ließ sich durch zwei teilen und durch drei. Die Tränen rannen ihre Wangen hinunter. Jacob und sie. Pavel und sie und Jacob. Aber wo war der Junge? Er durfte nicht da draußen in diesem Weiher ertrunken sein. Sie schlug die Hände vors Gesicht und weinte.

Pavel kam zu ihr. Seine Knie knackten, als er in die Hocke ging. Er legte seine Hand auf ihren Oberschenkel. »Lass gut sein«, flüsterte er. »Wir essen ein bisschen Suppe, und dann finden wir unseren Jungen.«

Samstag, 15. November 2014, 15.05 Uhr

Das Geschrei des gegnerischen Trainers war nicht zu ertragen. Zum wiederholten Male beschimpfte er den Schiedsrichter, obwohl selbst Holger vom Spielfeldrand aus hatte sehen können, dass der Stürmer von Fortuna Irgendwas sich nur hatte fallen lassen. Philipp rannte aus dem Tor heraus und auf den absichtlich gestrauchelten Angreifer zu, der inzwischen wieder aufgestanden war. Stirn an Stirn standen sich die beiden jungen Männer gegenüber.

Holger schüttelte den Kopf, ging zum Imbisswagen und bestellte eine Apfelschorle. Barbara reichte ihm die Flasche heraus und gab ihm eine zweite für Annette, die wie die wenigen anderen Zuschauer gleich hinter der Seitenlinie das Geschehen verfolgte. Es war das übliche Publikum. Ein paar Kurgäste suchten Zerstreuung, Götzl nuckelte an einer Bierflasche herum, Thomas feuerte seinen Sohn an, und die drei alten Männer aus dem Seniorenheim kauerten einmal mehr auf ihren Klapphockern. Der Sportplatz war ihr zweites Zuhause. Sie aßen belegte Brote und tranken Kaffee aus einer mitgebrachten Thermoskanne. In der Halbzeitpause würden sie sicher wieder Kreuzworträtsel lösen.

Die Halbzeitpause. Er blickte auf seine Armbanduhr. Noch zehn Minuten, dann würde Annette Philipp in die Mangel nehmen, und mit dem Frieden am Sportplatz wäre es vorbei. Schon jetzt grauste ihm vor dem Streit, den er kommen sah. Wie wollte Annette es denn hinbekommen, Philipp vor aller Augen zum Reden zu bringen? Er kratzte sich das unrasierte Kinn. Das stellte sie sich wohl ein bisschen zu einfach vor.

»Nie im Leben!« Jetzt war es der Trainer des TSV, der sich ereiferte, weil Fortuna Irgendwas eine Ecke zugesprochen bekam. Holger hörte die Alten am Spielfeldrand eine Einschätzung murmeln. Sie gaben dem Trainer recht, es hätte Abstoß geben müssen. Der Ball flog hoch in den Strafraum und Philipp an ihm vorbei. Der Schwalbenkönig von vorhin brauchte nur einzunicken. 0:1.

Holger spürte, wie ihm die Genugtuung honigsüß in alle Poren sickerte, als Philipp den Ball aus dem Netz fischte und sein Vater am Spielfeldrand Gift und Galle spuckte gegen den Schiedsrichter, gegen die Verteidiger und auch gegen seinen eigenen Sohn. Klar hätte Philipp die Flanke erwischen müssen. Aber solche Flanken erwischte Philipp nun einmal nicht. Das Wort, das Wort. Wie hatte Barbara ihn genannt?

Die Mannschaften lieferten sich eine wilde Bolzerei, bis der Schiedsrichter zur Halbzeit pfiff, besonders laut heute, wie es Holger schien, besonders schrill klang der Ton in seinen Ohren. Er sah, wie Annette sich straffte.

»Geh es langsam an«, riet er ihr. »Es ist ja nur eine Vermutung. Vielleicht hat Philipp gar nichts damit zu tun.«

Annette reagierte nicht auf das, was er sagte, ging stattdessen dem Torwart entgegen, der seine Handschuhe auszog und schon beinahe an der Seitenlinie war.

»Hey, Philipp, ich muss mit dir reden«, sagte sie und stellte sich ihm in den Weg. Philipp sah sie fragend an, wusste gar nicht, mit wem er es zu tun bekam.

»Du kennst doch Jacob, nicht wahr?«, fragte Annette und behielt ihn fest im Blick. »Jacob Bucek.«

Philipp wich einen Schritt zurück. »Klar kenne ich den«, antwortete er misstrauisch. »Aber wer sind Sie?«

Thomas wurde auf die Situation aufmerksam. »Was machst du denn hier? Und was willst du von meinem Sohn?«

Annette wedelte abwehrend mit der Hand, als wäre Thomas eine lästige Fliege. »Halt dich mal raus. Er muss mir was beantworten.« Sie trat näher an Philipp heran. »Ich bin

Jacobs Patentante. Und ich will wissen, was gestern am Weiher los war.«

Philipp stutzte. »Am Weiher? Keine Ahnung – war da was los? Woher soll ich das wissen?«

Holger kniff die Lider zusammen und hatte das sichere Gefühl, dass Philipp Theater spielte. Nummer sechs und Nummer acht standen abseits des Geschehens, warteten anscheinend darauf, dass sie gemeinsam mit ihrem Torwart in die Kabine gehen konnten, und blieben gleichsam wie in Deckung. Ob auch sie etwas wussten?

Philipp wollte an Annette vorbei, aber sie hielt ihn am Arm fest. »Jetzt mal nicht so eilig. Ich habe dich was gefragt, und ich will eine Antwort.« Ihr Ton wurde drohender.

»Was will die denn!«, wandte sich Philipp an seinen Vater. »Ich hab keinen Schimmer, wovon die spricht.«

Thomas zog Annettes Hand von Philipps Arm. »Sag mal, spinnst du? Lass ihn in Ruhe!«

Annette sah Thomas wütend an. »Ich sag's dir noch mal: Halt dich raus! Ich glaube, dein Junior hat irgendeine Sauerei angezettelt, und das wird er mir jetzt erzählen.« Wieder bedrängte sie Philipp. »Hör mal zu, Freundchen! Du machst jetzt den Mund auf! Jacob ist verschwunden, und wir haben sein Halstuch mit Blut daran am Weiher gefunden. Das kann richtig böse ausgehen. Für Jacob sowieso, aber wenn du jetzt nicht redest, obwohl du was weißt, dann auch für dich.«

Nummer sechs kam zögernd näher. »Was soll das heißen, Jacob ist verschwunden?«

Annette drehte sich zu ihm um. »Hast du auch was damit zu tun? Dann sag es!«

»Halt den Mund!«, rief Philipp seinem Freund zu.

»Hey, Philipp, wir müssen …« Jetzt war es Nummer acht, der sich an den Torwart wandte, seinen Satz aber nicht zu Ende sprach, als Philipp ihn warnend ansah und ihm das Wort abschnitt.

»Nein, müssen wir nicht. Die Alte spinnt doch!«

Holger bemerkte, dass Annette Mühe hatte, sich zu beherrschen. Er kannte ihre Mimik, seit er denken konnte. Jetzt hatte sie das Kinn beängstigend weit vorgeschoben.

»Die Alte ist noch nicht fertig mit dir«, sagte sie. »Hast du Jacob das Handy geklaut? Hast du dieses Video in die Welt hinausgeschickt? Sag mal, tickst du eigentlich noch ganz richtig?«

Holger wurde es heiß und kalt. Annette pokerte hoch, schließlich konnte sie nicht sicher sein, dass Philipp es war, der dieses Drama ausgelöst hatte. Hatte sie das gleiche Gefühl, das auch ihn beschlich und das ihm sagte: Philipp war's.

»Jetzt reicht's aber!«, schrie Thomas.

»Ich hab gar nichts gemacht!«, schrie Philipp.

»He, was brüllt ihr denn so!«, schrie Barbara.

Annette atmete erkennbar tief ein und aus, dann holte sie eine Schachtel Zigaretten aus ihrer Jackentasche. »Okay, wenn ihr sagt, ihr wisst nicht, worum es geht, dann glaube ich euch das. Geht in die Kabine. Was soll's, die Polizei ist an der Sache dran und verfolgt die Spuren. Jacobs Handy hat man ja schon gefunden. Es wird sich herausstellen, wie alles zusammenhängt. Aber ihr habt ja nichts damit zu tun. Also, geht schon, sonst ist die Pause um, bevor ihr euren Tee getrunken habt.« Sie zündete sich eine Zigarette an, nahm einen hastigen Zug und blickte erst Philipp, dann seine Freunde insistierend an. »Aber wenn Jacob irgendetwas zugestoßen ist oder falls ihm was passiert, weil man ihn nicht rechtzeitig findet, dann wird man sich daran erinnern, dass ich euch hier gefragt habe, ob ihr etwas wisst. Aber ihr wisst ja nichts.«

»Ey, Philipp, das geht nicht. Da mach ich nicht mehr mit«, sagte Nummer acht kleinlaut. Nummer sechs trat unschlüssig von einem Bein aufs andere.

»Ich hab keine Ahnung, wo Jacob ist«, sagte Philipp trotzig. »Wir haben ihm bloß eine Abreibung verpasst. Weil er mir an die Wäsche wollte, die blöde Schwuchtel, stimmt's?« Er sah Nummer acht an, aber sein Freund senkte nur den Blick.

»Was – Jacob ist schwul?«, fragte Thomas und lachte süffisant.

Annette strafte ihn mit einem verärgerten Blick, bevor sie weiter die Spieler befragte. »Habt ihr drei ihn verprügelt?«

Nummer sechs nickte schwach. »Aber es war doch nicht so schlimm. Wir wissen wirklich nicht, wo er jetzt ist. Er hätte nach Hause gehen können.«

»Wow, ihr seid ja ganze Kerle«, sagte Annette in ironischem Ton.

»Jetzt beruhige dich mal.« Wieder mischte Thomas sich ein. »Eine Abreibung hat noch keinem geschadet. Wenn Jacob ein Mann sein will, hält er das aus. Aber anscheinend …«

»Sagt der Vater des Jungen, der es nicht allein mit einem Gleichaltrigen aufnimmt«, spottete Annette, dann wandte sie sich wieder an Philipp. »Und das Video?«

»War doch nur Spaß«, wiegelte Philipp ab und lachte verlegen. »Jetzt lassen Sie mich endlich in Ruhe.« Er sah seine Freunde an, nickte in Richtung des Sporthauses und machte sich davon. Nummer sechs und Nummer acht eilten ihm hinterher.

»Schau an, der Jacob«, höhnte Götzl und kam näher. »Ist also vom anderen Ufer – wer hätte das gedacht.«

»Was redest du denn«, sagte Holger barsch zu dem Bauern und merkte, wie niedergeschlagen er war. Jacob verprügelt, drei gegen einen. Und dann spielten sie die Angelegenheit auch noch herunter. Aber was hatten sie dem Jungen tatsächlich angetan?

Götzl stellte seine Bierflasche auf dem Stehtisch beim Imbiss ab. »Reg dich doch nicht gleich auf. Ich denke halt nur, die Frau Bucek hat's auch nicht leicht. Ihre Mutter ein Dragoner, der Vater ein Tyrann, und jetzt auch noch der einzige Sohn ein Hinterlader.«

Annette grummelte etwas vor sich hin, das Holger nicht verstand, musterte Götzl angewidert und schnippte die Asche ihrer Zigarette energisch ab.

»Also bitte, mal nicht solche Wörter hier«, protestierte Barbara und gab zu viel Curry auf eine Wurst.

Aber Götzl legte nach. »Na ja, ein bisschen komisch war der ja schon immer.«

Holger sah ihn ärgerlich an. »Was meinst du denn damit? Was mischt du dich überhaupt ein?«

»He, halt die Luft an! Kein Grund, auf mich loszugehen. Ich weiß, wovon ich rede. Ich hab schließlich Augen im Kopf, und ich brauch ja nur über die Straße zu schauen. Die Frau Bucek, immer das Putzen, immer das Haus, der Garten. Der Mann ist ihr schon weggelaufen. Aber hochmütig ist sie trotzdem.«

Holger brach der Schweiß aus. Er wusste nicht, was er erwidern sollte, und er hatte das Gefühl, dass Annette explodieren würde, wenn Götzl in dieser Art weitersprach. Jedenfalls zerdrückte sie ihre Kippe so vehement im Aschenbecher auf dem Stehtisch, als wollte sie mit dem Bauern am liebsten das Gleiche tun. Götzl aber kümmerte es nicht. Er fuhr unbeirrt fort.

»Ich weiß genau, dass sie Jacob verboten hat, auf meinen Hof zu kommen. Und?« Er hob die Hände in triumphaler Geste und lachte schadenfroh. »Die halbe Kindheit hat er oben auf dem Heuboden gespielt und auch noch geglaubt, ich hätte es nicht gemerkt. Ist zu viel allein, der Bub, wenn du mich fragst. Und jetzt muss ich pissen.« Eine Hand am Hosenschlitz torkelte er in Richtung der Büsche, die den Sportplatz einfassten.

Alarmiert sah Holger Annette an, und in ihrem Gesicht spiegelte sich seine eigene Aufregung. Götzls Hof! Nie im Leben wäre er darauf gekommen, aber klar, das ergab Sinn, das wäre ein gutes Versteck, kein weiter Weg und niemand, der ihn dort störte, am wenigsten seine Mutter.

»Sehen wir nach«, sagte Annette und eilte los.

»Ich bin noch mal weg!«, rief Holger Barbara zu, die verdutzt aus ihrem Imbisswagen hervorschaute.

Er hatte Mühe, mit Annette Schritt zu halten, zog sich den Gürtel höher über den Bauch. Die ersten Spieler des TSV kamen schon wieder zurück.

»Ihr müsst mich entschuldigen«, sagte Holger zum Mannschaftskapitän. »Falls ich nicht rechtzeitig zurück bin, lasst den Schlüssel nachher einfach in der Kabinentür stecken, wenn ihr fertig seid.«

»Ich glaub, es geht los«, moserte Philipp, der anscheinend gar nicht mehr in die Kabine gegangen war. Er gab schon wieder den starken Mann vor den anderen Spielern, als wollte er sagen: jetzt erst recht. »Sehen Sie zu, dass Sie wieder da sind, wenn das Spiel aus ist!«

Annette drehte sich wütend zu ihm um, aber Holger hielt sie am Arm, als sie etwas erwidern wollte. Das Wort war ihm endlich eingefallen – Barbaras Urteil über Philipps Leistungen als Torwart fegte durch seinen Kopf wie ein Tornado, wollte heraus, musste heraus mit all seiner Kraft. Holger schnappte nach Luft, und sein Herz schlug hart gegen seinen Brustkorb. »Und du sieh zu, dass du mal einen Ball hältst, du elender Fliegenfänger«, stieß er hervor und genoss es zu sehen, wie Philipp die Züge entglitten, ließ es auf sich wirken, bis er Annette neben sich reden hörte.

»Na also, geht doch«, sagte sie freudig, wurde aber gleich darauf wieder ernst. »Aber jetzt komm.«

Sie eilten die menschenleere Straße entlang. Die Wolken hingen tief, es begann zu nieseln, die Kirchturmuhr schlug halb vier, und irgendwo pustete jemand mit einem Höllenlärm das Laub zusammen. Er wischte sich mit seinem Taschentuch die sprühfeinen Regentropfen von der Brille und den Schweiß von der Stirn. Schon bogen sie vom Weg, der zum Sportplatz führte, auf die Dorfstraße ein. Er blickte hinüber zu Karins Haus, vor dem nun neben dem Clio auch ein Skoda stand.

»Da, schau, Pavel ist gekommen«, sagte er erleichtert.

»Na endlich«, antwortete Annette. »Dass alle möglichen Leute dieses Video gesehen haben, wird ein Schock für Jacob sein. Schon hilfreich, wenn beide Eltern jetzt für ihn da sind.«

Sie erreichten die Tür zu Götzls Stall. Holger zögerte, bevor er sie aufzog, sah Annette noch einmal an und versuchte erst gar nicht, die in ihm aufsteigende Panik zu verbergen.

Annette nickte ihm aufmunternd zu. Er öffnete die Tür, und sie gingen hinein. Sofort begannen die Kühe zu muhen und umherzulaufen, aber das interessierte ihn nicht. Da lag jemand im Gang, lag auf dem Rücken direkt vor der Leiter, die nach oben führte. Es war Jacobs blondes Haar, es war seine Jacke und seine schmale Statur. Holger fuhr der Schreck in die Beine. Er konnte sich nicht bewegen, keinen einzigen Schritt vorwärts gehen. Direkt hinter ihm fiel die Stalltür ins Schloss.

Annette lief auf Jacob zu, rief seinen Namen und beugte sich zu ihm hinunter. Sie suchte seinen Puls an der Halsschlagader. Die Zeit schien stillzustehen, während ihre Finger auf der Frage lagen: Leben oder Tod?

Samstag, 15. November 2014, 15.33 Uhr

Ein Zucken unter ihren Fingerspitzen, ein zweites gleich darauf. Sie atmete erleichtert durch, befühlte Jacobs Gesicht und sprach ihn noch einmal an, aber der Junge rührte sich nicht. Er war auffallend blass, seine Haut kühl. Sie blickte zu Holger hinüber, der nicht näher gekommen war.

»Er lebt, Gott sei Dank, aber sein Atem ist flach. Schnell, ruf einen Rettungswagen, und dann geh rüber und sag Karin und Pavel Bescheid. Ich bleibe so lange bei ihm.«

Holger kramte sein Handy hervor, und es dauerte nur Sekunden, bis er mit der Feuerwehr sprach, die Lage schilderte und den Fundort nannte. Schon verließ er den Stall.

Annette blieb allein zurück im schwachen Licht der Deckenlampen, in dem die Kühe vor sich hin dämmerten. Es stank erbärmlich um sie herum. Wie musste Jacob sich fühlen, wenn er sich an so einen Ort flüchtete? Sie setzte sich neben ihn. Wie lange er wohl schon bewusstlos hier auf der Erde lag? Der Bauer war am Sportplatz gewesen, aber in der Früh würde er die Tiere versorgt haben. Da hätte er Jacob entdeckt. Es musste also später passiert sein. Sie begutachtete Jacobs zerschundene Lippen, das zugeschwollene Auge, verfluchte Philipp und seine Helfershelfer, verfluchte auch Thomas und seine Worte. *Eine Abreibung hat noch keinem geschadet.* Erst die Prügel am Weiher, und so wie Jacob rücklings vor der Leiter lag, war er vermutlich auch noch gestürzt. Aber aus welcher Höhe? Soweit sie es erkennen konnte, ohne ihn zu bewegen, klebte kein Blut an seinem Hinterkopf, aber der Stallboden war steinhart.

Eine Gehirnerschütterung hatte er bestimmt. Hoffentlich war der Schädel nicht gebrochen.

Sie nahm Jacobs Hand und drückte sie. »Hey, es wird alles gut«, flüsterte sie ihm zu. »Ich bin es – Annette. Du musst einfach weiteratmen. Es kommt Hilfe. Gleich kümmert man sich um dich.« Sie wartete auf irgendeine Reaktion, aber die blieb aus. Er hört mich trotzdem, dachte sie und sprach weiter.

»Ich hätte längst mal wieder kommen sollen, nicht wahr? Du musst dir keine Sorgen machen. Du wirst wieder gesund, und dann reden wir in Ruhe über alles.« Sie überlegte, ob sie ihm von einer Begebenheit erzählen sollte, die ihr in den Sinn kam, aber sie entschied sich dagegen. Wer wusste schon, inwieweit er sie verstand, und schließlich sollte man einen Verletzten nur beruhigen, bis Hilfe eintraf. So drückte sie erneut seine Hand und redete weiter. »Du wirst wieder gesund«, sagte sie noch einmal. »Und ich bin bei dir. Ich verstehe dich gut. Mir ging es ebenso wie dir, als ich in deinem Alter war. Frag deine Mutter. Sie weiß das. Sie weiß alles. Du hast es bestimmt nicht immer leicht mit ihr, aber sie liebt dich. Hörst du, deine Eltern lieben dich beide. Nichts wird daran etwas ändern, da kannst du dir sicher sein.«

Ja, darauf kann er sich verlassen, dachte sie und lauschte auf die Geräusche, die von der Straße her kamen. Noch vernahm sie keine Feuerwehrsirene und keine Stimmen vor der Tür. Es blieb also Zeit, sich ihren Erinnerungen hinzugeben. Sie behielt Jacobs Hand in der ihren und streichelte sie, aber ihre Gedanken schwebten hinaus aus dem Stall, hinüber auf die andere Seite der Straße und zurück in der Zeit. Dieser längst vergangene Tag vor über zehn Jahren hatte sich in ihrem Kopf verkrallt wie eine Klette in einem Pullover. Na, vielleicht eher in einem Baumwolltop, denn sie sah den Sommer. Sah einen heißen Freitag im August.

Schon am späten Vormittag war Annette im Hause der Eltern eingetroffen. Die Vorbereitungen für die Geburtstagsfeier ihres Vaters waren bereits in vollem Gange, obwohl sie erst am nächsten Tag stattfinden würde. Rosi war mit ihrem Mann und den Kindern aus Nürnberg gekommen, auch die Tanten und Onkel waren schon da, die Cousinen und Cousins. Die ganze große Familie erfüllte das Haus mit Stimmen und Lachen und freudigem Durcheinander, in der Bäckerei setzte allmählich die Hektik ein, die jedes Mal ausbrach, wenn eine Familienfeier bevorstand. Der Vater wies die Aushilfen ein, die ihn vertreten würden, die Mutter holte für das Abendessen das gute Geschirr aus dem Schrank, und die Onkel polierten die Gläser für den Wein.

Annette war allein gekommen, und das schmeckte ihr überhaupt nicht. Drei Jahre schon gab es diese Frau, mit der sie ihr Leben teilte, manchen Abend, manche Nacht, immer wieder, ab und zu. Sie gingen zusammen aus und sie gingen zusammen ins Bett, hatten Spaß beim einen wie beim anderen, aßen zusammen, tranken zusammen, fuhren zusammen zum Wandern, zum Baden oder zu irgendeinem Event. Nach Hause fuhren sie getrennt. Wo lebte das Herz, wo räkelte es sich im Kissen in unbestreitbarer Wohligkeit?

Auf dem Sofa der anderen? Auf der eigenen Couch? Oder irgendwo in der Vergangenheit? Denn nach Hause war Annette dem Vernehmen nach ja auch jetzt gefahren, jedenfalls schien ihre Mutter das so zu sehen. *Kommst du zu Papas Geburtstag nach Hause?*, hatte sie gefragt, und Annette hatte geantwortet. *Ja, ich komme,* ich und nicht wir, und niemand interessierte sich dafür. Sie hatte eine nette Familie. Das Coming-out damals nach ihrem Umzug nach West-Berlin war einfach gewesen. Ein paar Tränen hier und dort eine krause Stirn, bei Rosi die Sorge, ob das vielleicht in den Genen lag. Es war das Beste, was man bekommen konnte in einem Dorf in den Achtzigern, und im Grunde glaubte sie, dass sich daran auch in der Zwischenzeit nichts geändert hatte, selbst wenn zwei Frauen oder zwei Männer neuerdings beinahe heiraten durften.

Ich bin bei dir, hatte diese Frau zu ihr gesagt und sie auf die Lippen geküsst, als Annette sich an der Wohnungstür von ihr verabschiedete. Annette hatte den Kuss erwidert und die Bemerkung auch. *Nein, das bist du nicht.*

Die Luft war schwül und ihr Herz war schwül an diesem Mittag im Dorf, die Stimmen im Haus viel zu laut, das Lachen viel zu unbekümmert, und die sorglose Fröhlichkeit war ihr ein einziger Graus. Sie fuhr zur Badewiese, um schwimmen zu gehen. Der Boden glitschte morastig unter ihren Füßen wie eh und je, als sie die ersten Schritte in den Weiher tat, und das fühlte sich schon passender an. Sie wusste, dass etwas nicht stimmte. Sie wusste, sie würde sich trennen von dieser Frau, die nicht bei ihr war, nie mit ihr kommen würde, deren Antwort auf die Frage, ob sie

Annette nicht begleiten mochte, ihr nicht aus dem Kopf gehen wollte. *Das ist deine Familie. Das geht mich nichts an.*

Liebe auf einer Insel konnte wunderbar sein. Aber nur, wenn man sich auf einer Insel befand.

Das Wasser war spätsommerlich warm, viel zu warm, um sie zu erfrischen. Sie schwamm und sie weinte. Sie tauchte den Kopf unter Wasser und steckte ihn in den Sand. Sie ging zurück an Land, trocknete sich nicht ab, setzte sich auf das Badehandtuch und zog die Beine an, umschlang sie mit den Armen. Die Kinder des Dorfes genossen die Sommerferien, rannten umher, saßen zu zweit oder saßen in Gruppen. Sie saß allein. Holger war in die Stadt gefahren, um ein Geschenk für ihren Vater zu besorgen. Und Karin hatte keine Zeit, bereitete ihre eigene kleine Feier vor, eine Präsentation der neuen Pflegeserie. *Komm doch auch,* hatte sie Annette eingeladen. *Zum Kaffee um drei.*

Und Annette ging hin, setzte sich an die gedeckte Tafel, aß gefüllten Bienenstich und betrachtete das Treiben in Karins Wohnzimmer wie aus weiter Ferne. Eine seltsame Art von Klageweibern saß da um den Tisch und grämte sich über Krähenfüße und Tränensäcke, Altersflecken, spröde Lippen und fehlenden Glanz auf den Wangen. Die schwindende Schönheit, was für ein Malheur, und Karin dazwischen mit einem Sortiment voller Waffen für einen aussichtslosen Kampf: Tagescreme, Nachtcreme, Augencreme, samtige Reinigungsmilch und erfrischendes Gel-Mousse, sommersoft und winterwarm, Lipgloss, Rouge und Peeling. Auf ihren Handrücken verrieben die Frauen die Rettung und schnupperten daran, riefen Ah! und Oh! und schielten verstohlen auf den Preis, zückten die Portemonnaies und löffelten Sahne auf den Kuchen. Karin schraubte Tuben auf und verteilte Döschen in die Runde, lächelte gewinnend und füllte Bestellscheine aus, war die unumstrittene Herrscherin über die elektrisierte Schar ihrer Kundinnen – ihre Karin, die in den Spagat geglitten war in vollendeter Pose, die sie geküsst hatte weit weg vom Dorf auf der Burg.

Annette ging auf die Terrasse und sah Jacob zu, der im Garten in einem aufblasbaren Becken planschte. In der Ferne läuteten die Kirchenglocken, und sie wunderte sich. In ihrer Kindheit hatte sie das ständige Läuten überhaupt nicht bemerkt. Es musste so allgegenwärtig gewesen sein wie ihr Herzschlag, so alles bestimmend. So normal. So gewöhnlich wie die Rituale da drinnen in Karins Wohnzimmer für die Frauen aus dem Dorf. Ein Fisch begriff wohl erst, dass er in Wasser schwamm, wenn ihn jemand herausangelte. Dann wurde es ihm klar, und es nahm ihm die Luft.

Drinnen ging die Party zu Ende. Höfliche Worte flogen hin und her, der Kuchen so lecker, die Lotionen so toll, ein wundervoller Nachmittag trotz der großen Hitze. Teller wurden zusammengestellt. Nein, lassen Sie's doch stehen, ich mach das schon. Bis zum nächsten Mal, und vielen Dank für alles. Jetzt muss ich mich aber sputen. Türen wurden geöffnet und geschlossen, noch ein Rezept ausgetauscht. Die Stimmen entfernten sich zum Ausgang hin. Tschüss, Karin. Tschüss, Annette. Und viele Grüße auch.

Annette holte ihre Zigaretten hervor, zündete sich eine an und blickte zum Himmel hoch. Im Westen türmten sich dunkle Wolken auf und schoben sich vor die Sonne.

»Es wird ein Gewitter geben.« Karin trat neben sie und brachte ihr einen Aschenbecher. »Gut so. Die Natur braucht Regen.«

Annette nahm ihr den Aschenbecher ab. »Warum tust du das?«, fragte sie und deutete mit einer knappen Bewegung ihres Kopfes zum Wohnzimmer hin.

Karin lächelte auf eine Weise, als erfreute sie sich an dieser Frage, vielleicht weil niemand sonst sie ihr stellte. »Was ist los?«, fragte sie ihrerseits, anstatt zu antworten. »Was stimmt nicht bei dir?«

Nun war auch Annette dankbar. Sie hätte nicht sagen können, woher Karin wusste, dass etwas im Argen lag, wo sie sich doch nichts anmerken lassen wollte. Aber jemand bekam es trotzdem mit, und es war Karin, und es tat gut.

»Geht es um eine Frau?« Karin sah sie eindringlich an, und Annette wich ihrem Blick aus, seufzte und nickte schwach.

Karin tätschelte ihren Arm. »Die von damals, mit der du zu Jacobs Taufe gekommen bist?«

Annette spürte der Berührung nach. »Nein, die ist es nicht. Diese hier wäre damals auch nicht mitgekommen, das ist ja das Problem.«

»Hm, vielleicht hat sie Angst.« Karin machte einen langen Hals, wohl weil Jacob im Planschbecken abgetaucht war. »Ist nicht so einfach, der Familie vorgestellt zu werden. Und dann auch noch, wenn sie komplett versammelt ist.«

»Ach was, sie hätte andere Gelegenheiten gehabt. Ich wollte sie schon oft mitnehmen, wenn ich meine Eltern besucht habe.«

Jacob tauchte wieder auf und stieg aus dem Planschbecken heraus. Jetzt füllte er eine Wasserpistole.

Karin wirkte beruhigt. »Was ist denn aus der anderen geworden?«, fragte sie. »Die war doch nett.«

Annette zuckte mit den Schultern und drückte die Kippe im Aschenbecher aus, stellte ihn auf dem Fensterblech ab. »Jacob ist gewachsen, seit ich im Mai hier war, stimmt's? Das Becken da wird bald zu klein für ihn sein. Kann er schon schwimmen?«

»Warum weichst du aus?«

»Mach ich ja nicht. Ist eben vorbei. Spielt er überhaupt noch mit Playmobil?«

Karin stutzte. »Ich weiß es gar nicht. Jetzt wo du es sagst ... Ich habe die Figuren nach seinem Geburtstag gar nicht mehr gesehen. Dabei hat er sich doch so gefreut.«

»Tja, mancher Spaß ist eben von kurzer Dauer.« Annette verzog das Gesicht zu einem bedauernden Lächeln. Sie blickte Karin in die meergrünen Augen und spürte einmal mehr dieses Ziehen im Bauch. Nein, nicht schon wieder. Nicht nach all der Zeit und noch immer. Aber genau so war es.

Karin errötete und senkte die Lider. »Mach mich nicht verlegen«, murmelte sie. »Das ist nicht fair.«

»Hattest du auch Angst damals? Ich meine, als du auf dem Maifest mit diesem blöden Uwe rumgemacht hast? Du konntest ihn doch gar nicht leiden.«

»Er war nun mal da.«

»Ich war auch da.«

»Ja, genau. Du warst auch da. Und das ging doch nicht.«

Jetzt hob Karin die Lider wieder und sah Annette ernst an. »Du hast es mir nie gesagt. Dann sage eben ich es jetzt: Ich liebe dich auch, Annette, mein Leben lang liebe ich dich, aber nicht auf diese Weise. Ich liebe dich, weil du bist, wie du bist. Forsch und unerschrocken. Trotzig. Wer sonst ist schon trotzig in Eschenreuth? Und du hast immer zu mir gestanden. Auch damals, als ich bei der Prüfung …« Sie hielt inne und räusperte sich. »Ich meine, als ich die Prüfung nicht geschafft habe. Wie hätte ich diesen Tag überstehen sollen ohne dich? Und das vergesse ich dir nie. Ich will, dass du glücklich bist. Aber nicht mit mir.«

Annette schluckte und lehnte sich gegen das Fensterblech. »Bist du denn glücklich mit deiner Familie und all dem hier?«

»Ich habe Pavel. Er ist ein guter Mann und tut alles für mich. Er bleibt sogar hier mit mir, obwohl ich spüre, dass ihm das Dorf zu eng ist und dass er meine Eltern kaum erträgt. Aber er hält sie aus. Und auch er lehnt sich gegen sie auf. Ist nicht leicht manchmal, aber er widersteht ihnen, wie ich es niemals konnte. Und wir haben Jacob. Ja, er wächst schnell. Er lernt schwimmen. Er ist gesund. Das ist wichtig. Das ist das Einzige, was zählt.«

Ein erster Tropfen klatschte auf die Terrasse, wo sie nicht mehr überdacht war. Ein fernes Grollen schreckte Jacob auf. Er richtete die Wasserpistole zum Himmel und schoss auf die Wolken.

Annette stieß sich vom Fensterblech ab und nahm Karin in die Arme. »Weißt du noch, wir wollten Weltreisende sein«, flüsterte sie ihr ins Ohr. Jacob rannte herbei und bespritzte sie.

»Was ist denn die Welt – eine Landschaft oder ein Gefühl?«, fragte Karin ein wenig heiser und schob sie sanft zurück, umfasste ihren Nacken und küsste sie auf die Wange. Dann ging sie ins Haus.

»Das Einzige, was zählt«, murmelte Annette vor sich hin, bis aufgeregte Stimmen sich dem Stall näherten und sie aus ihren Gedanken rissen. »Sie kommen«, sagte sie zu Jacob. »Und du musst gesund werden, hörst du? Alles andere wird sich finden.«

Die Stalltür flog auf, und Pavel kam mit langen Schritten näher. Karin folgte ihm zögerlich, Holger hatte einen Arm um sie gelegt. Annette erhob sich und trat beiseite. In der Ferne ertönte die Sirene der Feuerwehr.

Samstag, 15. November 2014, 17.51 Uhr

Ein plötzliches lautes Brummen ließ Karin hochschrecken, und sie schlug die Augen auf, erblickte den Getränkeautomaten an der Wand und einen braunen Plastikbecher, in den der Kaffee rann wie aus einem Wasserhahn. Pavel stand davor und wartete, nahm den Becher an sich, als es nur noch hineintröpfelte, kam zurück zu ihr und setzte sich wieder neben sie.

Jetzt war es also doch passiert. Sie hatte wach bleiben wollen auf dieser harten Bank aus Metall, in diesem Gang, auf dem die Betten hin und her geschoben wurden und in dem es so widerlich nach Desinfektionsmitteln roch und nach Angst. Sie rieb sich die Augen und seufzte. Wie konnte sie schlafen, wo Jacob irgendwo unter diesem Dach auf einem Operationstisch lag. Warum nur war sie eingenickt, anstatt ihm all ihre Kraft für den Eingriff zu schicken.

Sie fühlte sich tatsächlich unsagbar müde. Das vergebliche Warten in der Nacht steckte ihr in den Knochen wie das Video und Jacobs Anblick auf dem schmutzigen Boden in Götzls Stall, bewusstlos, zerschunden und nicht ansprechbar. Welche Kraft sollte sie ihm denn schicken? Sie hatte ja selbst keine mehr. Noch einmal sah sie vor ihrem geistigen Auge, wie die Sanitäter sich um Jacob bemühten, ihn so vorsichtig hochnahmen wie ein höchst zerbrechliches Gut, um ihn auf die Trage zu legen. Wieder hatte sie den Mief von Kuhmist in der Nase. Es war ein so heftiger Gestank gewesen, dass sie nur zu gern neben der Trage den Stall verlassen hatte. Die frische Luft draußen war ihr erschienen wie ein erster Hauch von Besserung an diesem furchtbaren Tag. Aber dann hatte sie den Vater kommen sehen.

Sie war sicher, dass die Mutter ihn geschickt hatte. Vermutlich hatte sie die Sirene des Rettungswagens gehört und war auf die Durchgangsstraße vorgelaufen, hatte den Hals gereckt und den Vater gerufen. *Wiegand, schau doch mal nach, beim Götzl ist was los.*

Ihr Vater eilte förmlich auf Karin zu. Annette und Holger versuchten gemeinsam, ihn von ihr fernzuhalten, aber er ließ sich nicht stoppen und zog sie von der Trage und von Jacob weg.

»Was ist hier los?«, zischte er in einem Ton, als gälte es nicht, einen Verletzten zu bergen, sondern als gäbe es einen Grund, sich zu echauffieren. Mit eisiger Miene empörte er sich, trat dicht vor sie hin und sprach so leise, dass nur sie ihn verstehen konnte, aber seine Worte dröhnten in ihren Ohren, sodass sie den Kopf einzog.

»Sag mal, was hat das zu bedeuten? Ist dein Sohn jetzt komplett verrückt geworden? Hast du in deiner Familie denn gar nichts mehr im Griff? Ihr macht uns noch zum Gespött der ganzen Gegend!«

Pavel eilte herbei und stellte sich neben sie. »Jetzt reicht es aber! Was willst du denn hier?«, sagte er zu ihm.

Schon wieder und sogar jetzt zerrten sie an ihr mit ihrem Streit, und sie spürte es erneut, das Hin und Her ihrer Gefühle, aber diesmal war es ihr egal, als sie sah, wie Jacob das unversehrte Auge auftat, bevor die Sanitäter ihn in den Rettungswagen schoben. Ihr schien, als wollte er den Kopf heben, aber er konnte es ja nicht, so wie sie ihn fixiert hatten. Erschrocken sah er aus in diesem winzigen Moment, aber schon hatte er das Auge wieder geschlossen.

»Du hast mir gar nichts zu sagen!«, geiferte ihr Vater Pavel an und wurde lauter. »Sieh zu, dass du wieder Richtung Osten verschwindest. Am besten, du bleibst gleich da.«

Ihr Vater beruhigte sich nicht. Sie wunderte sich über seine Wut, die er selten so unverblümt zeigte, und sie wunderte sich, dass es ihr so gleichgültig war. Vielleicht wirkten die Tabletten nun doch noch. Oder es lag einfach an ihrem Schock. Jacob am Boden in Götzls Stall, den sie ihm verboten hatte. Sein Versteck so nah und dennoch so fern von ihr. Auf dem Video hatte er herumgedruckst, als hätte er ein Verbrechen zu gestehen, dabei ging es doch nur um die Richtung seiner Gefühle. Aber zwei Drittel der Eltern sind traurig, wenn ihre Kinder ihnen sagen, dass sie schwul oder lesbisch sind. Das hatte sie irgendwo in der Zeitung gelesen. Und Jacob vielleicht auch. Warum sonst hatte er nie ein Wort darüber verloren? Und warum mussten erst diese Schläger die Wahrheit ans Licht bringen? Was hatten sie ihm angetan?

»Mach hier nicht so einen Aufstand«, sagte Pavel und stellte sich nun zwischen sie und ihren Vater. »Siehst du denn nicht, dass der Junge verletzt ist? Jetzt denk mal an Jacob. Er ist doch dein Enkel.«

»Nein, er ist nicht mehr mein Enkel«, widersprach ihr Vater mit einem Ausdruck von Abscheu auf dem Gesicht. »Nicht, wenn das stimmt, was er in diesem Filmchen sagt. So einen lasse ich nicht über meine Schwelle.«

Pavel starrte ihn sprachlos an, und ihr sackten für einen Moment die Beine weg, aber dann gab sie sich einen Ruck. Bloß nicht zusammenklappen. Sich bloß nicht umwerfen lassen von den Worten des Vaters, von seinem Hass. Sie konnte vielleicht nicht mehr auf Spitzen tanzen, aber für Jacob musste sie aufrecht stehen bleiben.

»Nicht mehr dein Enkel?«, fragte sie den Vater und sah ihn fassungslos an, und plötzlich kam ihr Lizzy in den Sinn. »Willst du wieder dein Gewehr holen? Willst du auch mit Jacob in den Wald gehen und ihn erschießen, wie du es mit meiner lieben Hündin getan hast?«

Er stach mit seinem Blick in ihre Augen. »Keine schlechte Idee. Das wäre immerhin eine saubere Lösung. Das war es damals ja auch.«

Pavel stieß ihn gegen den Brustkorb, stieß ihn rückwärts weg von ihr und vom Rettungswagen, weiter und immer weiter weg und in die kleine Menge hinein, die sich inzwischen am Straßenrand versammelt hatte, die Smartphones gezückt für ein neues Video.

»Hau ab!«, schrie Pavel. »Verschwinde!« Er schimpfte auf Tschechisch weiter, spie seine Worte dem Vater entgegen. Sie wollte das gar nicht verstehen.

Jemand umfasste ihren Arm. Sie löste ihren Blick von den beiden Männern, sah dem Sanitäter ins Gesicht.

»Wir können los«, sagte er sanft. »Kommen Sie mit?«

Pavel hielt ihr den Becher hin, aber sie schüttelte den Kopf. Dieses Zeug bekäme sie nicht herunter, nicht einmal in einem solchen Augenblick. Er nippte selbst an dem Kaffee und legte einen Arm um sie. »Es wird schon«, sagte er und streichelte sie. »Es muss einfach.«

Hoffentlich behielt er recht. Sie legte ihren Kopf an seine Schulter und ging in Gedanken noch einmal durch, was die Ärztin nach den Untersuchungen berichtet hatte. Eine Gehirnerschütterung hatte Jacob davongetragen, aber sein Schädel war nicht gebrochen. Die Beule am Hinterkopf würde von selbst heilen wie auch das Auge und die gebrochene Rippe. Aber nicht die Milz. Von einem stumpfen Trauma hatte die Ärztin gesprochen und wohl eine Stiefelspitze gemeint. Sie mussten ihn operieren, um eine Blutung zu stoppen.

Eine innere Blutung, mein Gott!

»Wie lange dauert das wohl?«, fragte sie und drückte ihre Nasenwurzel zwischen zwei Fingern.

Pavel trank einen weiteren Schluck. »Keine Ahnung. Das ist nicht wichtig. Die Hauptsache ist, dass sie es gut machen. Jacob ist jung. Er schafft das.«

Selbst wenn sie spürte, wie auch er sich sorgte, war seine Zuversicht echt, und einmal mehr war sie ihm dankbar dafür. Vielleicht war es genau diese Zuversicht, die sie am meisten an ihm liebte. Mit seiner Zuversicht hatte er sie für sich eingenommen, als sie sich kennenlernten. Die Wende war längst vorbei gewesen und Pavel der neue Chemiker im Werk. Nicht aus der DDR, tuschelten die Kolleginnen und Kollegen, sondern aus der Tschechei, wie sie es nannten. Er wurde argwöhnisch beobachtet in den ersten Wochen, aber er arbeitete sich schnell ein, war freundlich und gewissenhaft, und er suchte ihre Nähe. *Lass gut sein*, sagte er mit einem charmanten Akzent, wann immer sie sich um etwas sorgte, das schiefgehen konnte. Befürchtete sie einen Fehler in der Produktion der Medikamente oder ein negatives Forschungsergebnis, so spürte sie das Adrenalin in ihrem Blut und hörte die Ruhe in seiner Stimme. Bis dahin wusste sie nicht, wie sehr sie sich nach dieser Ruhe gesehnt hatte. So viele Jahre lang war sie innerlich auf dem Sprung gewesen. Hatte ihre Arbeit getan und sich ansonsten aus dem herausgehalten, was die Leute um sie herum wohl das Leben nannten. Da war ihr Apartment in der Nähe des Werks. Geranien auf dem winzigen Balkon und gute Bücher. Sie war eigentlich zufrieden in jener Zeit, wäre da nicht das Drängen der Eltern gewesen, Woche für Woche, Monat für Monat, Jahr um Jahr.

Wie lange willst du noch alleine bleiben?

Du wirst nicht jünger.

Bald sind die Besten vergeben.

All dieser Mist, fluchte sie innerlich und umklammerte die Armlehnen. Nicht mehr sein Enkel, hatte der Vater gesagt. Er war schon oft zu weit gegangen, aber jetzt war Schluss. Das hier würde nicht folgenlos bleiben. Nun gab es nichts mehr zu beschönigen. Vielleicht hätte sie ja wirklich längst fortgehen sollen. Holger hatte es getan. Annette hatte es getan. Warum war ihr der Gedanke stets so bedrohlich erschienen, Eschenreuth zu verlassen und die nebelverhangenen Hügel, die Nähe zu dem Elternhaus mit dem Fenster, aus dem sie einst gesprungen war. Pavel hatte sie so inständig gebeten. *Aus der Tschechei*, sagte auch ihr Vater von Anfang an, und sie wusste, was er dachte: ein Ausländer. Ein Slawe. Und überdies einer, der ihm die Stirn bot. Das Gezerre, das Hin und Her zwischen ihnen und ihrem ewigen Streit. Wie oft hatte sie es verflucht in all den Jahren ihrer Ehe, aber vielleicht hatte sie sich geirrt, vielleicht hatte es sie gerettet, wie einst Annette sie gerettet hatte mit ihrem Widerspruchsgeist. Infrage stellen. Negieren. Konnte man von Einspruch leben, den man einfach bloß bei anderen vernahm? Konnten Worte sein wie die Luft zum Atmen und Sätze nähren wie Brot?

Wieder fielen ihr die Augen zu. Sie kämpfte gegen die Müdigkeit an, sprang auf, ging zum Getränkeautomaten und las die Auswahlmöglichkeiten durch: Kaffee, Cappuccino, Zitronentee und heißes Wasser. Was für ein Gesöff, so etwas trank man doch nicht. Die Leitungen waren vermutlich völlig verkalkt und ewig nicht gereinigt worden. Nur gut, dass Heißgetränke da hindurchflossen, so würden wenigstens die Bakterien abgetötet sein, wenn die Brühe in den Becher rann. Sie öffnete ihre Handtasche und das Portemonnaie, holte einen Euro heraus und steckte ihn in den Schlitz für die Münzen. Cappuccino ohne Zucker. Der Becher flog in Position, und sie beobachtete, wie er volllief.

Bakterien. Mit einem Mal sah sie Jacob mit offenem Bauch auf dem Operationstisch liegen und mühte sich, die Keime zu vertreiben, die sofort durch ihre Gedanken schwirrten. Multiresistent. Sie wusste, wie so etwas aussah, hatte die Petrischalen oft genug in Augenschein genommen. Die anderen mochten sie belächeln, wenn sie sich mehr als einmal die Hände wusch, wenn sie die Küche schrubbte und das Haus putzte. Sie hatte alles getan, was sie konnte, um jede Gefahr abzuwenden, aber sie hatte es nicht geschafft. Schon wieder hatte sie versagt. Sie fasste den Becher zu weit unten an, als sie ihn aus der Halterung nahm. Ihre Fingerspitzen glühten. Sie setzte sich wieder hin.

Nicht mehr sein Enkel!

Das Töten eine saubere Lösung.

Ihre Lizzy.

Und Jacob auch!

»Das ist ekelhaft«, murmelte sie mehr zu sich selbst als zu Pavel, aber er sah auf ihren Becher.

»Was anderes gibt es hier nicht.«

»Ich meine ja nicht den Kaffee.« Sie schüttelte sich und blies den Dampf weg.

Schritte quietschten auf Gummisohlen den Gang entlang und näherten sich. Dieselbe Ärztin, mit der sie schon zuvor gesprochen hatten, kam auf sie zu. Ihre Augen blickten ernst, aber um ihre Lippen spielte ein feines Lächeln und verlieh ihrer Miene einen Ausdruck, der nicht zu deuten war. Pavel stand auf, und auch Karin erhob sich. Bitte, flehte sie innerlich, stellte den Becher auf die Bank und knetete ihre Hände. Bitte, lass es eine gute Nachricht sein!

Samstag, 15. November 2014, 20.20 Uhr

Er wollte sie nicht aufwecken, und so schlich Holger von der Küche in die Stube und stellte das Holzbrett leise auf dem Couchtisch ab. Er setzte sich in seinen abgewetzten Lieblingssessel, von dem aus er vom Sportplatz weg in den Obstgarten des Nachbargrundstücks blicken konnte, wenn es hell war, hin zu einem knorrigen Apfelbaum und all seinen Jahreszeiten. Jetzt aber war es dunkel, und so sah er Annette beim Schlafen zu, die auf der Seite lag und ruhig atmete, einen Arm um das Kissen geschlungen, das sie sich nur halb unter den Kopf geschoben hatte. Nach dem Anruf aus dem Krankenhaus hatte sie sich sofort hingelegt. Die Operation sei gut verlaufen, Jacobs Blutung gestoppt. Auch er hatte gespürt, wie die Anspannung mit dieser Nachricht gewichen war, die Angst um den Jungen abgezogen wie letzte schwarze Wolken nach einem Sturm.

Aber klarte es denn wirklich schon auf am Horizont? Jacobs Wunden würden noch frisch sein, wenn er das Bewusstsein wiedererlangte, das Bewusstsein um das Video, um die Prügel und um die Frage: was jetzt? Holger dachte an Karins Vater. Der alte Herr Schmitz hatte auf Götzls Hof noch einmal alle Register seiner Bosheit gezogen, als Jacob zum Rettungswagen gebracht worden war. Holger konnte nur ahnen, wie schwer es Karin gefallen sein musste, ihrem Vater die Stirn zu bieten, diesem Mann, mit dem sie schon ihr Leben lang geschlagen war. Er dachte an die plötzliche Wut in ihrem Blick und in ihrer Stimme. Eigentlich schade, dass Pavel den alten Schmitz weggejagt hat, dachte er. Karin war ihre Wut nicht losgeworden, sah beinahe enttäuscht aus, als ihr Vater ging. Sie fuhr im Rettungswagen mit, Pavel mit dem Auto hinterher, und die Schaulustigen verliefen sich. Er blieb zurück auf Götzls Hof, fühlte sich in eine unwirkliche Ruhe gestoßen, die ihm fehl am Platz vorkam nach allem, was geschehen war. Annette ging noch einmal in den Stall, und er begleitete sie. Die Polizisten sahen sich auf dem Heuboden um, wo Jacob sich verkrochen hatte und wo man nun sein Notebook fand, seinen Rucksack und eine alte Decke. Auch Annette stieg die Leiter nach oben, um sich ihr eigenes Bild zu machen, aber schon kurz darauf kam sie wieder herunter. Sie hatte eine Plastikfigur in der Hand, mit der kleine Kinder spielen. *Playmobil*, sagte sie amüsiert und grinste in sich hinein. Er hatte nicht verstanden, was daran so komisch war.

Zwei kurze Töne erklangen von einem Handy, das irgendwo in Annettes Rücken liegen musste. Sie blinzelte verschlafen und setzte sich umständlich auf. »Was ist los? Wie lange habe ich gepennt?«

»Vielleicht eine Stunde«, antwortete er und musterte sie. Ihre gewöhnlich in alle Richtungen abstehenden Haare waren angedrückt, wo sie darauf gelegen hatte. Quer über ihre Wange zog sich eine tiefe Falte.

»Hast du noch mal was gehört?« Sie rieb sich die Augen, tastete nach dem Handy und nahm es an sich.

Er öffnete eine Flasche Wasser und füllte ihr Glas auf. »Nein, nichts. Ich denke, das wird dauern. Die beiden bleiben vermutlich die ganze Nacht im Krankenhaus.«

Annette nickte, während sie eine Nachricht las. Dann entdeckte sie die Brotzeit und lächelte versonnen. »Immer noch Leberwurst«, sagte sie und zog das Holzbrett zu sich heran.

»Und Mettenden und Kümmelkäse. Such dir was aus. Ich hätte noch Honig da, aber der passt nicht zu Laugenbrötchen. Bestimmt alles nicht das Richtige für dich. Zu fett oder so. Zu schwer.«

»Ist schon gut«, sagte sie und nahm sich eine Hälfte mit Käse. »Schmeckt nach früher. Aber eigentlich habe ich keinen Hunger.«

»Ich auch nicht. Mir ist richtig schlecht vom vielen Grübeln.«

Sie sah ihn fragend an, als warte sie darauf, dass er ihr seine Gedanken mitteilte.

»Warum ist das passiert?«, sprach er aus, was ihn schon seit Stunden beschäftigte. »Warum haben wir Jacobs Verunsicherung so übersehen?«

Sie schluckte den ersten Bissen hinunter, trank einen Schluck Wasser nach. »Weil er still war. Wahrscheinlich hat er von früh bis spät gebangt, dass niemand merkt, was in ihm vorgeht. Ich weiß, wie das ist. Die anderen sind hetero. Du nicht. Und dann hast du drei Möglichkeiten: Ziehst du dich zurück, wirst du nicht mehr wahrgenommen. Gibst du dich unnahbar und überlegen, verlierst du die Nähe zu den anderen und wirst ausgeschlossen. Spielst du Theater, gibst den freundlichen Clown oder die ewig Verständnisvolle für die Belange der anderen, weißt du irgendwann selbst nicht mehr, wer du wirklich bist. Wunderbare Alternativen sind das. Was du auch tust, am Arsch bist du immer.«

Er kratzte sich das unrasierte Kinn. »Ich weiß nicht, stimmt denn das? Ihr könnt doch sein wie alle anderen auch.«

Sie fuhr sich mit beiden Händen durchs Haar, legte den Kopf in den Nacken. »Du meinst, mit fünfzehn den lieben Mitmenschen deine Träume erzählen? Mit den Freundinnen über das eigene Verliebtsein kichern? Auf dem Dorffest knutschen? Viel Spaß. Das Mindeste, was du dir einhandelst, ist der Vorwurf, dich zur Schau zu stellen. Es an die große Glocke zu hängen. Wenn zwei das Gleiche tun, ist es noch lange nicht dasselbe.«

Er hatte keine Lust auf diese Diskussion. Er wollte nicht, dass Annette auf eine abgehobene Ebene floh, wenn es ans Eingemachte ging. Dafür waren sie zu lange und ja, noch immer zu eng befreundet.

»Tut mir leid, dass ich auch damals nichts gemerkt habe«, sagte er daher. »Bei dir, meine ich. Du weißt ja, da war meine kranke Oma. Und ich wäre auch nie auf die Idee gekommen, dass du in Karin verliebt gewesen bist, wie du es mir erst so viele Jahre später erzählt hast. Klar hab ich gemerkt, dass du sie andauernd umarmt und gedrückt hast und so. Ihr wart halt Freundinnen. Ich hielt das für Mädchenkram. Und ich glaube, ich wusste damals nicht mal, dass es so was auch bei Frauen gibt.«

Sie schmunzelte. »Soll ich dir was verraten: Ich hab's auch nicht gewusst. Bis ich es erlebt habe. Und dann siehst du es plötzlich überall, sogar damals schon. Weil du Halt suchst. Und Gemeinschaft.«

Er winkte ab, wusste nur zu gut, wie es sich anfühlte, ein Außenseiter zu sein. »Gemeinschaft. In diesem Kaff. Wie hast du das bloß ausgehalten?«

»Ich habe es aufgeschrieben. Was ich empfand, meine ich. Was ich dachte und was um mich herum geschah. Dabei war ich eigentlich gar nicht der Tagebuch-Typ. Bis dahin hab ich immer alles hinausposaunt. Und dann musste ich auf einmal alles für mich behalten. Aber Papier ist ja bekanntlich geduldig. Sturm und Drang, du verstehst?« Sie schüttelte sachte den Kopf. »Oje, das ganze Drama. Ich möchte das heute nicht noch mal lesen.«

Plötzlich hatte er eine Idee. »Hast du es noch?«, fragte er und rutschte auf die Sesselkante vor.

»Hä?«

»Ob du es noch hast, dieses Tagebuch.«

»Ja, sicher. Aufgehoben hab ich es natürlich. Liegt irgendwo in einer dunklen Ecke.«

»Hol es raus. Gib es Jacob, wenn er wieder gesund ist.

Das wird ihm helfen. Du hast es selber gerade gesagt. Gemeinschaft.«

Annette runzelte die Stirn. »Nee, nee, das wäre superpeinlich. Ich meine, ich war ein Teenie und verwirrt und dauerverknallt. Was soll er denn von mir denken?«

»Aber das ist er bestimmt heute auch. Und er braucht eine Identifikationsfigur, ein Vorbild. Jemanden, der ihm zeigt, dass er mit seinen Gefühlen nicht alleine ist.«

»Ach, Holger. Heute gibt es so viele Möglichkeiten – Bücher, Zeitschriften, Filme. Und er braucht vor allem Kontakte zu anderen Schwulen.«

»Er wird sich nicht trauen, welche zu knüpfen, wenn er keinen Rückhalt hat. Ein Buch ist toll, aber es ist nicht dasselbe wie die eigene Patentante. Sei ihm das. Sei ihm eine Patin.«

»Mit meinem Tagebuch? Das meiste, was da drinsteht, handelt von seiner Mutter.«

»Umso besser. Vielleicht wird er dann sogar Karin mit anderen Augen sehen. Im Moment kommt sie ihm sicher oft ziemlich komisch vor. Er könnte sie neu sehen. In einem anderen Licht.«

Sie zog die Nase kraus. »Ich kann's ihm ja erzählen. Aber O-Ton fünfzehn bis achtzehn? Ich glaube nicht.«

Heute. Jetzt. Dieses eine Mal wollte er es sein, der ihr sagte, was sie tun sollte, und er wollte, dass sie es auch tat. Ein Leben lang war es umgekehrt gewesen. Und er wusste nicht wieso, aber plötzlich war ihm klar, dass er sie dazu bringen würde, sie bearbeiten würde, bis sie nachgab. »O-Ton fünfzehn bis achtzehn würde er lieben, und das kannst nur du ihm geben«, sagte er, beugte sich über den Tisch und schob die Brotzeit noch näher zu ihr hin. »Denk drüber nach.«

Sie griff nach ihrer Jacke, die am Ende des Sofas lag, holte ihre Zigaretten hervor und stand auf. »Ja, mach ich«, antwortete sie mürrisch, und er konnte sehen, wie unbehaglich ihr bei der Vorstellung war. Sie streifte die Jacke über, steckte sich eine Zigarette zwischen die Lippen und floh vor die Tür.

Er blieb auf der Sesselkante sitzen und schaute auf das Fenster, hinter dem es so dunkel war. Der Apfelbaum. Er stand da draußen, auch wenn er ihn jetzt nicht sehen konnte, auch wenn er gerade weder Blüten noch Früchte trug. Es galt, zur Ruhe zu kommen und Kraft zu sammeln für einen neuen Anlauf. Jacob musste das tun mit seinem Schlaf in einem Krankenhausbett. Vielleicht auch Annette, die immer auf dem Sprung zu sein schien. Und was war mit ihm selbst? Musste nicht auch er sich besinnen und heraus aus seiner eingefahrenen Spur, die nicht mehr als eine Schmalspur war? Damals im Kastanienastflugzeug hatte er den Piloten gegeben. Später hatte er Pfarrer werden wollen. Immer der Drang zum Himmel irgendwie, aber trotzdem saß er hier und bezog noch nicht mal seinen Lieblingssessel neu. Und Barbara wartete seit Jahren auf ein Zeichen von ihm. Mit ihrem 1. FC Nürnberg und mit Udo Jürgens war sie nicht wie Martine. Sie hatte keine Rastalocken und keine flammendrote Strähne im Haar, die ihr in die Stirn fiel. Sie hatte reichlich Übergewicht und trug seit Jahren dieselben Pullover. So wie er auch. Sie hatte Humor, sie wusste, was sie wollte, und meistens bekam sie es auch. Ihn hatte sie noch nicht bekommen. Aber vielleicht war es an der Zeit, dass er sie mal einlud, zu Kaffee und Kuchen vielleicht oder besser noch zum Länderspiel am kommenden Dienstagabend. Also Bier und Würstchen, nein, keine Würstchen, die hingen ihr sicher zum Halse heraus. Gemüseeintopf würde er kochen. Es einfach probieren, sich rasieren, und dann mal schauen. Gemeinschaft. Erstaunt merkte er, dass er sich freute. Dass etwas lächelte in ihm.

Annette kam zurück und sah ihn fragend an. »Was ist los?«

»Mmh?«

»Du siehst aus, als hättest du gerade eine Erleuchtung.«

Er lehnte sich zurück und schmunzelte zufrieden. »Ja, vielleicht habe ich die auch.«

Sonntag, 16. November 2014, 07.58 Uhr

Sie erwachte aus einem traumlosen Schlaf, hob träge die Lider und drehte sich auf den Rücken. Es war frisch im Zimmer und noch beinahe dunkel, ein erster Schein der Morgendämmerung drang durch die geschlossenen Vorhänge, irgendwo draußen krähte ein Hahn, und in den Heizungsrohren gluckerte Wasser. Sie legte ihre Arme auf die Decke und schmunzelte über die graue Bettwäsche, wie sie es schon in der Nacht getan hatte, fuhr mit der Hand darüber und spürte den seidigen Stoff, der fest war und glatt und der raschelte, wenn sie sich bewegte. Es war Karins

Werk, ein Geschenk nur für sie, und Annette kuschelte sich noch einmal richtig hinein, bevor sie sich streckte, die Decke zurückschlug und aufstand. Barfuß und in Slip und T-Shirt tappte sie die Treppe nach unten und ging in die Küche. Karin stand an der Arbeitsplatte und schnitt eine Tomate in Scheiben. Sie trug dieselbe Kleidung wie tags zuvor, ihre Haare wirkten unfrisiert, und um ihre Augen zeigten sich dunkle Ringe, als sie Annette ansah.

»Guten Morgen«, sagte sie müde und legte das Messer aus der Hand. »Hast du gut geschlafen?«

Annette nickte. »Guten Morgen. Wie geht es Jacob?«

Karin wog den Kopf und arrangierte die Tomatenscheiben neben dem Käse auf einem Teller. »Die Ärzte sagen, sein Zustand ist stabil, alles normal. Aber er ist nur einmal kurz aufgewacht.«

»Das ist doch schon mal was.« Annette ging auf sie zu, legte einen Arm um sie und drückte aufmunternd ihre Schulter. »Wo ist Pavel?«

»Er ist noch dageblieben. Ich muss mal ein bisschen schlafen. Heute Nachmittag fahre ich wieder hin und löse ihn ab.«

»Dann komme ich mit.« Annette nahm sich einen Becher aus dem Schrank und stellte ihn unter den Kaffeeautomaten. Vielleicht konnte sie weni gstens kurz mit Jacob reden, bevor sie zurückfuhr. Sie wollte ihm unbedingt Mut zusprechen und ihm Rückhalt geben, aber sie musste auch dringend wieder nach Berlin, wenn sie die Geschichte über Georgia O'Keeffe noch irgendwie rechtzeitig fertigbekommen wollte.

»Möchtest du ein Ei?« Karin holte eines aus dem Kühlschrank und wollte es ihr hinhalten, aber es rutschte ihr aus den Fingern und zerplatzte auf dem Fußboden. Karin zuckte kurz, seufzte lang und riss einen Streifen Papier von der Küchenrolle.

»Jetzt lass das doch mal.« Annette nahm ihr das Tuch aus der Hand. »Du musst mich hier nicht bedienen, ich find mich schon zurecht. Hast du denn im Krankenhaus nicht irgendwo schlafen können?«

»Doch, ein bisschen. Aber eigentlich war ich innerlich wohl ständig wach. Ich gehe ins Bett, wenn du gegessen hast. Ich habe keinen Hunger.«

»Also, wirklich, nee!«, protestierte Annette. »Ich brauche keine Gesellschafterin zum Frühstück. Mann, lass das doch mal sein! Hau dich hin, ich mach dir für später ein Brötchen zurecht.«

Karins Blick wanderte unschlüssig von Annette zum Tisch und zur Tür.

»Jetzt ab mit dir – geh schon!« Annette wedelte mit dem Arm in Richtung Schlafzimmer.

»Na gut«, murmelte Karin und schlich zur Küchentür. »Bloß ein Stündchen, ja? Dann geht's wieder.«

»Papperlapapp, ein Stündchen. Du schläfst dich jetzt richtig aus, sonst bist du heute Nachmittag auch nicht fit.«

»Aber ich muss bei meinen Eltern vorbeischauen. Sie müssen doch wissen, was ...«

»Wie bitte?«, fuhr Annette ihr in die Parade. »Ich glaube, das ist jetzt wohl das Letzte, was wichtig wäre.«

»Aber sie müssen sich beruhigen. Mein Vater – du hast

ihn gestern erlebt.« Karin legte ihre Stirn gegen den Türrahmen. Für einen Moment hatte es so ausgesehen, als wollte sie ihren Kopf dagegen schlagen.

»Allerdings. Und gestern hast du die richtigen Worte für ihn gefunden. Ich hab ja nicht alles verstanden, was er gesagt hat, aber deine Antwort schon.« Annette nahm den vollen Becher an sich, stellte ihn auf den Tisch und ging auf Karin zu. »Daran musst du anknüpfen. Du musst ihm Einhalt gebieten. Tu es für dich und tu es auch für Jacob. Dein Vater ist nicht so furchteinflößend, wie alle immer glauben, er ist ein Möchtegerndespot. Und deine Mutter hält immer zu ihm.«

Karin rieb sich die Schläfen. »Es sind immerhin meine Eltern. Ich kann mich nicht gegen sie stellen. Und wie würde ich denn dastehen, wo sie im Dorf so angesehen sind. Du weißt, welche Stellung mein Vater hier hatte. Noch immer hat.«

»Wie wird denn Jacob dastehen, wenn dein Vater womöglich hier gegen ihn zu Felde zieht und damit für alle anderen die Richtung vorgibt? Möchtest du etwa, dass man Jacob meidet oder dass er jeden Tag diesen ganzen homophoben Müll zu hören kriegt – ein einziges Spießrutenlaufen? Hast du dir das mal überlegt?«

Karin sah sie erschrocken an, und beinahe tat es Annette leid, dass sie so hart gewesen war. Aber jetzt war sie mittendrin und konnte nicht mehr zurück. Und im Grunde wollte sie es auch nicht. Es war nötig, dass jemand dem alten Schmitz Paroli bot. Und für Jacob würde es nun einmal das Beste sein, wenn Karin es tat.

»Du kannst ihn mit seinen eigenen Waffen schlagen«, kam Annette eine Idee. »Du glaubst, er ist so angesehen hier wegen seiner früheren Stellung als Arzt, aber was ist mit dir? Denk mal an all die Frauen im Dorf, deine Kundinnen. Die achten dich. Die hören auf dich. Für die bist du viel wichtiger als der Alte. Wer sagt eigentlich, dass die Regeln immer am Stammtisch gemacht werden müssen?«

Karin senkte den Blick und legte Annette eine Hand auf die Schulter. »Lass uns später drüber reden, ja? Ich kann das jetzt nicht. Ich lege mich hin, und wenn meine Eltern sich melden, gib du ihnen Bescheid. Mein Vater war wohl zu aufgebracht gestern. Er wird sich beruhigen. Glaub mir, er wird seine Meinung ändern. Ganz sicher. Bestimmt. Weißt du, er hat auch gute Seiten. Er kann manchmal wirklich anders sein. Mit der richtigen Ansprache kann man ihn erreichen. Ihn besänftigen.«

Karin schlurfte ins Schlafzimmer, und Annette sah ihr nach, fühlte sich plötzlich selbst wieder hundemüde. Was musste dieser Typ denn noch tun, damit sie endlich zur Besinnung kam? Diese endlose Geduld, dieses ewige Verständnis. Es war zum Verzweifeln. Ja, klar, bestimmt hatte er eine andere Seite, die hatte wahrscheinlich jeder Mensch. Aber das gab ihm doch nicht das Recht, sich zu benehmen wie die Axt im Walde. Die Knarre im Walde in diesem Fall wohl eher, dachte sie und hatte Lizzy vor Augen, Lizzy und Karins Verzweiflung, als er die Hündin erschossen hatte. Aber immer wieder alles verzeihen. Eine Art kollektives Stockholm-Syndrom musste das sein, was uns Frauen im Griff hatte. Dass wir den Herrschaften ja nicht in die Quere kommen. Sie bloß gewähren lassen. Besänftigen wir sie. Fassen wir sie an wie rohe Eier, behutsam, mit Bedacht. Entschuldigen wir, was immer sie getan haben, was immer sie tun werden. Sie starrte die Pampe auf dem Fußboden an und gleich darauf das Küchentuch, das sie noch immer in den Händen hielt, seit sie es Karin abgenommen hatte. Pah, diese Schweinerei! Wischen wir sie weg!

Als auf den Fliesen nichts mehr klebte, setzte sie sich an den Tisch, goss Milch in ihren Kaffee und rührte ihn um. Ihr Blick fiel auf die Dose oben links im Regal, und am liebsten hätte sie den Inhalt in den Müll geschüttet. Waren diese Dinger nicht schuld daran, dass Karin das alles hier aushielt? Pille rein. Schlucken. Schlucken. Immer weiter schlucken. Was für eine Scheiße!

Sie nahm eine aufgebackene Semmel aus dem Korb, schnitt sie energisch auf und klatschte Marmelade auf die obere Hälfte. Draußen ergoss sich ein kräftiger Schauer in den novembergrauen Garten hinter dem Haus. In Berlin würde sie jetzt Müsli essen, und in Berlin schiene an diesem Morgen bestimmt die Sonne. Sie sah auf die Uhr an der Wand. Nicht mehr lange, dann konnte sie Grit anrufen und sie danach fragen. *Alles in Ordnung bei dir?* Grit hatte es wissen wollen, als Annette bei Holger eingenickt war, und noch vor dem Schlafengehen hatten sie miteinander telefoniert, hatten über die Ereignisse im Dorf gesprochen und Holgers Vorschlag mit dem Tagebuch erwogen. Da war dieser Unterton in Grits Stimme gewesen. Sie hatte sich hörbar bemüht, sich nichts anmerken zu lassen, aber Annette wusste um ihre Eifersucht. Ein schwieriges Gespräch war es gewesen, dann ein Abschied für die Nacht, zärtliche Worte und ein Kuss durch die Leitung und ein zweiter hinterher. Sich niederlegen und schlafen.

In grauer Bettwäsche!

Sie schüttelte den Kopf und schüttelte gleichsam den Gedanken fort. Ins Krankenhaus heute Nachmittag, und danach wieder auf die Autobahn. Sie wollte nicht dabei sein, wenn hier das Drama mit Karins Eltern weiterging, wollte nicht sehen, wie Karin womöglich einmal mehr die Luft wegbliebe, wie sie blass werden würde und in die Dose griff. Nein. Das alles war eben nicht zu ändern. Karin und sie, das war eine alte Geschichte und bestimmt eine ewige Freundschaft. Aber sie war kein Teenager mehr, und sie musste Karin ihr eigenes Leben lassen. Auch wollte sie nicht länger, dass ihr Herz in der Vergangenheit nach etwas suchte, was nicht zu finden war. Sie spürte in sich hinein. Endlich taute er weg, der Schnee von gestern. Endlich konnte sie wirklich gehen. Vielleicht würde es möglich sein, Grits Eifersucht zu vertreiben. Annettes Aufregung wuchs und auch ihre Sehnsucht. Sie würde Grit noch einmal ganz neu kennenlernen. Grit hatte sie immer gewollt und sie nur halb bekommen. Wie würde es sein, wenn sich das änderte? Sie wollte nach Hause und etwas gutmachen an Grit. Heute Abend noch. Heute Nacht.

Sonntag, 16. November 2014, 10.26 Uhr

Es war ein unruhiger Schlaf, in den sie fiel und aus dem sie immer wieder hochschrak. Die Gedanken wollten sich nicht legen, kein Traum vermochte es, die Bilder und Worte der vergangenen anderthalb Tage zu vertreiben. Als sie erwachte, spürte sie, dass kaum mehr als zwei Stunden vergangen sein konnten, aber sie gab es auf, sich zum Ausruhen zwingen zu wollen. Die Ruhe fand sich nicht ein, sie war nur ein frommer Wunsch nach dieser Nacht im Krankenhaus, in der sie immer wieder die Stimme des Vaters gehört hatte.

Nicht mehr mein Enkel.

Eine saubere Lösung.

Sie blickte um sich, entdeckte den Teller mit einer mit Marmelade bestrichenen Semmel auf dem Nachttisch und einen Zettel, der danebenlag. Sie rieb sich die Augen und schaute auf den Wecker. Es war tatsächlich erst kurz vor halb elf, und in der Ferne hörte sie nun auch das Glockengeläut, sah sie im Geiste alle aus der Kirche strömen. Sie würden noch zusammenstehen und reden: Was war das für eine Geschichte mit dem Bucek-Jungen? Im Stall hat man ihn gefunden? Die Feuerwehr hat ihn abgeholt? Und schwul soll er sein? Womöglich hat er sich ja selber. Und deshalb. Bestimmt ... Eine große Sensation würde der Vorfall für sie sein, und ein paar Gerüchte genau das Richtige vor dem Mittagessen, damit der Hunger sich einstellte. Probleme hier, Skandale dort, aber das betraf die anderen, bei uns lief es gut, das Leben und der Sonntagsbraten – alles in Butter.

Was für ein Albtraum, dachte Karin und fasste mit der Hand an ihre Kehle. Am liebsten würde sie nie wieder aufstehen, sich die Decke über den Kopf ziehen und die Luft darunter einatmen, bis sie verbraucht war und kein Sauerstoff mehr in ihre Lungen drang. Aber nein, das ging ja nicht, das konnte sie Jacob nicht antun. Für ihn musste sie die Fassung bewahren und bis zum Nachmittag irgendwie munter werden. Duschen vielleicht. Und etwas essen.

Sie knabberte an dem Marmeladenbrötchen und nahm den Zettel vom Nachttisch. Annettes Handschrift war unverkennbar, ihre Sauklaue war mit den Jahren noch schlimmer geworden und beinahe nicht zu entziffern.

Liebe Karin,
die Polizei hat angerufen. Ich soll eine Aussage machen, was Philipp gestern gesagt hat und so. Sie wollen auch noch mit dir sprechen, ich hab sie erst mal abgewimmelt. Bin nach Friederbach ins Revier gefahren, aber bestimmt rechtzeitig zurück fürs Krankenhaus. Liebe Grüße, A.

Im Nu sprang sie aus dem Bett, legte die Semmel auf den Teller zurück und zog sich an. Was denn noch alles? Konnte man sie nicht endlich in Frieden lassen? In ihrem ganzen Leben hatte sie noch nichts mit der Polizei zu tun gehabt, und das sollte auch so bleiben. Wieder dachte sie an ihren Vater. *Hast du in deiner Familie denn gar nichts mehr im Griff?* Sofort hatte sie dieses altbekannte Schuldgefühl gespürt, das sie auch jetzt wieder in Besitz nahm. Sie ging im Zimmer auf und ab. Ihr Vater hatte den Jungen doch schon immer argwöhnisch beäugt. Weil Jacob lieber in Prag leben würde als in Eschenreuth, weil er vom Schützenverein nichts wissen wollte und von Fußball nichts verstand. Weil er lieber mit dem Rad seine einsamen Runden drehte. Wie ein zweiter Sascha war Jacob dem Vater erschienen, ein Sonderling in seinen Augen, der nicht einverstanden war mit all den Entscheidungen, die seine Familie traf, und der seine Heimat wohl nicht im Dorf zwischen den Hügeln fand, sondern irgendwo in seinem Inneren. Ein zweiter Sascha, der aus der Reihe tanzen würde, und dann auch noch schwul. Der Vater hatte schon Annette seit jeher abgelehnt. Suspekt war sie ihm erschienen, verdächtig eine Frau ohne Mann und mit Haaren auf dem Kopf, die nicht zu bändigen waren. Annette würde ihr beim Vater nicht helfen können, und Pavel legte sich ohnehin ständig mit ihm an. Aber was konnte sie allein denn schon tun? Diese Furcht war nicht zu überwinden. Wie hatte es ihr einmal mehr das Herz zerrissen, als der Vater von damals sprach und von Lizzy. *Eine saubere Lösung.*

Eine saubere Lösung! Zwei Schüsse habe er damals aus dem Wald schallen hören, hatte Sascha ihr erzählt. Ewig diese widerliche Ballerei, diese Lust am Töten. Wieder stellte sie sich vor, wie ihre treue liebe süße Lizzy voller Blut im Fell auf der moosigen Erde lag, ein friedliches Gesicht, aber die Kulleraugen starr, und aus der leicht geöffneten Schnauze troff noch der letzte Speichel.

Sie blieb stehen und lauschte. Die Kirchenglocken läuteten nicht mehr, an ihre Stelle trat ein Rauschen in ihren Ohren. Sie ging in die Küche und nahm die Dose vom Regal. Heute brauchte sie zwei auf einmal, ausnahmsweise nur, damit sie am Nachmittag fit sein würde. Wo waren die Muntermacher? Hier. Sie nahm das Mineralwasser vom Tisch und spülte nach, trank aus der Flasche, auch schon egal. Weg mit den Konventionen, weg mit all diesem nervenaufreibenden Benimm, der sie peinigte, seit sie auf der Welt war. Oder war sie womöglich überhaupt nicht wirklich auf der Welt? Nicht angekommen in diesem Dasein, wie der Kapitän niemals ankam mit seinem Schiff über dem Fernseher. Sie hasste dieses Bild. Wann segelte es endlich davon?

Sie stellte die Flasche wieder ab und rang die Hände. Ihrem Vater war nicht zu trauen. Er würde Jacob drangsalieren, so lange er lebte, und er war ein sehr gesunder alter Mann. Das durfte sie nicht zulassen, auf keinen Fall. Sie musste etwas unternehmen. Sich etwas einfallen lassen. Sie würde … Sie konnte …

Den Vater mit den eigenen Waffen schlagen.

Ein Ruck ging durch ihren Körper, denn plötzlich fiel ihr das Gewehr ein, das ihr Vater Pavel damals geschenkt hatte. Und irgendwo lagen die Patronen. *Laden, entsichern, zielen. Und Schuss.* Vielleicht war es ja wirklich ein guter Rat, den Annette ihr da gegeben hatte. Der Vater würde nach dem Kirchgang wie immer zu Hause die Zeitung lesen, während die Mutter kochte. Sie sah ihn in seinem Sessel sitzen und seelenruhig die riesigen Seiten umblättern. Aber plötzlich spritzte Blut auf das Blatt, und all das Papier legte sich über seinen Körper, der zusammensank.

Seelenruhig war jetzt auch sie. Diese Fantasie war besser als jede Tablette. Der Vater würde Jacob nichts mehr antun können und ihr auch nicht. Mit einem Mal tat ihr der Knöchel wieder weh, wo sie beim Sprung aus dem Fenster umgeknickt war. Eigentlich hatte dieser Schmerz niemals aufgehört. Aber einmal musste es ein Ende haben. Heute. Jetzt gleich.

Wie von selbst setzten sich ihre Beine in Bewegung, verließen die Küche und stiegen die Treppe zum Arbeitszimmer hinauf. Sie fand sich vor dem Schrank wieder, in dem sie ihre Waren aufbewahrte. Irgendwo dahinter mussten die Patronen liegen. Ihre Finger öffneten die Tür und tasteten sich vor. Tatsächlich, da waren sie ja, na bitte, wohl dem, der Ordnung hielt. Sie holte die Schachtel heraus, öffnete sie und betastete die Kugeln. Kaltes Metall. So etwas blieb für immer gefährlich, so etwas verrottete nicht. Sie nahm die Schachtel an sich. Eine Treppe nach unten und noch eine in den Keller. Kein Staubwischen heute – wo war das Gewehr? Hatte sie es nicht in ein Leinentuch gewickelt und in dem Karton mit den überzähligen Fußleisten versteckt? Natürlich, dort wartete es auf sie, würde ihr beistehen, wenn es galt, Jacob zu beschützen. Ihr kamen die Western in den Sinn, die sie als Kind ab und zu bei Annette zu Hause gesehen hatte und in denen sich die Cowboys duellierten. Nie wartete der Schurke das Kommando ab. Der Vater hatte seine Schüsse schon abgegeben. Jetzt war sie dran.

Sie kramte das Gewehr hervor und wickelte es aus, und es wirkte leicht in diesem Moment. Sie strich über den Lauf, wie es sonst der Vater mit seinen Waffen tat; sie lächelte wie er und fühlte eine Spannung in den Fingern. Sie schloss die Augen und versuchte, sich zu erinnern. Was hatte er Christian gezeigt und Sascha und Pavel? Wie ging das noch mal mit dem Laden? Sie hatte immer ein gutes Gedächtnis gehabt, selbst für all die Dinge, die sie anwiderten. Oder gerade für diese.

Und ihr Gedächtnis ließ sie auch jetzt nicht im Stich. Sie lud die Waffe wie in Trance, und so leicht, wie das Gewehr ihr erschien, war ihr plötzlich auch ums Herz. Zwei Tabletten auf einmal, die richtige Entscheidung für so einen Augenblick.

Manchmal muss man das Unvermeidliche tun.

Ihre Finger umklammerten das Gewehr und entsicherten es, die Beine stiegen die Kellertreppe wieder nach oben. Eine himmlische Leere herrschte in ihrem Kopf, alle Gedanken waren geflohen, und die Celesta setzte ein, als sie die Haustür öffnete. Zarte Klänge tönten Karin entgegen, als hätte das Instrument seit einer Ewigkeit darauf gewartet, mit ihr ins Reich der Süßigkeiten zu reisen. Die Musik wärmte sie von innen her. Sie ließ die Jacke an der Garderobe hängen und die Tür offen stehen, zog in Pantoffeln los und dachte an Jacob, der schwer verwundet im Krankenhaus lag. Nie mehr sollte man ihn verletzen. Und niemand sollte ihm im Wege stehen. Seinen Prinzen sollte er finden, kicherte sie, lief weiter und immer weiter ihrem alten Zuhause entgegen, tänzelte die Straße entlang, die endlich ihre Bühne war. Das Dorf war wie ausgestorben, nur ein Mädchen in einer rosafarbenen Steppjacke kam ihr entgegen, starrte erst sie und dann das Gewehr in ihren Händen entgeistert an und lief davon. Sie kannte dieses Kind, aber sie konnte sich nicht erinnern, zu wem es gehörte, und sie konnte nicht verstehen, warum es sich derartig panisch verhielt. Kein Grund zur Aufregung. Sie würde nur das Unvermeidliche tun. Mit seinen eigenen Waffen würde sie den Mäusekönig schlagen. Zwei Schüsse, hatte Sascha gesagt.

Schon bog sie in die Seitenstraße ab, in der das Haus lag, das alle anderen ›die Villa‹ nannten, schon stand sie vor der Einfahrt, näherte sich der Tür auf leisen Sohlen. Sie hatte den Schlüssel nicht dabei, und so legte sie den Finger auf den Klingelknopf, drückte ihn kurz und kräftig. Das Läuten übertönte die Musik in ihrem Kopf. Für einen Moment war ihr schwindlig, und das Gewehr wog plötzlich schwerer als bislang, als sie es anhob. Doch schon glitt sie zurück in ihr eigenes Märchen. *Eine saubere Lösung*. Sie hörte Schritte auf der anderen Seite der Tür und hielt die Luft an.

Sonntag, 16. November 2014, 10.51 Uhr

Als sie von der Polizei zurückkam, sah Annette schon von der Straße aus, dass die Haustür offen stand. Sie stellte den Wagen ab, stieg aus und lugte um die Ecke, aber weder Karin noch Pavel traf sie im Garten an. Was hatte das nun wieder zu bedeuten?, fragte sie sich und ging ins Haus.

»Hallo?«, rief sie im Flur und lauschte, sah im Schlafzimmer nach und blickte auf das leere zerwühlte Bett, in dem Karin gelegen hatte. Die Semmel war lediglich angebissen. Sie ging ins Wohnzimmer, ins Bad und in die Küche. Ein leeres Glas stand auf dem Tisch und ein angefangener Blister lag gleich daneben. Sie zog die Augenbrauen hoch, verließ die Küche wieder und ging nach oben.

»Karin?«, fragte sie irritiert und erhielt keine Antwort. Sie inspizierte alle Räume, betrat das Arbeitszimmer und wunderte sich, dass eine Schranktür darin nur angelehnt war. Es war lediglich eine kleine Nachlässigkeit, aber sie passte nicht zu Karin. Annette blickte in den Schrank hinein, in dem Lotionen und Cremes, Rougepinsel und Eyeliner, Lippenstifte und Wimperntusche gut sortiert und mit Preisschildern versehen aufgereiht lagen. Vielleicht hatte Karin etwas davon schnell bei einer Kundin vorbeigebracht und in ihrem aufgewühlten Zustand einfach versäumt, die Haustür zu schließen? Eine Lieferung, die sie angesichts der Ereignisse vergessen hatte und die ihr nach dem Aufwachen wieder in den Sinn gekommen war. Das wäre Karin zuzutrauen. Sie würde so etwas nachholen, auch wenn die Welt um sie herum zusammenbrach.

Annette ging wieder nach unten, prüfte nach, ob Karins Jacke an der Garderobe hing. Erst jetzt bemerkte sie, dass auch die Tür zum Keller nicht geschlossen war und von unten Licht heraufschien.

»Karin?«, rief sie noch einmal und stieg hinab. Die Luft roch weniger muffig als gewöhnlich in solchen Gefilden, und selbst hier unten war alles picobello sauber und aufgeräumt. Ein überdimensionaler Grill leuchtete blitzblank aus der Ecke hervor, ein Putzeimer mit Wasser darin stand neben dem Weinregal, als wäre hier jemand noch mitten bei der Arbeit, beschriftete Kartons türmten sich in den Kellerregalen an den Wänden hoch, Bilder und Bücher, las sie in Karins Schrift, Spiele und Stofftiere, Lampenschirme, Farbtöpfe und Tapetenreste. Einen einzigen langen Karton hatte jemand unter einem der Regale hervorgezogen, und es sah aus, als wäre er aus der Reihe getreten, um Meldung zu machen und etwas Wichtiges mitzuteilen. Sie bückte sich, blickte hinein und entdeckte Fußleisten darin. Eine kleine Schachtel lag obenauf. Annette öffnete sie und erschrak. Das war Munition. Patronen für irgendeine Waffe, aber was hatten die in Karins Haus zu suchen? Pavel war nicht im Schützenverein, soviel sie wusste. Und wo war das Gewehr? Sie inspizierte den Karton genauer, bemerkte den Spalt zwischen den Leisten und ein Leinentuch, das jemand achtlos hineingelegt hatte. Sie befühlte das Stück Stoff, und eine leise Ahnung keimte in ihr auf, verdichtete sich zu einem bösen Verdacht, der immer klarere Konturen annahm und sich nicht verscheuchen ließ. Das Tuch und die Lücke im Karton, die Munition und die offen stehende Haustür. Noch einmal schaute sie in die Schachtel. Ein paar Patronen fehlten.

Sie fasste sich mit beiden Händen an den Kopf. Der Blister auf dem Küchentisch fiel ihr ein. Wie viele Tabletten mochte Karin geschluckt haben, und was war das für ein Zeug? Sie würde doch jetzt keine Dummheiten machen und sich erschießen?

Nicht doch, meine Liebe, nein! Sie ließ die Schachtel fallen, stürzte die Treppe nach oben und hinaus aus dem

Haus, sprang in ihren Wagen. Ihre Hände zitterten, als sie den Schlüssel ins Zündschloss steckte. Wohin würde Karin laufen, wenn sie sich etwas antun wollte? In den Wald vielleicht. Bestimmt sogar, zum Weiher, wo sie noch gestern so klein und verloren am Ufer gesessen hatte. Aber wie lange war sie schon fort?

Beeilung, losfahren, schnell. Sie sah in den Spiegel, während sie zurücksetzte, und bemerkte gerade noch rechtzeitig das Mädchen, das in der Auffahrt stand. Sie bremste abrupt und ließ die Fensterscheibe herunter.

»Geh beiseite«, rief sie der Kleinen zu und erkannte die vollen dunklen Locken, die spitze Nase, das schmale blasse Gesicht. Es war Götzls Enkelin, die da ihre Arme hob wie zum Zeichen, dass Annette warten solle. Sie kam auf das offene Wagenfenster zugerannt.

»Ich hab die Frau Bucek gesehen, mit einem Gewehr!«, erzählte sie atemlos. »Sie hat mich ganz komisch angeschaut, so als ob sie mich nicht kennt und durch mich hindurchguckt. So wie beim Schlafwandeln. Sie hatte ja auch Pantoffeln an.«

»Wann hast du sie gesehen?«, fragte Annette aufgeregt. »Und wo?«

»Gerade eben.« Das Mädchen zeigte zum Dorfkern hin, und Annette stutzte. Mitten im Dorf? Karin würde sich niemals in aller Öffentlichkeit erschießen. Vielleicht gab es doch eine andere Erklärung. Womöglich sah Annette jetzt auch schon Gespenster, und Karin brachte das Gewehr bloß weg, zu ihren Eltern oder so, um es loszuwerden. Aber warum hatte sie dann nicht alle Patronen dabei?

Weil sie nicht alle Patronen braucht, antwortete etwas in Annettes Kopf, und sofort schlugen die Alarmglocken wieder an. »O Scheiße!«, fluchte sie und nahm den Fuß von der Bremse, setzte zurück, raste durch das menschenleere Dorf, bog in die kleine Straße ein und hielt auf die Villa zu. Auch hier stand die Tür offen. Sie stoppte den Wagen vor dem Haus und sprang heraus. Von drinnen hörte sie Karins Mutter schreien.

»Nein, nicht! Bist du verrückt geworden! Karin, lass das! Leg das Gewehr weg!«

Mit Riesenschritten lief Annette der Stimme entgegen ins Wohnzimmer der Familie Schmitz. Karins Vater drückte sich tief in einen Sessel, die Augen weit aufgerissen, und sein Gesicht hatte die gleiche Farbe wie das Papier der Zeitung auf seinem Schoß.

»Was soll das?«, stammelte er um Fassung bemüht und doch sichtlich mitgenommen.

Karin stand vor ihm, hatte das Gewehr auf seine Brust gerichtet und den Finger am Abzug. Sie atmete viel zu schnell und schien nicht bemerkt zu haben, dass Annette hereingekommen war. Annette schlich langsam und lautlos näher zu ihr hin. Sie zögerte zu sprechen. Allein ihre Stimme oder jedes noch so knappe Wort von ihr konnte Karin so sehr erschrecken, dass sie wie in einem Reflex den gespannten Finger krümmte. Trotzdem musste sie schnell etwas tun. Karins Mutter mit ihrem Geschrei war unberechenbar, und ihr Vater in seiner selbstgerechten Manier konnte jeden Moment etwas Falsches von sich geben.

»Tu es nicht«, sagte sie so behutsam wie möglich. »Karin, hörst du mich? Ich bin es, Annette. Und ich flehe dich an: Tu es nicht.«

»Was will die denn hier«, knurrte der alte Schmitz kleinlaut wie ein Feldherr, der eben seine letzte Schlacht verloren hatte.

Seine Frau hob beschwörend die Hände. »Siehst du, Karin, deine Freundin ist hier. Sie will auch, dass du das Gewehr weglegst.«

Karin schnappte nach Luft, als wäre es das Anstrengendste auf der Welt, ein bisschen Sauerstoff in die Lungen zu bekommen. »Du hast gesagt, dass ich es tun soll!«, schrie sie. »Und du hast recht. Er hat es verdient.«

»Sie haben das gesagt?« Frau Schmitz beäugte Annette misstrauisch von der Seite.

Annette ignorierte die Frage, wandte sich weiter an Karin. »So habe ich es aber nicht gemeint.«

Karin hielt den Blick und auch das Gewehr fest auf ihren Vater gerichtet. »Mit seinen eigenen Waffen. Deine Worte.«

»Das ist ja ungeheuerlich!«, rief Karins Mutter empört. »Wiegand, sag doch was.«

»Ja, klar«, antwortete Annette Karin, ohne Frau Schmitz zu beachten. »Das stimmt. Aber dafür brauchst du kein Gewehr. Du musst nicht schießen, hörst du? Nicht schießen, nicht schießen.«

»Er soll Jacob in Ruhe lassen. Er soll ihm nicht wehtun.« Karin trat von einem Fuß auf den anderen, und Tränen rannen ihr über die Wangen.

Annette schluckte, als sie es sah. »Das wird er nicht. Das kann er gar nicht. Er ist überhaupt nicht wichtig. Du bist wichtig. Jacob braucht dich jetzt – dich und Pavel. Und deshalb musst du das Gewehr runternehmen.«

Karin sah Annette für den Bruchteil einer Sekunde an, dann fixierte sie wieder ihren Vater. »Aber was ist mit Lizzy?«, fragte sie und schniefte. »Soll er denn davonkommen? Immer wieder. Immer noch.«

Annette betete insgeheim, dass Karins Eltern jetzt den Mund hielten. Eine blöde Bemerkung über die tote Hündin oder über irgendeine ihrer Gemeinheiten, eine Ausflucht, eine Rechtfertigung, und es wäre vorbei mit dem alten Schmitz. Aber die beiden schienen das zu spüren. Sie schwiegen beharrlich, während Annette fieberhaft überlegte, was sie antworten sollte.

»Er kommt nicht mehr davon, Karin. Du hast ihm die Lektion schon erteilt. Du musst ihn nicht töten. Du bist nicht wie er. Nimm das Gewehr runter, bitte. Denk an deine Zukunft. Tu es für deine Familie. Tu es für mich.«

Karin biss sich auf die Lippen, und noch immer rannen ihr die Tränen übers Gesicht. Unendlich langsam ließ sie die Waffe sinken. Ihre Mutter sprang auf sie zu und nahm sie ihr ab, trug das Gewehr aus dem Zimmer und hielt es dabei weit von sich weg wie eine brennende Fackel.

Karins Vater entspannte sich allmählich. »Vorsicht, du musst es sichern«, sagte er heiser, sah seiner Frau hinterher und war noch immer gezeichnet.

Annette nahm Karin in die Arme und streichelte ihren Rücken. »Gut so«, flüsterte sie. »Das hast du gut gemacht.

Sei ganz ruhig, es ist vorbei. Es ist vorbei.« Sie wiederholte ihre Worte wie ein Mantra.

Karin löste sich langsam aus ihren Armen, blickte kraftlos drein und erschüttert und ein bisschen verschämt. »Ich will nach Hause«, murmelte sie mit brüchiger Stimme, wandte sich ab von dem Sessel, in dem ihr Vater saß.

Annette sah ihr in die Augen und seufzte erleichtert. »Ja, lass uns gehen, bloß weg von hier.« Sie führte Karin aus dem Zimmer, aus der Villa hinaus und zum Auto. Schweigend fuhren sie den kurzen Weg zurück zu Karins Haus. Sie stiegen nicht aus, als der Wagen zum Stehen kam. Annette zog die Handbremse an, und das Geräusch zerschnitt die Stille. Lange saßen sie stumm nebeneinander. Annette hatte keine Ahnung, was in Karins Kopf vorging. Sie selbst fühlte sich vollkommen leer nach diesem neuerlichen Schock, dachte an Grit und den brennenden Turm aus dem Tarot. Es hatte nicht viel gefehlt, und Karin wäre für lange Zeit ins Gefängnis gewandert, als sie sich endlich befreien wollte. Annette blickte zu ihr hinüber. Karin hatte eine Hand um den Gurt gelegt, die andere lag zur Faust geballt auf ihrem Bein. Annette legte ihre Finger darum und drückte sie. Gerade noch mal gut gegangen, dachte sie erleichtert. Aber es war knapp.

Mittwoch, 26. November 2014

Wie anders es war, nach Hause zu kommen nach der Stunde X, wie Jacob insgeheim den Augenblick nannte, in dem er auf der ganzen Linie erschüttert worden war. Er saß neben seiner Mutter im Wagen und fragte sich, wie sie es geschafft haben mochte, all ihre Pläne über den Haufen zu werfen, um ihn aus dem Krankenhaus abzuholen. Sogar Paps wolle aus Prag kommen, hatte sie gesagt, sogar Paps habe sich freigenommen für diesen Tag und den nächsten, um bei ihm zu sein. O Mann, ein bisschen peinlich war es ja, dass sie alle so ein Gewese machten. Aber irgendwie fand er es auch cool. Die Ärztin hatte prophezeit, alles würde wieder sein wie früher, und sie hatte seine vollständige Genesung gemeint. Aber wie früher kam ihm dieser Moment nun wirklich nicht vor, eher wie ein Feiertag zu seinen Ehren oder sogar wie eine zweite Geburt. Und die Mutter erschien ihm wie ausgetauscht. Das Auto war echt weder innen noch außen sauber, Spuren hochgespritzten Wassers am Lack, welke Blätter auf den Fußmatten. Er fragte sich, ob das ein gutes oder ein schlechtes Zeichen war, ob er sich darüber freuen oder sich Sorgen machen sollte, aber irgendwie hatte er letztlich ein gutes Gefühl. Die Mutter fuhr durch einen Nebel ins Dorf hinein, der so dick war wie Graupensuppe, der Kirchturm war nur zu erahnen, die Menschen am Dorfplatz liefen geduckt und mit grimmiger Miene. Es war ein niederschmetternder Anblick, aber das alles störte ihn nicht. Er atmete ein, und die Luft drang tief in seine Lungen. Nach Hause kommen. So viel wirklicher war das nun, wo er endlich heraus war aus seinem Versteck, wo er aussprechen konnte, was ihm eben einfiel, ohne auf der Hut zu sein, ohne sich zu fragen, ob er etwas sagen würde, was ihn verriete, was womöglich ein Drama auslösen würde und ihn einsamer werden ließe, als er es mit seinem Schweigen war. Aber es hatte überhaupt kein Drama gegeben bei seinen Eltern, keinen Stress und auch keine Missbilligung. Noch nicht einmal befangen waren sie ihm begegnet. Ey, Philipp, das hättest du nicht gedacht, was? Ich bin frei, Philipp, frei von dir und frei von Angst. Mit deinen Freunden hast du mich ins Leben gebeamt, als du das Video verschickt hast. Es ist scheiße gelaufen, ich hätte das eines Tages lieber selber getan, aber scheiße gelaufen ist es jetzt bestimmt auch für dich.

Der Skoda seines Vaters war noch nicht da. Die Mutter fuhr in den Carport und stellte den Motor ab. Jacob stieg aus, holte seine Tasche aus dem Fond und schloss die Haustür auf. Er trat in den Flur, zog die Schuhe aus und wunderte sich. Der Block lag nicht auf der Kommode, und auch die beiden Stifte waren weg, die stets parallel zu seiner Kante arrangiert worden waren.

»Moment noch, bevor du nach oben gehst«, sagte seine Mutter, als sie ihren Mantel auszog. »Dein Video hat in der Gegend die Runde gemacht, das kannst du dir ja denken. Es hat die Leute beschäftigt, wie es scheint. Sie haben so einiges für dich vorbeigebracht. Manches ist auch mit der Post gekommen.«

Schon war ihm wieder flau in der Magengegend. Die Ärztin hatte ihm abgeraten, ins Internet zu gehen. Dafür bliebe noch Zeit, wenn er wieder zu Hause war, hatte sie gesagt, und er hatte sich nur zu gerne daran gehalten, hatte selbst nicht nachschauen wollen, was ihn im Netz erwartete. Jetzt kamen ihm die zwölf Nachrichten wieder in den Sinn, von denen er da oben auf dem Heuboden nur eine gelesen hatte. Wie viele mehr mochten es in der Zwischenzeit geworden sein? Und wer brachte oder schickte denn etwas hierher? Das erschien ihm so persönlich, das rückte dichter an ihn heran. Im Internet war der Hass ein Dauergast. Aber was bis zur Haustür vordrang, ließ sich nicht so leicht wegklicken. Abgegeben oder mit der Post geschickt, hatte die Mutter gesagt. So richtig mit Umschlag und Briefmarke? Das war ja abgefahren. Und irgendwie auch beängstigend. Würden ihm die Fäuste diesmal aus einem Umschlag entgegenfliegen? Nicht schon wieder Prügel. Er hatte sich doch von den letzten noch nicht wirklich erholt.

»Oje«, stöhnte er. »Muss ich mir das reinziehen?«

Die Mutter lächelte ihn an. »Ja, das solltest du. Vielleicht ist nicht alles nett, was da oben liegt, aber das weißt du ja. Guck dir trotzdem alles an. Ich lasse dich erst mal damit allein. Nimm dir Zeit.«

Na typisch, kaum waren sie zu Hause, war's vorbei mit dem Beistand. Andererseits wäre ihm alles andere auch unheimlich gewesen. Er ging nach oben und schob die angelehnte Tür zu seinem Zimmer so langsam auf, als befürchte er, von einem Monster angesprungen zu werden. Aber was er sah, ließ sein Herz schneller schlagen. Langsam schlich er auf den Schreibtisch zu und betrachtete, was dort aufgetürmt lag: Lebkuchenherzen und Mangazeichnungen, gebrannte Mandeln und gebrannte CDs, ein Halstuch (sah klasse aus), ein Armband (furchtbar) und ein Mousepad mit einem Foto von Elton John als Motiv (o no!). Eine Packung Kekse, ein Schokoladennikolaus und ein Filzengelchen. Er setzte sich auf die Bettkante, klemmte die

Hände zwischen seine Schenkel und starrte den Schreibtisch eine Weile ungläubig an, stand wieder auf, ging wieder hin. Er zog eine Karte aus einem Umschlag, auf dem kein Absender stand. Sie zeigte eine Luftaufnahme von Friederbach auf der Vorderseite.

Lieber Jacob,
danke für diese Worte. Dein Video hat mir Mut gemacht. Irgendwann packe ich es auch. Ich hoffe, deine Eltern machen keinen Stress. Viel Glück! Wir sehen uns in der Schule.
Dein Sven

Sven? Welcher Sven? Das musste wohl jemand aus einem nachkommenden Jahrgang sein. Einen Sven kannte er jedenfalls nicht. Jacob legte die Karte weg und schnappte sich die nächste, die ohne Umschlag und ohne Briefmarke auf dem Halstuch lag. *Alles wird gut*, stand auf der Vorderseite und ein animiertes Faultier reckte den Daumen hoch.

Hallo Jacob,
geile Ansprache. Kommt besser als ein Heiratsantrag, mach weiter so. Ehrlich gesagt, ein bisschen schade find ich's ja schon (smiley).
Celine

Celine! Die blöde Celine aus seinem Deutschkurs etwa, die auf Ronaldo stand und sich in jeder freien Minute die Lippen nachzog? Die ewig plapperte und tratschte und über alles Bescheid wusste, was in der Schule vor sich ging? Hatte die etwa das Halstuch für ihn ausgesucht? Hätte er ihr gar nicht zugetraut. Vielleicht war sie ja doch nicht so doof.

Das Logo auf der Packung mit den Keksen kam ihm bekannt vor, das war doch von der Bäckerei. Er fand einen Zettel an der Tüte befestigt.

Lieber Jacob,
meine Tochter sagt, du hast ein Video verschickt, in dem du dich outest. Ich finde das sehr couragiert von dir. Alles Gute für deinen weiteren Lebensweg.
A. Baierl

Es ging so weiter. Der Pfarrer wollte für ihn beten (auch wenn gleichgeschlechtliches Begehren natürlich Sünde war). Holger hatte ein Bild vom Stonewall Inn für Jacob gezeichnet, und Onkel Sascha hatte neue bunte Schuhe geschickt. Jacob spürte, wie jede einzelne freundliche Botschaft und jedes Geschenk ihm guttaten, ihn wappneten für diese andere Post, die er nur überflog. *Schwuchtel. Arschficker. Schwanzlutscher.* Es war nicht sehr originell und auch nicht überraschend, was er da zu lesen bekam: dass man ihn einsperren solle und den Schlüssel gleich wegwerfen, dass es ihm recht geschehen war, verprügelt worden zu sein, und ja, auch dass man ihn an die Wand stellen solle, war dabei. Er fasste die Nachrichten mit spitzen Fingern an und zerriss sie voller Inbrunst, fragte sich, wer sich die Mühe machte, am Computer oder in Druckbuchstaben verfasste

Beschimpfungen zu schicken. Woher kam bloß all dieser Hass? Was hatte er diesen Leuten getan?

Er sah sich weiter um. Von Onkel Christian war nichts dabei, von Oma und Opa auch nicht. Na ja, die Mutter hatte schließlich schon angedeutet, dass die wohl nicht so begeistert reagiert hatten. Sie wich Jacob aus und sah ihm nicht in die Augen, wann immer er danach fragte. Irgendwie beschlich ihn das Gefühl, dass etwas vorgefallen sein musste, mit dem sie nicht herausrücken wollte. Aber das würde er schon noch in Erfahrung bringen.

Lebkuchenherzen, bunte Schuhe und ein schickes Halstuch von der doch nicht so doofen Celine. Ob sie auf ihn abfuhr? Wenn es so war, hatte er nichts davon gemerkt. Wie sollte er auch – wann hatte er die Mädels denn schon mal genauer angesehen? Sorry, Celine, das mit uns beiden, das wird wohl nichts.

Er pulte das Stanniolpapier vom Nikolaus und biss ihm die Mütze ab, dann probierte er die Schuhe an. Sie waren ein bisschen zu groß, aber das konnte sich ja noch ändern. Er lief im Zimmer auf und ab, hörte Schritte auf der Treppe. Seine Mutter kam herein. Sie hatte einen wattierten Umschlag in der Hand.

»Das hier hat Annette geschickt. Sie hat extra einen Kurierdienst damit beauftragt, damit es nicht verloren geht. Es war an mich adressiert, darum ist es offen. Sie hat mich gebeten, es dir geben zu dürfen.«

Er nahm den Umschlag an sich, zog ein Tagebuch heraus und sah seine Mutter fragend an. Sie wirkte verlegen und räusperte sich, bevor sie weitersprach.

»Sie möchte, dass du es liest. Holger hat sie auf diese Idee gebracht. Die beiden glauben, es könnte wichtig für dich sein. Es ist ihr nicht leicht gefallen, es aus der Hand zu geben, schreibt sie. Und sie hat mich um Erlaubnis gefragt, weil ...«

Sie brach ab, nahm den angebissenen Nikolaus in die Hand und schaute ihm in den Kopf. »Also, es ist schon sehr lange her. Annette hat sich in mich verliebt, als sie ungefähr in deinem Alter war. Und deshalb steht wohl auch viel über mich in ihrem Tagebuch. Sie will dir zeigen, dass sie deine Gefühle gut versteht. Dass sie das alles kennt. Na ja.« Sie stellte den Nikolaus zurück und befühlte den Stoff des Halstuchs.

Jacob blätterte in dem Tagebuch, ohne zu lesen. Bis zur letzten Seite war Zeile für Zeile beschrieben, und Annettes Schrift erschien ihm jung und fremd. Er spürte, dass etwas Besonderes in seinen Händen lag. In ein Tagebuch schrieb man hinein, was man wirklich empfand, ohne Filter, ohne Zensur. Wie sehr musste sie ihm vertrauen, wenn er all das lesen durfte. Er betrachtete die Daten. Oktober 1980. August 1981. Februar 1982. Er stellte sich das Dorf vor mehr als dreißig Jahren vor. War denn überhaupt etwas anders geworden seither? Dieselben Wälder, der gleiche Nebel, dieselbe Kirchenglocke und die gleichen Blicke der Leute im Dorf, aber sicher noch eine viel schwierigere Zeit für eine Lesbe. In seine Mutter verliebt? Das hörte er zum ersten Mal. Aber jetzt würde das Tagebuch ihm davon erzählen.

»Warum hat sie es mir nicht selbst gebracht?«, fragte er und fühlte sich benommen von all der Aufmerksamkeit.

»Sie konnte nicht weg. Hat irgendeinen Auftrag so eben noch rechtzeitig fertiggestellt und schreibt schon wieder am nächsten. Du weißt ja, wie es bei ihr ist. Sie ist doch immer in Eile.«

»Ich rufe sie an. Jetzt gleich und dann wieder, wenn ich alles gelesen habe.«

»Ja, mach das. Aber lass dir Zeit mit dem Tagebuch. Du musst zur Ruhe kommen. Und du musst wieder zur Schule.«

Ihm wurde schlecht, wenn er nur daran dachte. »Was ist mit Philipp?«, fragte er.

Seine Mutter zuckte mit den Schultern. »Er wird vielleicht bestraft werden, weil er das Handy gestohlen hat. Das hat er im Verhör irgendwann zugegeben. Was die Körperverletzung angeht, wird es eher glimpflich ablaufen. Es lässt sich nicht feststellen, ob das mit der Milz durch die Schläge passiert ist oder durch den Sturz. Sicher, im Grunde ist es klar. Aber du weißt ja, vor Gericht muss alles zweifelsfrei erwiesen sein. Auch wer von den Dreien was genau getan hat, kriegt die Polizei nicht raus. Sie beschuldigen sich gegenseitig.«

»Das meine ich nicht. Wie wird es in der Schule werden und hier im Dorf?«

»Wie es immer ist. Hinter vorgehaltener Hand haben die Leute sicher geredet, aber dir gegenüber werden sie schweigen, und Philipp wird dir aus dem Weg gehen, nehme ich an. Aber ich glaube nicht, dass er oder einer von seinen Freunden dich noch mal angreift. Dafür haben sie jetzt selbst zu viel Ärger am Hals.«

Sie setzte sich aufs Bett und zupfte einen Fussel vom Kissen. »Bei uns wird sich manches ändern«, sagte sie und sah ihm direkt in die Augen. »Ich werde zu einer Ärztin in der Stadt fahren. Zu einer Psychologin, meine ich. Einmal war ich schon da, und im neuen Jahr geht es richtig los. Ich brauche Hilfe, Jacob. Es war nicht leicht, das einzusehen.«

Er musterte sie erschrocken, aber er spürte, dass durch das, was sie ihm mitteilte, etwas Gutes hindurchschimmerte. Er dachte an die Dose im Küchenregal. Ging es darum oder wollte sie auf etwas anderes hinaus?

»Ist es meinetwegen?«, fragte er und fuhr sich durchs Haar.

»Nein, nein, natürlich nicht. Es ist etwas passiert, während du im Krankenhaus gelegen hast. Irgendwann erzähle ich es dir, aber jetzt kann ich es nicht.«

Er horchte in sich hinein und wusste nicht, was er fühlen sollte. Nicht nur sein Coming-out schien alles verändert zu haben. Da saß seine Mutter so klein auf dem Bett und wirkte trotzdem so viel größer als jemals zuvor. Beinahe nackt kam sie ihm vor mit dem, was sie sagte und wie sie es tat. Vielleicht war ihr unwohl in diesem Moment, aber sie rannte nicht wie sonst gleich in die Küche. Wie lange würde sie das durchhalten? Er setzte sich dicht neben sie.

»Im neuen Jahr – das ist noch eine Weile hin«, dachte er laut. »Warum nicht schon jetzt?«

»Vorher gibt es keine Termine. Und das ist ja auch kein Wunder, nicht wahr. So viele verschlossene Türen. So viele verschlossene Münder. Alles zu, alles dicht.«

»Aber was ist bis dahin? Was ist mit Weihnachten?«

Sie stieß ihn sachte an. »Ach ja, Weihnachten. Paps und

ich haben darüber gesprochen. Wir überlegen, diesmal in Prag zu feiern. Natürlich nur, wenn du willst. Ich habe das auch Annette erzählt. Sie würde uns mit ihrer Grit besuchen. Wir könnten dableiben, bis die Schule wieder anfängt.« Sie sah aus dem Fenster. »Wer weiß, vielleicht ziehen wir eines Tages für immer dorthin.«

Ein wenig schwummrig wurde ihm mit einem Mal. Erst der übervolle Schreibtisch, dann die Sache mit der Ärztin in der Stadt und jetzt auch noch Prag. Er brauchte dringend eine Pause. Jahrein, jahraus immer die gleiche Leier, und nun so etwas?

»Stopp mal, nicht so schnell«, sagte er. War er hier richtig oder hatte er sich in der Hausnummer geirrt, als er die Tür aufschloss?

Sie musterte ihn von der Seite. »Es ist ja noch nichts entschieden. Bis zu deinem Abitur bleiben wir sowieso hier. Und danach schauen wir weiter. Du bist dann erwachsen. Du könntest mitkommen oder auch nicht. Es liegt bei dir. Denk in Ruhe drüber nach.«

Er lehnte sich zurück und stützte sich auf seine Arme. Weihnachten in Prag, mit Annette und dieser Grit statt mit Oma und Opa. Das wäre ja mal was völlig anderes. Er erinnerte sich an diesen einen Winter, in dem die Ballettaufführung im Kurhaus ausgefallen war. So schöne Feiertage damals, mal echt fröhliche Weihnachten. Vielleicht gäbe es Schnee in Prag. Vielleicht käme sogar Onkel Sascha dazu. Nur einer würde vermutlich fehlen.

»Und Holger? Käme er denn zu Weihnachten auch nach Prag?«

»Der will selber verreisen. Zwei Wochen Kanaren mit Barbara, am Sportplatz ist ohnehin Winterpause. Stell dir das mal vor, jetzt wird er wirklich mal fliegen. Mit einem richtigen Flugzeug.«

Jacob stutzte. »Mit was denn sonst?«

Seine Mutter klopfte ihm aufs Bein und stand auf. »Ja, eben, mit was denn sonst«, sagte sie und schmunzelte versonnen. »Also, überlege es dir wegen Weihnachten. Aber jetzt richte dich erst mal ein. Willkommen zu Hause.« Sie lächelte ihn an, bevor sie ihn wieder allein ließ. Er lauschte, als sie die Treppe nach unten stieg. Würde sie in die Küche abbiegen? War sie noch da, die Dose auf dem Regal?

Vielleicht. Aber selbst wenn sie wie immer an ihrem Platz stand und die Mutter sich weiterhin daran bediente, hatte sich doch etwas verändert. Plötzlich wohnte die Hoffnung unter diesem Dach. Die Mutter hatte schlecht ausgesehen, wann immer sie ihn im Krankenhaus besuchte. Und Oma und Opa waren wie von der Bildfläche verschwunden. Was war bloß passiert?

Es gab vieles, was er nicht verstand. Die Ungewissheiten türmten sich vor ihm auf wie die Geschenke auf seinem Schreibtisch. Die Großeltern. Die Schule. Holger und Barbara. Vielleicht auch Neujahr in Prag? Das alles schwirrte durch seinen Kopf, aber eine Frage leuchtete ihm entgegen, schien heller als alle anderen und blendete ihn geradezu. Sie spielte sich auf und wickelte ihn ein, nahm ihn gefangen und ließ ihn nicht mehr los. Er könnte Celine fragen, sich bei ihr für das Halstuch bedanken und beiläufig ins Gespräch bringen, was ihn so sehr beschäftigte. Er musste es einfach wissen. So bald wie möglich. Unbedingt. Wer, grübelte er und kam damit nicht weiter, wer war eigentlich Sven?

Danksagung

Seit vielen Jahren habe ich die Freude, ein Teil der Autorinnengruppe *alphabettinen* zu sein. Ich danke ihren Mitgliedern für die gegenseitige und immer wertschätzende Textkritik, den Gedankenaustausch rund ums Schreiben und die gemeinsamen Unternehmungen in Berlin und im Umland.
Den Mitgliedern der Regionalgruppe Berlin der Autorinnenvereinigung danke ich für viele gemeinsame Abende, an denen wir Entwürfe diskutiert und uns gegenseitig in unserer Arbeit bestärkt haben.
Anjali Sriram hat meine Schilderungen zum Thema Ballett mit ihrer Sachkenntnis überprüft, weshalb ich auch ihr an dieser Stelle danken möchte.
Mein besonderer Dank gilt Inge Löwe, die das Manuskript in verschiedenen Phasen aufmerksam gelesen und kritisch begleitet hat. Ihre Anmerkungen sind für mich von unschätzbarem Wert, ihre Freundschaft ist ein großes Geschenk.
Andrea Krug und Dagmar Schadenberg danke ich erneut für die konstruktive und angenehme Zusammenarbeit. Wieder einmal haben sie aus meinem Text ein wunderschönes Buch gemacht.
Und last, not least danke ich meiner Frau Anja voller Liebe für ihre Ermunterung, ihren Zuspruch und ihre Unterstützung. Nicht nur deshalb ist sie das Glück meines Lebens.

Von Herzen,
Claudia Breitsprecher

Breitsprecher, Claudia: *Hinter dem Schein die Wahrheit* / Roman
ISBN 978-3-95917-007-9
Originalausgabe / Alle Rechte vorbehalten
© 2017 Verlag Krug & Schadenberg, Berlin
Satz und Gestaltung: Grafikbüro Schadenberg, Berlin
Umschlagfoto: cb berlin
Druck: CPI – Clausen & Bosse, Leck

Claudia Breitsprecher bei *Krug & Schadenberg*

Nach einem mit knapper Not überlebten Attentat sucht die grüne Politikerin einen Weg zurück ins Leben. Und zu der Frau, die sie liebt.

»Ein leises und besonnen gelegtes Mosaik aus unzählig vielen Steinchen, an denen das Denken Anstoß nehmen kann.« *Jule Blum, Lesbenring-Info*

Eine einfühlsam erzählte deutsch-deutsche Liebesgeschichte, die lange nachklingt.

»Der Autorin sind unvoreingenommene Ost- und West-Milieubilder gelungen. Sprachlich ausgefeilt. Akribisch recherchiert. Die Lektüre ist einfach fesselnd.« *Virginia*

Das einzige Buch zum Thema: Lesbische Lehrerinnen erzählen aus ihrem Berufsalltag. Welche Erfahrungen machen sie mit Schülerinnen und Schülern, mit Eltern und im Kollegium?

»Eine nicht nur für Lehrerinnen äußerst spannende Lektüre!« *WeiberDiwan*